穿越66号公路

ACROSS ROUTE 66

江凌 ◎ 著

中国纺织出版社

图书在版编目（CIP）数据

穿越66号公路 / 江凌著.—北京：中国纺织出版社，2016.8（2024.7重印）

ISBN 978-7-5180-2564-0

Ⅰ.①穿… Ⅱ.①江… Ⅲ.①游记—作品集—中国—当代 Ⅳ.①I267.4

中国版本图书馆CIP数据核字（2016）第085809号

策划编辑：陈　芳　　　　　责任印制：储志伟

中国纺织出版社出版发行
地址：北京市朝阳区百子湾东里A407号楼　邮政编码：100124
销售电话：010—67004422　传真：010—87155801
http://www.c-textilep.com
E-mail: faxing@c-textilep.com
中国纺织出版社天猫旗舰店
官方微博 http://weibo.com / 2119887771
永清县晔盛亚胶印有限公司印刷　各地新华书店经销
2016年8月第1版　2024年7月第3次印刷
开本：880×1230　1/32　印张：12
字数：204千字　定价：98.00元

凡购本书，如有缺页、倒页、脱页，由本社图书营销中心调换

序一

Founded in 1908 as the first school of journalism in the world, Missouri School of Journalism enjoys long-standing contacts with China. In fact, there was a student from China in the first graduating class of the school. Missouri's reputation in China was further enhanced by Edgar Snow, an early Missouri student who became a household name in China. In his celebrated *Red Star over China*, Snow recounted the months he spent with the Chinese Red Army in war-time China during the WWII. With his literary giftedness and critical contemplation, the book, featuring his experiences in the Communist-controlled area and extensive face-to-face encounters with Chairman Mao and other top leaders, subverted the way Westerners perceived and made sense of situations in China, and the political choices of its people in particular.

Reputed internationally for the "Missouri Method" in journalism that integrates theory and practice, the Missouri School of Journalism is a cradle of American journalists and continues to work regularly with journalism students and professionals from China and across the world.

For the past 15 years, I have hosted visiting professionals and scholars from around the globe. Some of them were practitioners in the forefront of journalism, and others were scholars and teachers from schools of journalism. Several have written books and articles about some aspect of their experience, and others have used their time on campus to conduct or complete a research project.

But Ling Jiang developed the most creative approach I've seen. While still maintaining her obligations to Missouri and her university, she rented a car, packed lightly and began an exploration of the most iconic road in the US. Her eye for detail resulted in Across Route 66, a descriptive and visually enticing book that captures the character of the people and the scenery from her fresh perspective as a Chinese woman.

I congratulate her for the excellent work.

Associate Dean for Global Programs
Missouri School of Journalism

| 序一 |

密苏里大学新闻学院是1908年成立于世界上的第一所新闻学院,和中国的关系源远流长。在第一届毕业生中就有一个来自中国,而作为密苏里新闻学院早期的学生,埃德加·斯诺(Edgar Snow)在中国的家喻户晓也使得密苏里大学新闻学院在中国颇具知名度。第二次世界大战期间,斯诺曾在陕甘宁边区,与毛泽东主席及其红色政权零距离接触,随后写下了文笔与思辨俱佳的《红星照耀中国》(Red Star Over China),颠覆了西方对中国革命形势特别是人民政治抉择的看法。

密苏里新闻学院一直以绝对强调理论和实践相结合的"密苏里方法"享誉全球,成为培养美国记者的摇篮,并一直致力于培养来自中国以及世界各地的新闻记者与学者。作为密苏里大学新闻学院的全球项目主任,15年来,我一直在该学院负责全球的访问学者项目，迎接来自全世界的新闻访问学者们来此取经。他们中有精于业务的媒体一线记者，有深耕于新闻传播学研究的学者与大学教师。

他们大都依托于这个平台，完成研究项目，也不乏著书立说，星光熠熠，令人欣喜。

与众不同的是，LING 的做法在我看来亦是最具创意的。在 LING 圆满完成了密苏里的学习之后，她是第一个租了一辆车，轻装上阵，通过独自自驾的方式探索美国最具标志性公路的女性。在 66 号公路自驾旅程中，LING 接触平民，着眼于细节，从一个中国女性的视角，从一个个小人物开始，生动地记录和访问了沿途遇到的各色人物，创作了一本图文并茂、非常有趣的著作。

我祝贺她！

美国密苏里新闻学院副院长、国际项目主任
弗里兹·克罗普
2015 年 12 月

| 序二 |

To all my friends from around the world:

This past summer I was greeting visitors to our Route 66 Hall of Fame Museum in downtown Pontiac, Il., and I was fortunate to meet a girl named Ling. I ended up spending several hours with Ling and she explained to me that she was touring all of Route 66 by herself. I found her to be very brave, and a lot of fun to be with. She has now traveled across America's most famous road and has learned first-hand about the life in the Heartland of America. She has used her feet to feel the touch of the road, and her eyes to see the beauty, the history, and the culture of America.

As Ling puts her experience on Route 66 into words and pictures in this book, I believe it will give hundreds of thousands of Chinese people a glimpse of her experience, and will help them to better understand life in the United States.

I am very thankful for the opportunity to have met Ling and I am looking forward to the time when we can meet again. I am hoping that Ling can return to our City next year along with many of her Chinese friends. I will be here and ready to greet them.

Bob Russell
Mayor of Pontiac, Il. USA

| 序二 |

致五湖四海的友人们：

今年夏天，我在庞蒂亚克市中心的 66 号公路名人堂博物馆接待访客时，有幸认识了一位名叫 LING 的中国女孩。我们相谈甚欢，一聊就是几个小时。当 LING 告诉我，她正单枪匹马驱车自驾 66 号公路时，我顿时觉得对面的这位中国女孩不但和蔼可亲、幽默风趣，还有一番"巾帼不让须眉"的气质。LING 正在游览美国这条最有名气的公路，亲自体悟与收集一手的美国中部风土人情。她用脚丈量这条公路，用眼俯瞰这一路的自然美景，用心领略这一路的历史和文化。

今天，LING 把她的这段经历以文字和图片的形式呈现在这本书里。我相信中国读者们能借此体验她的这段旅程，并更好地去感知与理解美国。

感念上苍让我有缘与 LING 相识，我期待与她重逢。明年，希望 LING 能带上中国的小伙伴们，再次重游庞蒂亚克，而我，将会在这里静候你们的到来。

美国伊利诺伊州庞蒂亚克市市长
鲍勃·拉塞尔
2015 年 12 月

| 自序 |

每个人心中都有一条 66 号公路

罗曼·罗兰说:"大多数人在三十岁以后就已经死了。"

我想我不会。

小时候,电视里播《北京人在纽约》,片头有这样一句话:"如果你爱一个人,送他去纽约吧,因为那里是天堂;如果你恨一个人,送他去纽约吧,因为那里是地狱。"幼小的我纳闷了,尽管还不懂什么是"爱之深,恨之切",但这样一种复杂对立的说法足以引起我的好奇,以至于这句话很长一段时间在我脑海中挥之不去。世界上竟有这样一个聚集了极端对立情感的地方?上大学后又看到白岩松的《你所想象的美国其实是中国》,里面类似于"美国的资本主义并不是想象中的灯红酒绿,是寂静的大农村"的句子。再后来读到林达在"近距离看美国"系列中这样的描述:"美国不是一个善于遮羞的国家,它投出一片阳光,就落下一片阴影。它全部的阴影都毫无遮掩地暴露在所有人的面前,哪怕你是一个陌生人。"美国在我心中的形象越发神秘而莫测。

美国究竟是什么样?

这个疑惑伴随我成长,与其他的诸多困惑混在一起,在内心的角落慢慢堆积。

我是一个来自四川大凉山的汉族女孩，凉山是中国最大的彝族聚居区，海拔 2000 米的高原，如果放在美国，应该是类似于亚利桑那州那般日晒充足与粗犷不羁之地。守着大凉山的山，喝着金沙江畔的水，操着一口带山音的英语，那时，在我的心中，北京和上海就已经是远方了。美国，就是那从来没有想象过的"外面的外面的世界"。

我从小的梦想是抱着一把吉他看遍世界的落日，却误打误撞念了博士，成为上海某大学新媒体系教师。虽然好不容易博士读到毕业，但发现临近三十却一无所有，惶恐时光匆匆，开始追寻自我。读博期间，我有幸留美全球最棒的新闻学院，这一年的经历，让我看到了世界另外的模样，也重新激发了我内心湮灭的新闻梦。在思考和感叹自己被治愈的过程中，我渴望用自己的方式回馈和表达一份单纯的对生活的热爱。于是从自己感兴趣的事情做起吧，拿起笔，操起相机和录音笔，做一个记录的行者。

自驾 66 号公路，便是我送给自己的 30 岁生日礼物。

一段路一种领悟。行走在这条没有尽头的路上，顿悟我的人生其实才刚刚开始，于是立志做一个有趣的妞儿，一个独立、真实、自由的行者。**Play hard work hard**，活着就是为了探索生命的各种可能。尽双臂长的环绕，揽一世界的阳光。面对困难，我对自己说："这一切都是暂时的。"

没有烦琐的计划，只有纯粹的态度。带着儿时的疑惑，我出走了。一个人，一辆车，我独自穿越美国 66 号公路，在亘古神秘的科罗拉多大峡谷，在烈日灼烧下的莫哈维大沙漠，在一望无际的丘壑与荒原，在这条美国的灵魂之路上，苦行僧式的默默行走与追寻。因为相信"只有小人物的故事才能让你更加接近这个真实的世界"，我访谈了沿途无意撞见的形形色色的人，他们中有嬉皮士、流浪汉、牛仔、哈雷党，有市长、艺术家、作家、老兵、私人电台主、沿街庶民；搜集了不计其数的鬼城、废弃汽车旅馆、加油站、祖传餐厅、荒芜路标等公路符号；记录下一个个66号的文化符号与细胞，一个个旅途细节中的故事，每一位值得我尊敬的人，每一件值得我回味的物，每一处让我屏息驻足的风景。为了他们，我记录，也正是因为他们，让我看到了世界的辽阔。

"等到书出版后，我会带着书回来看你们。"如果说写书是为了记录，出版则是为了那个重逢的承诺，是我为66号公路许下的一个承诺。

当周围朋友得知我在写书时，都很好奇我在写些什么。因为这原本是一场说走就走的旅行，在出发前我并无写书计划，反倒是走在66号公路上，不得不说的故事越发多起来，触发了我写书的意愿。于是，我一路走，一路拍，一路记录，信手拈来一手见闻，最终形成了这样的一本公路手记。基于这样的先天弱势，它既不是一本充满了景点介绍的、类似于"孤单星球"系列的称职的旅行实用攻略，也不完全是一部合格的沿途田野人文采访录，更谈不上是一本自由激荡的文化漫游随笔。还好，它又综合了以上元素，加上我略显主观、感性和稚嫩的文字，以及用三脚架加遥控器拍下的一张张用尽我力气，却还不够专业的公路摄影作品，由点到面，汇聚而成了大家手中读到的这本书。它就像是我的一个四不像的孩子，像是一个没有正统血缘父亲的baby，只是因为本能的成长诉求，因为放不下的执念，因为心生美好的情怀，和那一个许下的承诺，倔强而安静地发出了绿芽。

书中请来了一位刚刚步入大学美术专业的姑娘大倩为我插入了9幅手绘地图，没有去过美国的她为我试画了第一幅伊利诺伊州的地图，看着马路沿途那一排由近至远，整齐的白色房子，一排向远方延伸的电线杆，我笑得流出了泪。"规整仔细却用力过猛，缺少个性和灵魂，要知道66号公路是绝对

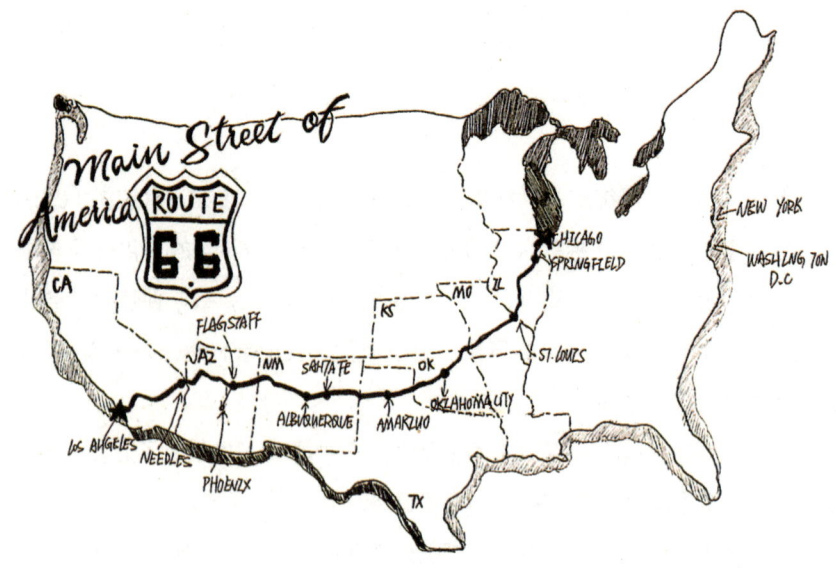

的孤单和苍凉,充满死寂,同时也是绝对的张扬和奔放,处处是惊喜。"我与大倩开始深入交流,最后我们一起创作出了画风依旧稚嫩,却不乏真实而美好的66号公路手绘地图。那是大倩心中所理解到的66号公路,惊喜的是,和我看到的几乎无差。

《穿越66号公路》写给每一位热爱生活,内心热闹,渴望出走,看见书名会心跳加快的朋友;每一位不沉浮于庸俗世间物质和表象,追求自由之精神的人;还有每一位三十岁上下,却和我一样觉得人生才刚刚开始,准备好创造全新自己的人。

每个人心中都有一条66号公路。

及此,我谨将我心中的66号公路与大家分享。

期待我们相遇,

在路上。

江凌

2015年12月22日

目录

开 篇 //001

启　程 //008
三万英尺 //011
光 //016

01 "林肯之州"伊利诺伊州 //020

66 号公路起点芝加哥
——上辈子的 Mr. Right //024
"这不是一只简单的鸡，它是我的旅行伙伴"
——带着鸡旅行的美国文身女孩儿 //034
"你好，欢迎来到我们的城市"
——我与庞蒂亚克市长的不期而遇 //041
彩色脚印带我去看城市墙画 //041
市长带我参观博物馆 //043
我与市长共进晚餐 //048
市长的理想 //050
为了纪念印第安酋长而建造的城市 //051
66 号公路上"最后的嬉皮士" //053
"人的高贵灵魂应该属于世界" //056
Normal 汽车旅馆的哈雷党 //059
林肯故居所在地 Springfeild 春田市
——春天里的城市 //064

02 "Show Me" 密苏里州 //073

座驾被砸，第一次拨打 911 //076
我与美国警察的几次邂逅 //080
    酒驾逼停，有惊无险的一次经历 //080
    偷拍活捉，温情默默的一次经历 //082
    绝处逢生，另眼相看的一次经历 //083
Columbia "哥村"——梦里的温柔之乡 //086
沙特友人的人生哲学 //089
    免费享受世界文化 //089
    每朵花都有刺，但有的刺扎的值得 //091
    Keep smiling, My bed is my peace //092
"哥村"四季 //094
我在美国的宠物"虎" //096
跳下去，三十年后又是一条好汉
    ——第一次跳伞记 //100
天地广阔　让人谦逊
    ——写在 66 号上的三十岁生日 //104
    看见平凡才是最后的答案 //104
从嬉皮的相识，到牛仔的告别 //107
    嬉皮的相识 //108
    "我的美国梦" //113
    重逢，走近 Graham 的世界 //115
    "靠着扒火车，四年来我流浪了整个美国" //117

目录 CONTENTS

牛仔为我过生日 //119
既然地球是圆的 //121
忘年之交
——越战老兵 Tommy //123
"一个像秋天，一个像夏天" //128
再别"哥村" //131
"我的梦想是做美国总统" //133
来自"Home School"的美国空军 //134
放弃宗教信仰 //136
野心和青春，不可复制 //137

03 "龙卷风频发之地"堪萨斯州 //140

"在 66 号公路上找乐子" //144

04 "红种人的土地"俄克拉荷马州 //148

克蓝顿咖啡馆 //152
Catoosa 温情大蓝鲸 //154
"66 号公路之父"的家乡——图尔萨 //156
左手 POP　右手谷仓 //160
生活就是一场越狱 //163
"上帝保佑美利坚" //166

05 "孤星之州" 德克萨斯州 //171

恶魔的绳子 //174
"格鲁姆"的救赎 //176
凯迪拉克农场 //178
Adrian 的 Flo 与 Midpoint Coffee //181
空运哈雷车自驾的瑞士游客 //185

06 "迷人之地" 新墨西哥州 //189

"今夜，在土坎姆凯瑞" //192
蓝燕子 //196
"66 号上的蜜月夫妻"
——Heidi 和她的 Teepee Curios //199
逝 //204
"周末去圣塔菲看画展吧" //208
"跟随内心就会快乐"
——Albuquerque 老城街头手工艺人 Rick //215

目录 CONTENTS

07 "大峡谷之州"亚利桑那州 //222

闯入亚利桑那 //226
邂逅两亿年高龄的树化石"Old Faithful" //232
"这是我们三代人的家"
——夜访66号上的三代祖传餐厅 //239
《汽车总动员》导演多次来访寻找灵感 //241
回忆,还是回忆 //242
66号公路就是我们的妈妈 //243
生命太短暂,别忘记你自家的后花园 //245
陪伴是最长情的告白 //247
"Here It Is"
—— 兔子农场的墨西哥女婿 //250
放轻松 Take it easy
——站在亚利桑那温斯洛的街角 //253
"为了我的父亲和家庭,我应该牺牲"
——对话 Standin On The Corner //258
66号上拜见"外婆大人" //260
惊悚鬼城"双枪" //262
Every Dog Has His Day
——记我的黑人朋友 Justin //270
圣地洗礼
——印第安人圣地 Sedona //274
致敬大峡谷 //280

| 穿越 66 号公路 |

威廉姆斯小镇
——大峡谷之门邂逅牛仔文化 //284
Jay Redfeather 与他的 Open Road Cowboy //289
"其实我真正的身份是牛仔" //291
莫哈维沙漠里的私人电台 //295
穿越莫哈维 //300
驴子故乡 Oat man //302

梦幻加利福尼亚州 //311

一路向西，去加州 //314
百年孤寂
——66 号上的鬼城 Amboy //321
落日下的荒原，没有尽头的远方 //323
Amboy 是离我最近的地方 //324
一个人与一座城 //326
炼狱般地膜拜 //328
惊鸿一瞥：沙漠里的漫天星空 //330
Oro Grande 的瓶子树农场 //334
San Bernardino 的世界上第一家麦当劳餐厅 //337
印第安帐篷偶遇 66 号机车作家 //341
Fontana 寻觅地狱天使 //347
你问我要去向何方？我指着大海的方向
——奔向终点圣塔莫妮卡海滩 //349
66 号公路终点标的真正历史 //351

目录 CONTENTS

神秘的明信片 //353
Dan 献给 66 号公路的 83 岁生日礼物 //353
我们都在续写这条公路的历史 //355
奔向终点 //357

后 记 //358

一条路能给我的,他全给了我 //358
改变 //358
世界不是你看到,而是你想看到 //360
为什么要停止流浪 //361
道路是我的宗教 //362
用心看世界,而不是眼睛 //363

◂◂ 开 篇

在路上，我们永远年轻，永远热泪盈眶。
——杰克·凯鲁亚克《在路上》

一条公路，就是一条生命线，一部文明史。它养育着苍生，滋润着文明，承载着梦想。

被美国民众誉为母亲之路的66号公路，其魅力正如世界其他著名通道一样，为人津津乐道，影响深远。比如：起始于古代中国，连接亚洲、非洲和欧洲的丝绸之路；连接地中海与红海的苏伊士运河；"二战"时期沿南方丝绸之路西南道开辟的滇缅公路、中印公路；以及后来的川藏公路、青藏公路。尽管有些公路已经淡出了历史的视线，依然为人信手拈来乐道不已。

66号公路始建于1926年11月，由芝加哥横穿伊利诺伊、密苏里、堪萨斯、俄克拉荷马、德克萨斯、新墨西哥、亚利桑那、加利福尼亚八大州，跨越中部时间（西六区时间）、山地时间（西七区时间）、太平洋时间（西八区时间）三个时区，直至洛杉矶圣塔莫尼卡海滩，全长 2448 英里（3939 公里），是 20 世纪美国历史上最主要的交通要道之一，被誉为 Main Street of America（美国主街）。

66 号公路承载了美国 Westward Movement（开拓西部）时期一代代西迁的普通百姓怀揣着渴望自由、实现自我的美国梦；在"二战"时期，它充当着重要的交通运输通道；在严寒时节，它是东部人们前往阳光西海岸过冬的必经之路；经济大萧条时期，66 号公路的修建过程为身处困难时期的美国提供了上万个就业岗位，成为众多工人维持生计和沿途小镇兴盛起来的救命稻草。

1930 年代，俄克拉荷马州经历了一场大旱灾，广大的土地顿时变成了寸草不生的沙漠，许多农民被这场干旱逼至穷困潦倒，于是收拾起仅有的家当，带着对财富的渴求和对未来的憧憬，与家人沿着 66 号公路，一路往加州前行，而 66 号公路也自然而然地就成了一条象征梦想、勇气和自由的道路。

伴随日益繁忙的交通，摇滚乐，乡村音乐，以牛仔系列为标志的西部文化，西部电影也悄然崛起。在美国民众的眼中，66 号公路是美国现代化的缩影，它释放着巨大的能量，成为了支撑着国运的载体，成就着梦想的舞台，渗透着情感的归属，因此，人们亲切地称他为 Mother Road（母亲路）。

驰骋在 66 号公路的广阔黄土上，沿路的仙人掌零星散布，充满了西部牛仔风情。公路小镇旁贩卖起泡啤酒的酒馆，霓虹灯闪烁的汽车旅馆，古式而老旧的加油站，所有电影小说里，西部的传奇轶事都会在眼前一一上演。

这条大道最开始是那样的商机勃勃，凡是你能想到的关于美国市民生活的缩影，从沿途的汽车旅馆，到第一家麦当劳的诞生，都发生于这个时期，但事实上，66 号公路的繁盛只有 20 余年。

可惜的是，随着 Interstate Highway System（州际高速系统）的崛起，又宽又直、拥有八车道的州际公路建成后带给人们更快速便捷的交通网络，沿着地形而建、起伏弯曲的 66 号公路不再受旅客青睐，历经近 60 年风雨的 66 号公路，于 1985 年 6 月 7 日从 United States Highway System（美国公路系统）中被迫退役。随后，公路路面失修，经济萧条，沿途小镇人口骤减。沿途荒废的加油站、汽车旅馆、餐厅、咖啡馆、酒吧、商店，比比皆是。曾经的车水马龙如今只剩下一个空壳，66 号上的很多地点，在地图上也难再找到了。

念念不忘，必有回响。

虽然 66 号公路已不复见于地图，但怀念它的美国民众却越来越多。终于，在 1990 年人们分别在亚利桑那州和密苏里州成立了"66 号公路联盟"（National Historic Route 66 Federation），藉此聚集同好，唤起美国人对它的记忆。同年，密苏里州宣布此路为"州历史公路"（State Historic Route），并设立了"历史 66 号公路"（Historic Route 66）路牌。拉开了复兴 66 号公路的序幕，各地的 66 号公路联盟也相继努力。在大家的共同努力下，原本已经消失于地图的 66 号，重新以历史 66 号公路之名重现于地图。

重返 66 号公路，是神圣的。

如今，来自世界各地的人们带着朝圣的心情，重新踏上这条美国的母亲路。他们中有空运哈雷机车到芝加哥、一路狂奔到洛杉矶的欧洲人，有手牵手自驾穿越的情侣，甚至还有徒步走完全程的中国人……他们续写着 66 号公路的历史，在这条象征着自由、勇敢、开拓的美国精神的主街上，追寻着他们的梦想。

奔驰在 66 号公路，是梦幻的。

这一路，那些移步换景的自然之美，变幻万千般令人振奋；那些渐行渐远的故事，梦幻般地娓娓道来；那些穿越时空的图景，仿佛看得见摸得着就在眼前：为找寻人生的下一颗巧克力，沿着 Flagstaff 的黄金大道奔跑的阿甘；《愤怒的葡萄》主人公乔德，怀揣着寻找自由的美国梦，从俄克拉荷马的荒芜家园落荒而逃，沿着一条风尘仆仆的老路奔向西海岸的身影；《黄昏双镖客》

| 穿越 66 号公路 |

西部牛仔克林特·伊斯特伍德拔枪连续射击帽子不落的经典一幕；新墨西哥州一个荒原的咖啡馆里伏案写作《老人与海》的海明威；在汽车旅馆里完成《公民凯恩》剧本初稿的赫尔曼·J. 曼凯维奇；走访于 Holbrook 街头巷尾寻找创作灵感的《汽车总动员》导演约翰·拉赛特；亚利桑那州 Winslow 街头角落里，深情款款弹唱起他们第一首作品 Take it Easy 的老鹰乐队；一路奔驰到加州，兴奋地写下毕生最有名的歌曲《在 66 号公路上找乐子》（*Get Your Kicks on Route 66*）的爵士作曲家兼演员鲍比·特鲁普（Bobby Troup）；还有，66 号上的最后一个嬉皮士鲍勃·沃德麦尔，开着他黄色的雪佛兰轿车，带着所有家当，倾其一生反复行走于这条路上，手绘下 66 号公路在他心中开出的每一朵花……

穿越 66 号公路，是孤单的。

沙飘飘，风萧萧，天苍苍，路茫茫。在亘古神秘的科罗拉多大峡谷，在烈日灼烧下的莫哈维大沙漠，在一望无际的丘壑与荒原，怀着对大自然的敬畏，如僧般行走，行走在这条路上，我才真正地意识到了 66 号公路的辽阔与绵长。长时间独自在路上，被无尽的大地围困，像大海里的一滴水或一条鱼；又像大漠里的一粒沙或一只蚁；纵然横竖挣扎，却终究不知身在何方。

可是，只有在孤单的时候，才最不孤独。

享受独处时的自我对话，发现趣事，寻找乐子。那张"66 号上打坐"的照片就是例证。记得那天格外暴晒，远处太阳下的路面就像一塘寒凉的池水，而车轮下的路面泛光刺眼让人眩晕。而就在此时，我看见了公路中央有一个特别的图案，心中顿时惊喜起来，于是我收小油门刹车停下查看。马路中央是一个巨大的 Route 66 盾形标志。由于路面被烈日烤晒而龟裂，经人用沥青填补形成了如同青筋爆起的花纹，这分明是 66 号公路的伤疤啊。

我停下步子，在空无一人的公路上沿着黄色的马路油漆线来回行走，双脚踩在老公路的白色标志上。我俯下身用指尖轻抚那一道道龟裂的疤痕。我躺下，用脸轻贴着路面，竖起耳朵，渴望能听见曾经车水马龙的那个时代穿越回来的声音。可惜什么也没有，一种浩瀚的孤独和苍凉的气息向我涌来。我坐着，静静守着这道伤口，想要让时间停住。而此刻，我只想坐在66号公路的怀里，与它作伴，任凭心中伤感，暗涌，翻腾，将我吞噬。

四周一片荒原，人迹罕至，风呼呼地狂吹，人也困得乏力。我搬来三角架，调好相机，记录下了这一刻。

每个人都有一条自己的66号公路。

我的旅程始于2015年7月5日。一个月，一个人，一辆车，一部微单，一个三角架，就这样上路了，穿越4000公里，从二十九岁，开到三十岁，我在这条路上许下生日心愿：告别过去，迈向未来，像是一次生命的洗礼，一场而立的仪式。

此书记录了66号上我的所见所闻：66号的天，66号的地，66号的人，以及66号上的自己。

像公路片，一幕一幕，随着车轮转动，缓慢展开……

启 程

上海飞往洛杉矶。

7月5日清晨，韩亚航空客机上，身着卡其色制服的空姐微笑着来来往往忙碌着。刚挂掉老爸的电话，那边的他心切地问我到哪里了，"已经登机了，正准备给你电话呢。"没有主动汇报行踪的感觉像是越狱的时候，正挖着密道，被警察逮个正着。

临走前犹豫了很久才给外婆外公打了一通电话，告诉他们我明天就要去美国了，言语间充满了小心翼翼的试探和抱歉。我知道老人家不会责怪我，我也并非只顾着自己看外面世界，而无暇顾及自己最亲最温暖的小家，对于他们来说，家就是他们的世界。

我是外公外婆一手带大的，现在脑海里都时常会浮现出小时候，两位老人一人一手牵着我，在县城街上边走边荡秋千的时光，缺着两颗门牙的我无邪地哈哈笑着。那时的外公和外婆衣装穿着严实，尤其是外公，连中山装的纽扣也要扣严实，花白的头发光溜溜的往后梳成小背头。一张全家人站在郊外暴露着黄土地的半山腰上的合影：小舅舅推着一辆永久牌黑色自行车，我坐在自行车的龙头上，穿着妈妈为我织的黄绿相间的毛线上衣和裤子，大舅舅一家

开 篇

人、老爸老妈、小姨、外公外婆。这张全家福是童年里很长一段时间里的经典照片。那时我每日的娱乐就是用桌椅小板凳搭出各种造型，给我的洋娃娃编麻花辫子，将小人偶塞进装满了用五颜六色的塑料管子折叠出的星星的小玻璃房子，然后开始幻想楼下的秘密花园，害怕被怪物吃掉而纹丝不动伪装成小凳子的小朋友，午夜里音乐响起美人鱼开始浮出水面在岸边起舞。

突然间，美梦被外公催我洗脸睡觉的命令打断，外婆则在一旁配合他，麻利地抓起一块热气滚滚的毛巾，捂住我的脸，几乎让我喘不过气来，我只好被迫爬上床。通常我会睡在外公外婆的中间，在那间充满他们身体气味的房间里。关灯，打开广播，一个台接着一个台的转换，黑暗的房间伴随着电波的吱吱声，好似从遥远的宇宙传回的讯息。外公外婆一边听着广播，一边东家长西家短。记忆中的外婆会不断打断外公，外婆是重庆妹子，性格直，嗓门大，笑起来脸上一朵花。年幼的我对时间没什么概念，总觉得他们每晚都能聊很久，聊到我从满怀兴趣地偷听，到电台传来没有信号的电波，再到渐渐睡着。

岁月也真是简单，一天就那么过去了。

电话里，老爸询问我一切是否准备妥当。"你去吧，别管我们，年轻人嘛，就要多走多看。"

这话让我怀念起年幼时，贪玩的我打算乘父母午睡的片刻，溜出去和小伙伴们玩耍。因为出门心切，我远远地听见小伙伴们的打闹嬉戏，门还没有完全打开，身体已经忍不住向外奔去。结果好了，右脸蛋被门锁锋利的尖儿挂了一道口子，很长一段时间都在脸上留下凹进去的印子，让父母哭笑不得。后来老妈每每教育我不要贪玩儿的时候，都会以此为段子。

贪玩儿是孩子的天性，谁说不是？

记忆是最长的，庆幸的是自己居然能准确地穿梭回那段年少时光，透过时光，闻到那个房间的味道。不可置疑的是，那时外公外婆是我最亲的人，最好的玩伴。那一个又一个漆黑的伴随着电台交流电吱吱响的夜晚，外婆那有节奏的呼吸，两片嘴唇的一张一合，轻微的鼾鸣，外公胸口那颗严严实实的纽扣，就是我的全部世界。

三万英尺

飞机早已远离地心引力,持续上升。

海洋、山峰、大地正慢慢地下沉。

飞机在三万英尺上飞行,机窗外面晴空万里,天空干净得让人心碎,也让心格外宁静。天马行空的灵感乘风破浪而来,像一个做了很久的哑巴某一天发现自己又恢复了张口说话的功能。写作真的无关太多的技巧,更多的是追寻记忆的旅程,细微处见精神,静静地与自己对话。

凝望着机窗外的蓝天白云,那些过境的往事,竟不经意地涌现在眼前。回想起小学时,在金沙江畔的小城故事和童年趣事。

我家住在县城广播站筒子楼二楼。一日,一年级的我放学后竟被楼下的狗困住,花了比往常更长的时间回到家里。妈妈问:"怎么回事?""都怪楼下的那条狗,它看着我,可能是饿了,可能是没有玩伴儿,眼泪汪汪的很伤心,我就陪了它一会儿。""真的假的,你能读懂狗的语言?"我说:"当然。""妈妈说那你写下来吧,不会的字用拼音替代,不要影响你的思路,想到什么就写什么。"

饭后妈妈递给了我一本翠绿色塑料皮儿的日记本,我还记得封面是天安

| 穿越 66 号公路 |

门，插图是故宫和长城。从那一天开始，年幼的我便拿起铅笔，用仅会的汉字夹杂着错别字、拼音以及奇怪的符号，开启了我的奇幻之旅，小学三年级，我已经写了厚厚的四本日记。

小孩的世界成人当然不懂，成人觉得那是童趣，其实那可是我们的隐私呢。

一日，我的语文老师在课堂上当众分享我的日记。那一篇日记是写有天中午放学时，我和好友琴同路回家，她停下来在校门口买了五分钱的炸土豆，然后美滋滋地吃了起来。我其实老早就闻到那个味道，肚子咕噜噜唱着歌，于是我就等待琴请我分享美食，没想到她完全没有领会我的"矜持"，我就这么极其尴尬地在艰难的等待中犹豫，一路纠结，走到家门口，土豆没了，我也憋坏了。

老师一边在上面念，同学们一边在下面笑，老师欣赏的是我对心理活动的生动刻画，同学们

开篇

却不时向我投来集体嘲笑的目光。从那个时候起,我对大人们的"粗鲁"开始提防起来,也从全班同学的哈哈声中,感受到了人生当中第一次的难为情。集体审判的后果,我开始隐约明白,如果和周围环境表现不一致,就会成为别人的焦点,成人的世界是需要适当伪装和隐藏真实内心的。现在才领会到那就是世人的眼光。现在我想,我应该感谢老师,是她的鼓励生发了我思考的萌芽。可如果那个时候,把我放在美国,又会成长为怎样的一个我呢?

四本日记之后,很久我都没有再写日记。因为学习任务慢慢繁重了起来,题海战术渐渐让人无力分神,父母更多开始关注每一科目的分数,关注未来能进哪所学校,也走上了另一条路,忽略了学习的意义和目的、童年的快乐、一日日和身体共同成长起来的内心世界。仿佛青春的记忆是由一次次的升学,考试,假期,再开学所切割。现在想想,这似乎不太科学。

不太科学,的确是。

一考定终身的选拔制度,从小学开始的大班教育如同洗脑一样将不同家庭出身的孩子向着同一个方向培养;教育成了产业,标准答案只有一个,只要求结果一样,否则回去罚抄一百遍。模式化的洗脑摧毁的是最重要的独立自主与创造力,令人担忧。

而这种担忧早已让人麻木得理所当然,然而走出国门在大洋彼岸,你看到的则是另一番景象:我博士公派期间所在的新闻学院的那些美国"90后"们,学习态度非常主动,老师的角色更多是一个组织者?不把学生的潜能完全挖掘出来的老师不是称职的密苏里新闻学院的老师;课堂似乎都交给了学生,课后的作业和任务更是繁多;当学生费尽千辛万苦完成报道,准时交上一份作业的时候,你才有继续参与这门课程的资格;学生争取好表现是为了拿个好分数,或至少不挂科,这样才能稳稳地拿到这门科目的学分。美国的很多家庭都是让自己的孩子用政府贷款来缴纳学费的,所以,美国学生在选课方面是非常实用主义的,把选课当作 shopping 来看,一学分的学费可就是 1000 多美元啊。凑够了规定的学分,你才能毕业,毕业了工作了,你才能挣钱,才能还因上学贷款欠的钱,还清了你才能在经济上独立,之后才是人生的自由和独立。所以美国小孩子相比中国小孩子更独立自主,穷人家的孩子和富人家的孩子同样打工兼职挣零花钱,在个性上坚持自我,很早独立的好处就是比较清楚自己想要什么,该拒绝什么,内心的那份从容不迫,那种独立判断和主见,以及"管你说什么,这是我的人生"的态度,让我印象深刻。

密苏里新闻学院自 1908 年成立以来,享誉全球,不仅因为它是世界第一所新闻学院,全美新闻本科排名第一,更在于学院以实务为基础,强调在实践中学新闻的教育理念,所谓的"密苏里办法"。密苏里新闻学院有自己的九大媒介实践基地,包括传统报业、电视、广播到网站、公关等新媒体。我认识的"90 后"学生们暑假都不会闲着,一般去华盛顿、纽约这种媒体蜂拥的大城市实习,平时他们的课程也有很大一部分(一周十小时左右)是必须在报社或电视台的实验室完成,他们的任课老师就是《哥伦比亚密苏里人》报的主编,以作业供稿见报,以发表的数量和质量打分,实践即教学,最大化为他们日后进入媒体打下坚实基础。

这不禁也让我感叹起中美两国教育的区别:中国的教育模式是以知识的灌输为主,在中国毕业后或许很快能受到雇主的满意,但是往上晋升还需要很多能力,比如:领导力、社交力、同理心、责任感等,这些能力的培养是需要学生自己到社会上去打磨的。而美国的教育更注重实践能力的培养,美国学生都比较成熟,他们很早就知道通过什么方式去达到自己的目的,怎么去搭建自己的人脉关系。美国学生更加理性和实际,这是两个国家的社会、经济、文化、价值观等方面造成的。

当这样一个个独立自信的孩子站在你面前,告诉你他的梦想是以后做一个美国总统的时候,你会深刻感受到中美不同教育模式下"90 后"的差异。

光

进入了 Middle of Nowhere，中午登机时窗外的蓝天白云，已转眼变成刺眼的阳光，肆无忌惮直晃眼睛，拉上遮光板，静静吃完一顿韩式烤肉包菜午餐，隐约过了几小时再打开时，外面已经一片漆黑，没有星星，没有月亮，只听见飞机嗡嗡运行的声音，机翼下面是厚厚的云海，海岸线反射着一道橘色的光。

漆黑的世界里，飞机显得特别孤独，低头打量着我随身携带的《美国自驾指南》，lonely plant（孤单星球出版社），原来最孤单的不是人类，而是星球。

这让我想起电影《星际穿越》，里面的宇宙空间站是不是就像这样？在完全没有生命迹象的地方，眨眼就是白头，因为光速，那里的一天是地球上的七年。

时间总是让人措手不及。罗曼·罗兰曾说：大多数人在他们二三十岁以后就死去了，因为过了那个年龄，他们只是自己的影子，此后的余生则是在模仿自己中度过。张爱玲也有类似的句子：对于三十岁以后的人来说，十年八年不过是指缝间的事，而对于年轻人而言，三年五年就可以是一生一世。

如果我在 30 岁才发掘出原本在 25 岁应该确定的生活，可要再努力五年，在 35 岁时才能实现 25 岁时的梦想，那么这十年都去了哪里？都错过了什么？用来追赶的十年又将错过什么？

白驹过隙，站在 30 岁的青春尾巴上，我焦虑不安，仿佛进入了中年危机。

其实我害怕的是时间。

此刻，我只想闭上眼睛，默默等待加州的日出把我叫醒。

眼前的电子飞行地图显示此刻飞行的高度是 11277 米，飞行速度为 1035km/h，外面温度为零下 48 度。此刻的飞机应该在大海上方，而上海到仁川时，已经将时间往前调快了一小时，抵达洛杉矶的时间是中国北京时间 6 日的凌晨 1∶20，是当地的 5 日上午 10∶20，15 个小时的时差，17 个小时的连续飞行，应该倒床睡的时分，却硬生生地由着一轮日出亢奋着，打鸡血地倒退回 15 个小时前，时空错乱。

全机人还在安睡，窗外已经日出了，粉红中掺杂着一些橙黄，棉花田一样整齐的云层，阳光打在飞机巨大的机翼上。

哦，这久违的加州橘色阳光，直抵心底。

犹如圣洁的洗礼，让人睁不开眼：欢迎来到美国。

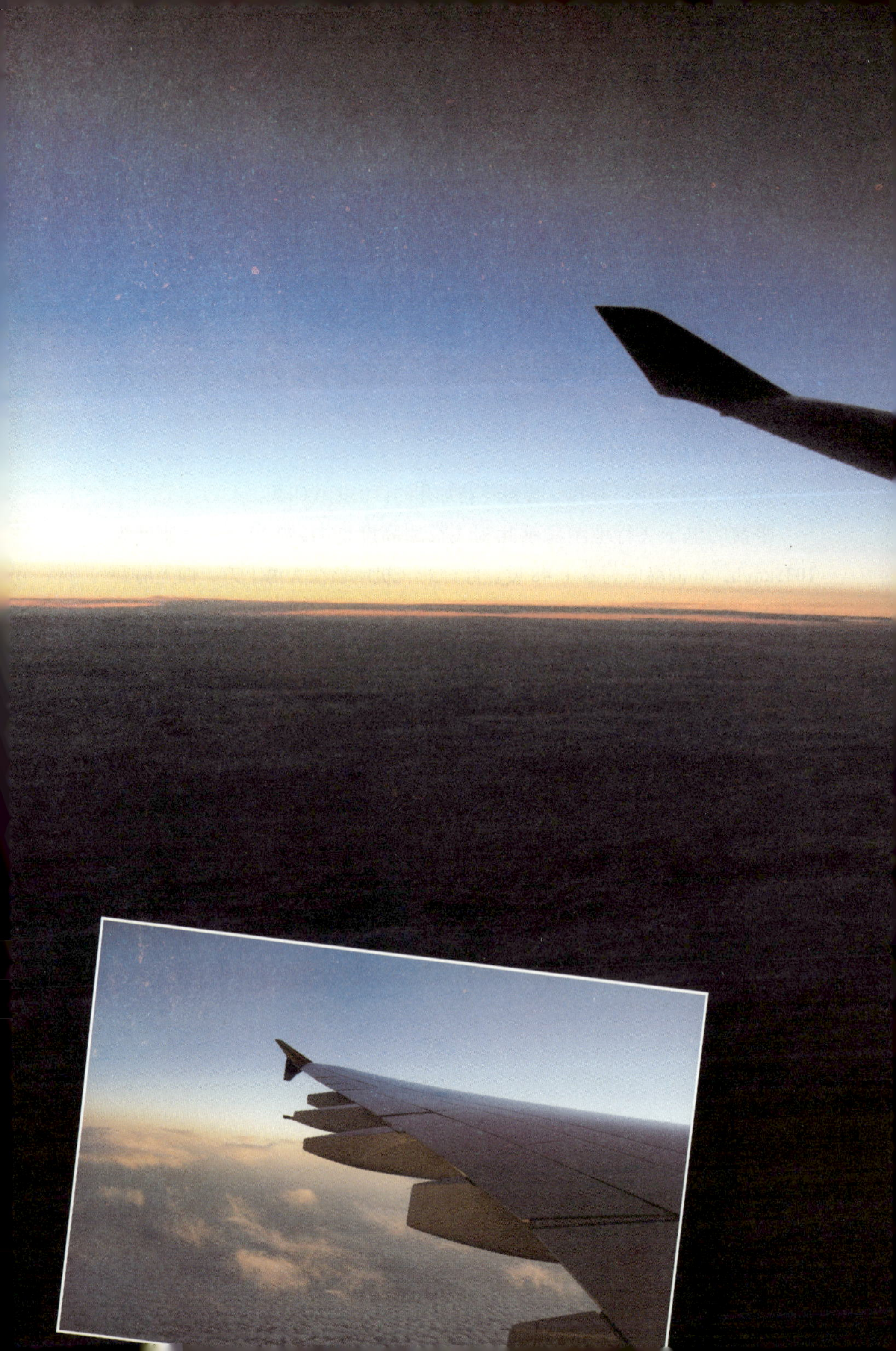

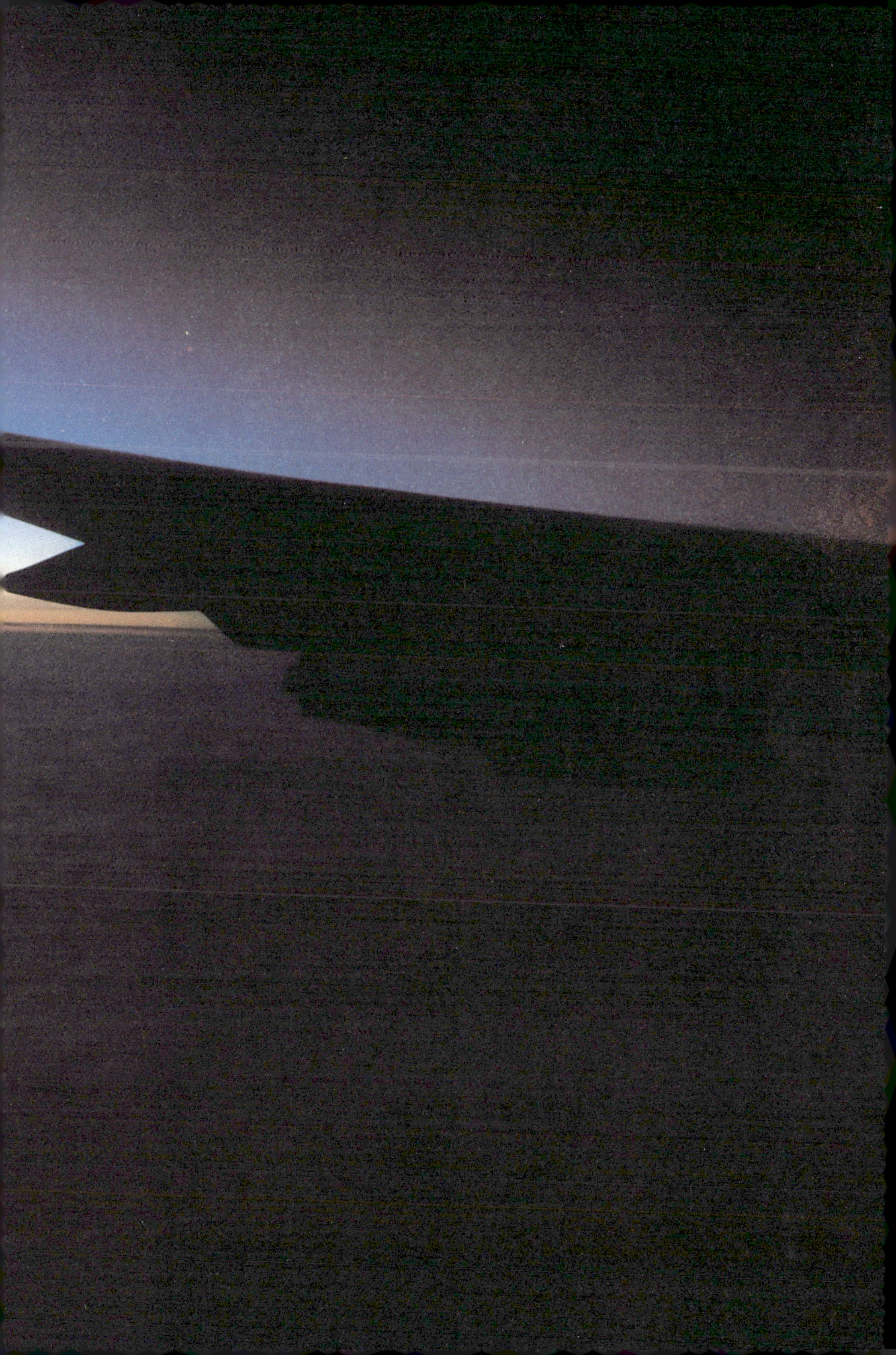

01 "林肯之州" 伊利诺伊州

CHICAGO
JOLIET
WILMINGTON
PONTIAC

CHICAGO
JOLIET
WILMINGTON
PONTIAC
ATLANTA
SPRINGFIELD

| 穿越 66 号公路 |

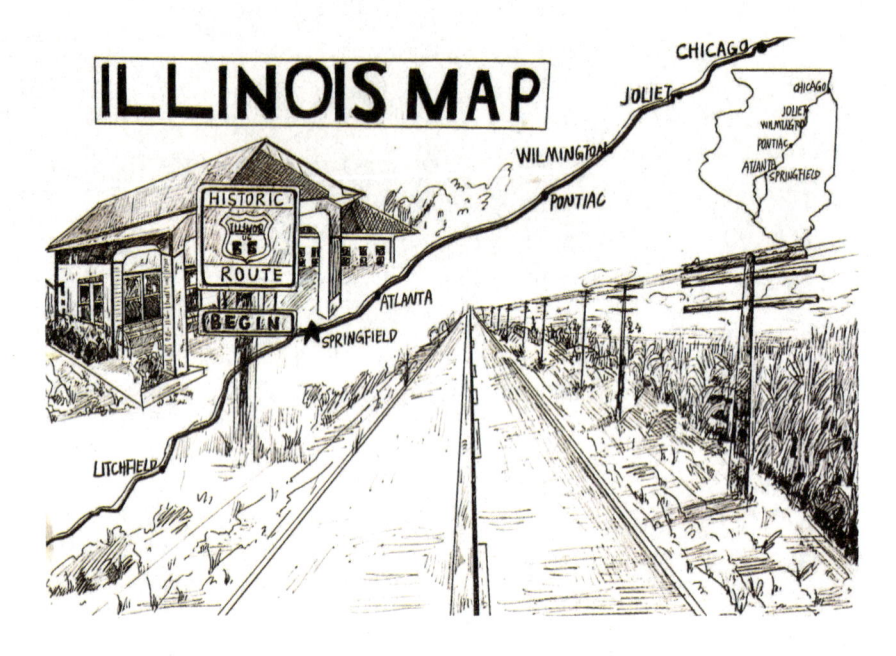

踩在伊利诺伊州（Illinois）的大地上，芝加哥便是我的背景。因为此行的目的是自驾 66 号公路，而 66 号公路的起点就在脚下的芝加哥，怎不激动。伊利诺伊州是中北部偏东的一个州，北接威斯康星州，东北濒密歇根湖，东接印第安纳州，东南邻肯塔基州，西隔密西西比河与密苏里州和艾奥瓦州相望。面积 14.6 万平方公里，原为阿尔衮琴族印第安人的聚居地。1673 年法国探险家路易·若利埃和雅克·马凯特首先探测了密西西比河和伊利诺伊河，1673 年英国取得密西西比河以东地区的统治权，1784 年划归美国，1818 年加入联邦，成为美国第 21 个州。

01 "林肯之州"伊利诺伊州

伊利诺伊州别名"内陆帝国"(the Inland Empire)或"草原之州"(the Prairie State)。州座右铭是"州主权,国团结"(State Sovereignty——National Union)。因1834年林肯当选为州议员开始其政治生涯,该州也被称为"林肯之地"。

66 号公路起点芝加哥
—— 上辈子的 Mr. Right

歌手阿肆曾说:"人们会疯狂地迷恋你,往往只在于这两个原因:共鸣,爱你乱世浮华里不会时过境迁的平易近人;缺乏,爱你庸庸碌碌里不曾迷失于人来人往的独一无二。"

当我第一眼看到芝加哥时,就被他那独特的气息所吸引,熟悉、踏实、确信,慢慢地涌上心头,犹如邂逅上世的情人。驱车进城远远地看见西尔斯大厦,两侧那尖尖的天线,眼泪止不住就掉下来了。

美国著名作家诺曼梅勒称芝加哥为"一座伟大的美国城市"。他不同于纽约的极端繁华与浮躁,不同于洛杉矶的不真实与空旷,位于北美大陆中心的芝城,美国的第三大都会,不多不少,一切都刚刚好。于是,芝加哥也成为了我心中最能代表美国的一座城市:

抬头可见的钢铁丛林和锈迹斑斑的防火梯;无处不在的荒野涂鸦;红棕色古老钢桥的影子倒影在芝加哥碧蓝的河水;希尔斯大厦顶层俯瞰壮丽的密歇根湖,黄昏里太阳从整个城市落下去;华灯初上时的夜景像是星空与地面互相颠倒,线条整齐,大气磅礴,一条条像 3D 特效镜头下没有尽头的路,通向宇

"林肯之州"伊利诺伊州

宙,通向前世,通向未来。整座城市混合了老牌繁华工业都市风格和后现代自由艺术氛围,似曾相识,又恍若隔世。

芝加哥又被称为"风城"(the Windy City),1871年的一场大火乘着风势,最终几乎烧毁了整座芝加哥市区,直到今天,走在街上时不时仍有一辆辆拉着警报,呼啸而过的消防车来回在街道上警惕的穿梭。而经过规划后重新展露在世人眼前的这座新城,正散发着迷人的魔力,从昔日木质结构到尝试用钢铁结构建筑的转变,一座座钢铁建筑像现代的艺术品一样拔地而起,整座城市俨然成为一座带着脉搏,跳动着地开放式的建筑秀。

壮丽一英里、千禧公园、汉考克大厦、海军港、芝加哥艺术馆、芝加哥大学、西北大学……步行加地铁是观光芝加哥的最佳方式,穿越芝加哥古老与新潮的大街,可圈可点可拍的风景处处皆是。破旧的地铁从坚固的高楼大厦中穿梭,伴随着阵阵轰隆隆与吱吱嘎嘎的摇晃,透露出大牌明星的气场。年轻时代的风华依旧还写在脸上,而饱经沧桑后的气质早已脱俗,性格也沉

| 穿越 66 号公路 |

淀为另外一番心平气和的样子，经历了世间的磨合与历练，从容不迫地笑对一切，霸气 Hold 住全场。

驱车驶入的那天是周日，车流非常大，拥挤的密歇根大道临时封闭了几个路口，交警指挥着过街人群，口哨声、嘈杂声四起；GPS 也几乎发疯似的不断重新定位和规划；在高楼林立的城市里，四车道显得拥挤不堪，黄色的出租车、各式豪华跑车，不断刹车、轰油门、再刹车，后面的喇叭声此起彼伏。

驶进亚当街，看见 66 号公路的起点路标，一阵欢喜，可惜车流量太大，完全没有办法靠边停车。我一会儿看 GPS，一会儿看手机地图，最后还是决定就近把车停在千禧公园的地下停车场，30 刀一小时，这恐怕是我最贵的一次停车费了，"被宠爱得都有恃无恐"，想起这句歌词，嘴上开始哼哼。

66 号公路起点路标在一家 Panda Express（熊猫快餐）门口，非常不起眼，对着街的落地玻璃窗后吧台的两位黑人帅哥看我不停地搬弄三脚架，向我微笑打招呼，露出两排整齐的白牙，看着让人高兴。

不知道是不是我的三脚架暴露了这个原本不起眼的路边景点，路人们开始留意到这个景点，越来越多的游客跑来取景。我站在路标前，像守候着它的主人一样，热情地招呼着前来的游客，乐呵呵地帮他们拍照，接过他们递来的单反、iPad、手机，待他们检查满意后微笑离去。

66 号起点标志的对面是坐落于密

026

歇根大道上的芝加哥艺术学院（School of Art Institute of Chicago），它建于1866年，是美国顶尖艺术教育机构之一，也是世界三大美术馆之一，它汇集了上世纪以来人类创造力的精粹，珍藏了从古老的中国铜器到当代的艺术工艺品，还有大量的印象派和后印象派的著名画作：文森特·威廉·梵高（Vincent Willem Van Gogh）《向日葵》、克劳德·莫奈（Claude Monet）《睡莲》、爱德华·霍柏（Edward Hopper）《夜鹰》、格兰特·伍德（Grant Wood）《美国哥特人》、巴勃罗·鲁伊斯·毕加索（Pablo Picasso）《老吉他手》等。

我站在博物馆的镇店之宝——《美国哥特人》（American Gothic）前，画中主人公是一个美国农夫，眼睛直直地向前平视，双唇紧闭，黄瘦的脸上表情十分严肃，鼻梁上一丝不苟地架着圆圆的眼镜。他沾满泥巴的手里拿着一个叉，既代表了在农业占主导地位的年代，农民们勤劳耕作的精神，也象征着在19世纪男权社会中，不容置疑的男性权威和力量。从构图上来看，叉与人物椭圆形的脸和人物身后哥特式窗户的线条相呼应。站在他身边的女人一副典型的维多利亚时期女性的装扮，从发型到服饰，甚至到表情，都让人联想起简·爱。女人的表情也不苟言笑，只因那个年代的女性以严谨、矜持、勤劳、克己为美德。她略微站在男人身后，眼睛看向男人，有点"唯他是听"的意味。这幅作品与《自由女神像》、《芭比娃娃》、《野牛镍币》和《山姆大叔》称为美国文化的五大象征。

"他们是夫妻吧？"

"他们更像兄妹。"

身后一对情侣正在对话。

走出艺术学院高雅的殿堂，与之相邻的是芝加哥人气最高的千禧公园，芝加哥城市的代表——闪亮的大豆子（云门）。奥巴马曾在芝加哥大学法学专业执教12年，也曾于就职前在此演讲，芝加哥的高楼大厦倒映在大豆子的镜面上，犹如生长在这颗豆子的顶端，来拍照的人非常多，而取景的妙处就是能将大豆子、芝加哥的高楼大厦和你自己一起囊括入画面，一张"我与芝加哥"瞬间出炉，十分酷炫。云门每年6月至8月的午餐时间和大多数夜晚都会举办现代公共艺术品展和音乐会，人头攒动，成为芝加哥的一张名片。

落日时分，我避开了熙熙攘攘的密歇根大道，沿着密歇根湖一路向北行驶，经过停满白色游艇的港口，路过海军港、摩天轮，眼前是一个对宠物开放的沙滩公园，路边停满了车，主人像带着自己的小孩一样，牵着狗从车上下来，在沙滩上和狗嬉戏打闹，有的甚至模仿着自己的宠物狗，蜷着身体，跪在浸满海水的沙子里，匍匐、打滚、撒欢、奔跑，享受着做一只狗的乐趣，无邪的笑声清脆地在沙滩上飘扬。

一对情侣带着一对宠物狗沿着沙滩向我缓缓走过来，女孩穿了荧光粉的T恤，男孩是荧光绿的Top，两只狗在前面你追我赶：一只史宾格犬（Brittan Spaniel），一只杜宾犬（Doberman Pinscher），一粉一绿的情侣跟在后面，一前一后，伴随着落日的余晖，风中满是惬意的味道。

天黑后，我将车开到半小时外的朱丽叶（Joliet）镇，广播里说暴风雨将要来了，建议大家不要出门。于是，我在Super 8询价，前台是一个眼神深邃的印度帅小伙儿。

"你来自中国？"他看着我的驾照。

"挺不容易的，我给你打个九折吧。"

"这么好！"

雾气腾腾的热水澡后，我躺下打开相机，翻看今天拍的照片。目光依旧停留在从443米高的西尔斯（Sears Tower）俯拍的密歇根湖面，芝加哥河畔里建筑高楼和钢铁老桥的倒影，反反复复观看，幅幅伟岸大气，心中仍是不舍，念着，抱着相机，不忍睡去。

Joliet曾经叫作Juliet，和附近的罗密欧（Romeo）镇相呼应，现在

"林肯之州"伊利诺伊州

Romeo 也改名为 Romeoville 了。Joliet 是一座非常安静的小镇，街道整齐，几乎没有行人。位于芝加哥大街北 102 号的被誉为 "Jewel of Joliet" 的丽都广场剧院（Rialto Square Theater）是这座小镇最出名的地方，大堂按照凡尔赛宫的镜厅（Hall of Mirrors）设计，里边有美国最大的手工枝形吊灯，内堂也是满满的奢华气派。

因为教堂居多，Joliet 一度的昵称为"尖塔之城"，讽刺的是，现在这是一座不折不扣的赌城，Harrah's 的广告牌比什么都大，市中心有种说不出的荒凉。

Joliet 还是冰雪皇后（Dairy Queen）的发源地。1938 年，McCullough 父子在附近名叫 Kankakee 的一个小店试卖自制软冰激凌，广告语是 "10 分钱吃到饱"，两小时卖出了 1600 多份，空前的成功试卖让他们信心十足，于是，1940 年 Joliet 有了第一间 Dairy Queen，现在已经在全球拥有约 6000 间分店。

小镇东南边的 Jacob Henry Mansion，是一座 1873 年的豪宅，听说有 40 多间房间。阔气的装饰风格，在当时还被誉为 "Silk Stocking Row"。走进豪宅，一位穿高跟鞋着正装的女士向我走来。

"打扰一下，这里能参观吗？"

"以前是可以的，现在这里被改为婚庆专用了，恐怕不行呢。"

我微笑着答谢，离开。

TIPS

Rialto Square Theater: 102 N.Chicago St. Joliet, ILLionis
丽都广场剧院：芝加哥大街北 102 号，朱丽叶。

Jacob Henry Mansion: 20 S.Eastern Avenue, Joliet, ILLionis
雅各伯·亨利大厦：东大道南 20 号，朱丽叶。

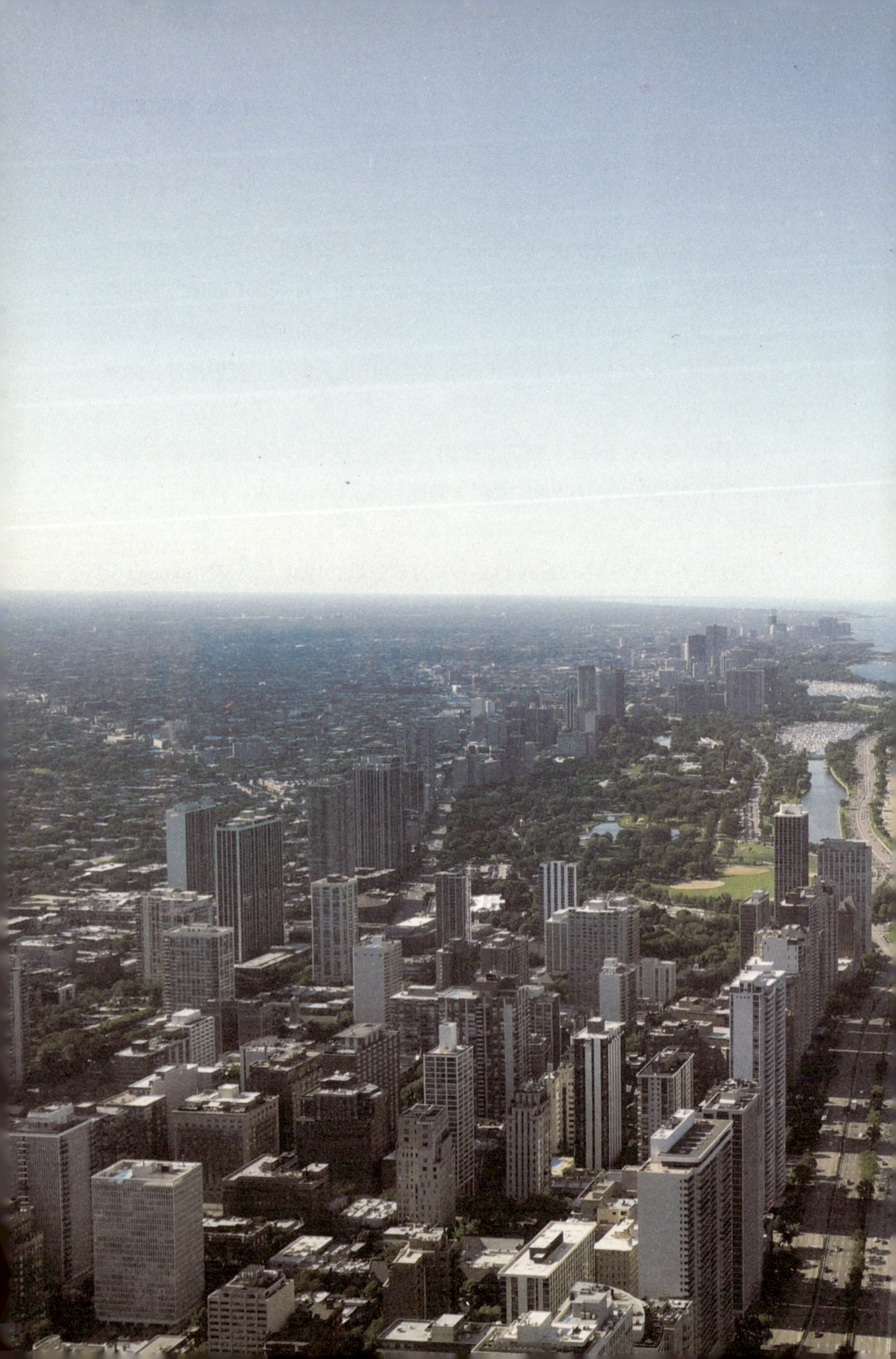

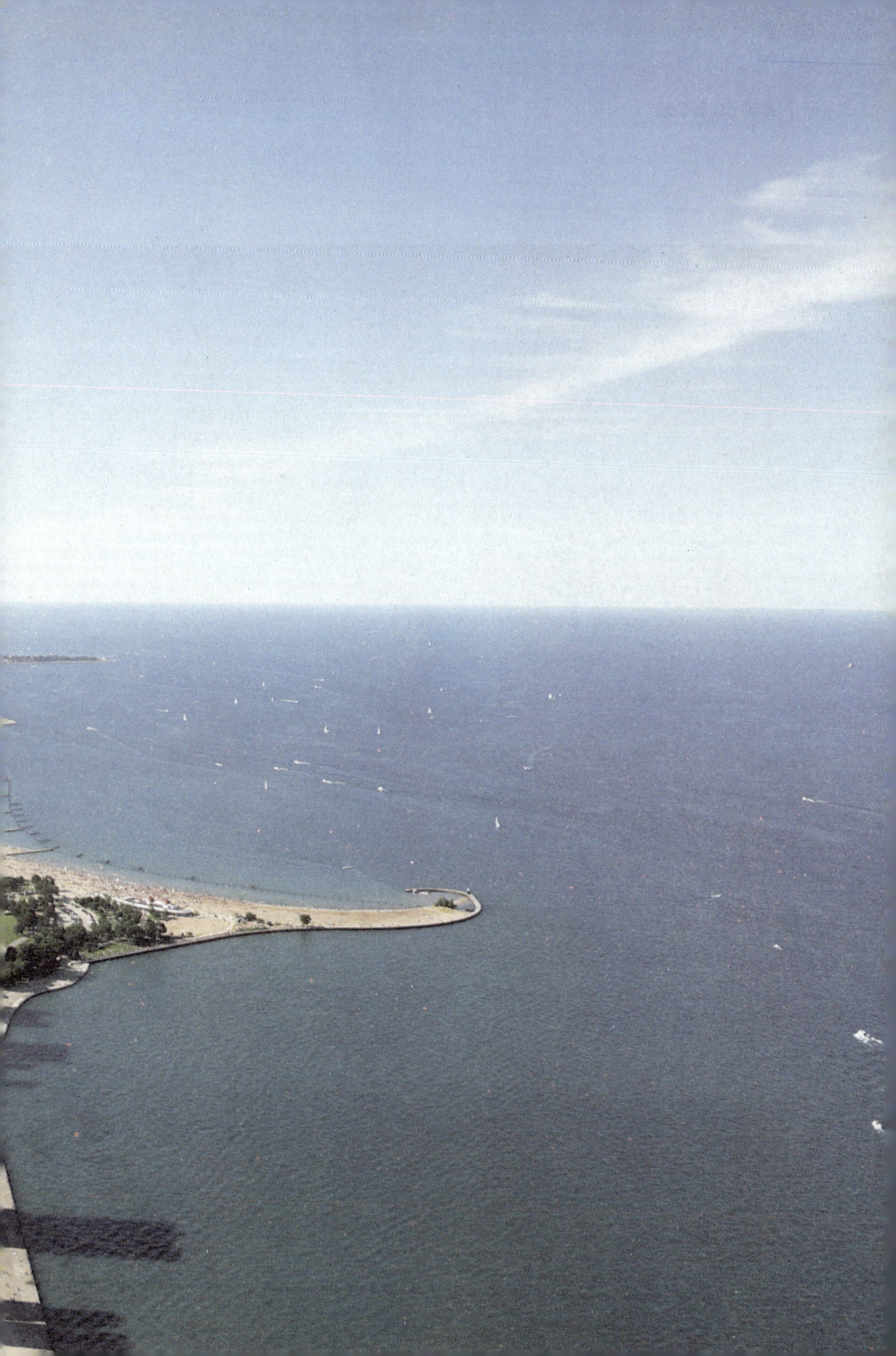

| 穿越66号公路 |

01 "林肯之州"伊利诺伊州

| 穿越66号公路 |

"这不是一只简单的鸡，它是我的旅行伙伴"
——带着鸡旅行的美国文身女孩儿

下一个景点位于惠灵顿（Wilmington），芝加哥南60英里的玉米地，从241出口驶离I-55州际高速公路（Interstate Highways），沿着HWY 44 州内高速公路往南走不远进入HWY53，远远就看见了耸立在路边的双子座巨人。这尊身高28英尺的玻璃纤维制作的巨人，身着深绿色工服，头戴钢盔，手放胸口前托举着一个印有发射台（Launching Pad）字样的火箭，自1965年起，就被放在了这里，守卫着旁边的发射台汽车餐厅（Launching Pad Drive-In）。餐厅虽已停业，但这尊抱着火箭的巨大绿色雕塑无一不铭刻着重工业时代的印记，同时也是经典的66号公路景点。

这类玻璃纤维巨人在20世纪50~60年代在高速公路上流行起来，成为餐厅或沿途商店吸引游客放在路边的装饰建筑。第一个巨大的雕像手持斧头，1962年诞生于亚利桑那的Flagstaff，起名为Paul Bunyan，放在Paul Bunyan咖啡厅门口招揽客人。之后绝大部分的巨人都像是从同一个模具中做出来的，他们统称面具男（Muffler Men），曾是美国高速公路旁常见一景。巨人像的主人都在个性化面具方面显示了惊人的创意，让它们手持面具、火

"林肯之州"伊利诺伊州

箭、热狗、斧头不等,做成胡须、光头、戴雪镜、瓜皮小帽之类,再给起一个昵称,自成一格。在经济飞速发展中,这些不产生盈利又占地方的玻璃纤维雕像一个个被移除,目前66号公路上仅剩三个这样的巨人像。

我将车停在巨人对面的加油站,抱着三脚架和相机,朝巨人走去。凑近餐厅窗户一看,里面没有人,桌椅什么的都还排放整齐,像是随时等候有人来开门一样,我一面心里嘀咕着,一面将三脚架架好,走到巨人前拍照。

一辆银色的车驶入,靠着餐厅的角落停了下来,车门打开,一条胖乎乎的大腿伸出驾驶室,踩在地上,腿上是五颜六色的花朵文身,一个红色短发的女孩走出了车外。我以为是餐厅的工作人员,过了一会儿发现那个姑娘还站在餐厅门口,像是在等我拍照结束。

我朝她走去。

"你好啊。"

"我能很快地给我的鸡和双子巨人拍几张照片就离开吗?"

"当然"。

她将手上那只黄色张着嘴巴的塑料鸡放在巨人的脚下,用手机拍了一张照片,然后拿起鸡往回走。

"为什么给鸡拍照,自己却不拍?"

"Rubber Chicken(橡胶鸡)?她是我一路旅行的好伙伴,我主要是带它出来旅行的,给它拍了就够了。"

我打量着那只塑料鸡,修长的身体,嘴巴夸张地长着好似在打鸣,《生活大爆炸》等不少美剧里出现过。

"你叫?"

"Cat·A·Strophoea,你就叫我 Cat 吧。"

"你也是在一个人旅行吗?"

"是的,我已经旅行了两个多月了,来自 Burlington Vermont(美国东北

| 穿越 66 号公路 |

01 "林肯之州"伊利诺伊州

靠近加拿大），已经去了弗罗里达州的 Key West（基韦斯特）[①]，现在正在从南往西走。"

"你是做什么工作的？能请到这么长的假？"

"我在医院做技术支持的，这次是专门请假来旅行。"

"你老板同意？"

"不同意又怎样呢？我就是想要来旅行。"

"这鸡似乎是你的宝贝？"

"她是我的旅行搭档，我走到哪里，就把它带到哪里。"

我仔细打量她满手臂和小腿上的文身。

"好奇这文身吧？很多人对我的文身都很感兴趣的。"她伸出右手，在我面前晃悠，展示着红色、绿色线条的不同花朵，"你看这花朵，每一朵花代表了美国的一个州，我每去到一个州，就会文上一朵花作为纪念，目前我已经走过 29 个州了。"

她一边说着，一边扭着手臂，转到背面，让我仔细拍下来。

"哪个部位文身最不疼？"

"后背和手臂外侧吧。"

"能否问你一个比较愚蠢的问题啊？"

她很严肃："你尽管问。"

"万一有一天你不喜欢你身上的花朵了，你会后悔现在的文身吗？你会怎么做？"

"到时候在那上面再文就好啦。没关系的，我现在喜欢就够了。我不会后悔，也不会太在意。身体是你的肉身，对你而言更重要的是你的心灵，肉身是可以忽略不计的。"

[①] 美国本土最南端，在佛罗里达群岛西南端的小珊瑚岛上，距古巴 90 迈，曾为美国作家海明威的故居。

"林肯之州"伊利诺伊州

"文身对你来说意味着什么?"

"意味着我当时的快乐,美好的回忆,我生活的记录。"

"走了两个多月了,有什么收获吗?"

"最大的收获就是真正开始认识自己,人生就是一段旅程,而我所做的就是让我的旅程更加地丰富精彩。所有的经历都是财富,不论你收获到的开心,痛苦,甜蜜,甚至恐惧都是一种收获。没有失去,只有得到。人生的一切都是得到,好的,坏的,都是得到。"

为了互不耽误行程,我们迅速地留下了彼此的邮箱和 Facebook,我回到车上就迫不及待地加了她,并将一张她允许我摆拍的照片发到了 Facebook 上,照片里她站在双子巨人下,脸酷酷地朝向天空,撅起下巴,不屑的表情,像巨人托举火箭一样,同样举着鸡。"今天认识了一个酷酷的美国女孩",开车离开。

她很快也加了我:"今天遇到一个来自上海的独自穿越美国的中国女孩。"

我点了她的赞。

她点了我的赞。

各自继续向着相反的方向离去。

自此一别,九月初的一天,Cat 在她的 Facebook 上 @ 我:"We hit the Route 66 midpoint yesterday with Rubber Chicken and I waved to Ling Jiang from across the world."(昨天我和我的鸡到达了 66 号公路的中点,我向着大洋彼岸的凌挥手呢。)下面是一张 Bubber Chicken 躺在 66 号公路中点路牌"Los Angles 1199 Miles, Chicago 1199 Miles"的照片,小鸡挺直身板,一如既往地安静与倔强,背后是一只铁质的牧场大风车,我仿佛听见风车转动声音。

你若盛开,清风自来。

01 "林肯之州"伊利诺伊州

"你好,欢迎来到我们的城市"
—— 我与庞蒂亚克市长的不期而遇

庞蒂亚克是 66 号公路上离开芝加哥后第一座正式的城市,地位像 66 号公路关口一样举足轻重。产生这样强烈的感受,不仅仅源自这座城市本身的风貌与故事,还来源于我在这座城市的奇特经历。

彩色脚印带我去看城市墙画

庞蒂亚克成立于 1926 年,每年来此参观的人数达到五万人之多,墙画艺术博物馆,66 号公路历史博物馆,鲍勃·沃德麦尔(Bob Waldmire)的家等景点十分集中。庞蒂亚克周围紧邻伊利诺伊州州立大学、伊利诺威斯林大学、哈特兰德社区大学等众多大学院校,文化艺术及经济交流也十分频繁。

驱车进入庞蒂亚克市,靠近 Wishing Well Motel 旁的硕大的 66 号标志吸引了不少游客,据说这是 66 号公路上最大的一个 66 号盾形 LOGO。这个城市的关键词是"墙画"(Wall Dog),与随意的墙面涂鸦不一样的地方是,墙画正统许多,全城街头共有 23 幅墙画,内容都与 66 号公路有关:庞蒂亚克

汽车修理厂，等待的军人，坐在油站旁的老人，栩栩如生，惟妙惟肖。沿着街道行走，你会留心到脚下路面印有蓝色和红色的脚印，有的时候蓝色和红色并列前行，有的时候在街头突然分开。原来脚印代表了不同的参观路线，红色是博物馆线路，蓝色是街头涂鸦的艺术墙画。

　　我花了两个小时仔细地考察了这座城市，沿着彩色脚印一边走，一边看着行人在墙画前穿过，现代的活力与艺术底蕴交错，一张张热情好客的质朴面孔，典雅恬静，感受这座城市的气息。

市长带我参观博物馆

"你好!"

我站在硕大的66号标志前,突然听见一个人在后面隔着距离大声招呼我,转头一看,是一位身穿蓝色印有"Pontiac"字样T恤、米色休闲裤、精神焕发的中年男士,我一愣,第一反应是难道我犯错了?这个地方不能随便拍照吧?他微笑着向我走来,又用中文说了一次:"你好"。能在这里遇见说中文的白人,实在是不容易,我备感亲切,也热情地向他回应。

接下来他用英语问我:"你来自北京?还是上海?"

"我是从上海过来的。"

他拿出手机,点击了一下,我听见别扭的中文翻译发音:"欢迎你来到我们的城市庞蒂亚克,我是这里的市长罗伯特。"Mayor(市长)?怎么可能?我不相信,嘴上挂着诧异的表情,什么?您是市长先生?

"您好啊,市长先生?"

反应过来是真的市长后,我清清嗓子,正式地向他介绍自己:"我来自上海,暑假一个人自驾66号,因为对这条路上的人和事非常感兴趣,您能给我提供一些帮助吗?我将非常感激。"

"上我的车吧,我带你去看看我们的城市。"

我开心地跟在罗伯特市长后面,上车之前,他首先带我去了66号公路历史博物馆,站在博物馆内鲍勃的"家"——一辆比房车小一点的大众车前为我介绍:"这是鲍勃的第二辆车",然后带我去了二楼的墙画艺术博物馆,罗伯特市长一边走一边介绍,速度非常快,我紧跟着,仔细听着他的每一介绍。

转了两个博物馆后,罗伯特市长带我走向他的车,那是一辆蓝黑色的商

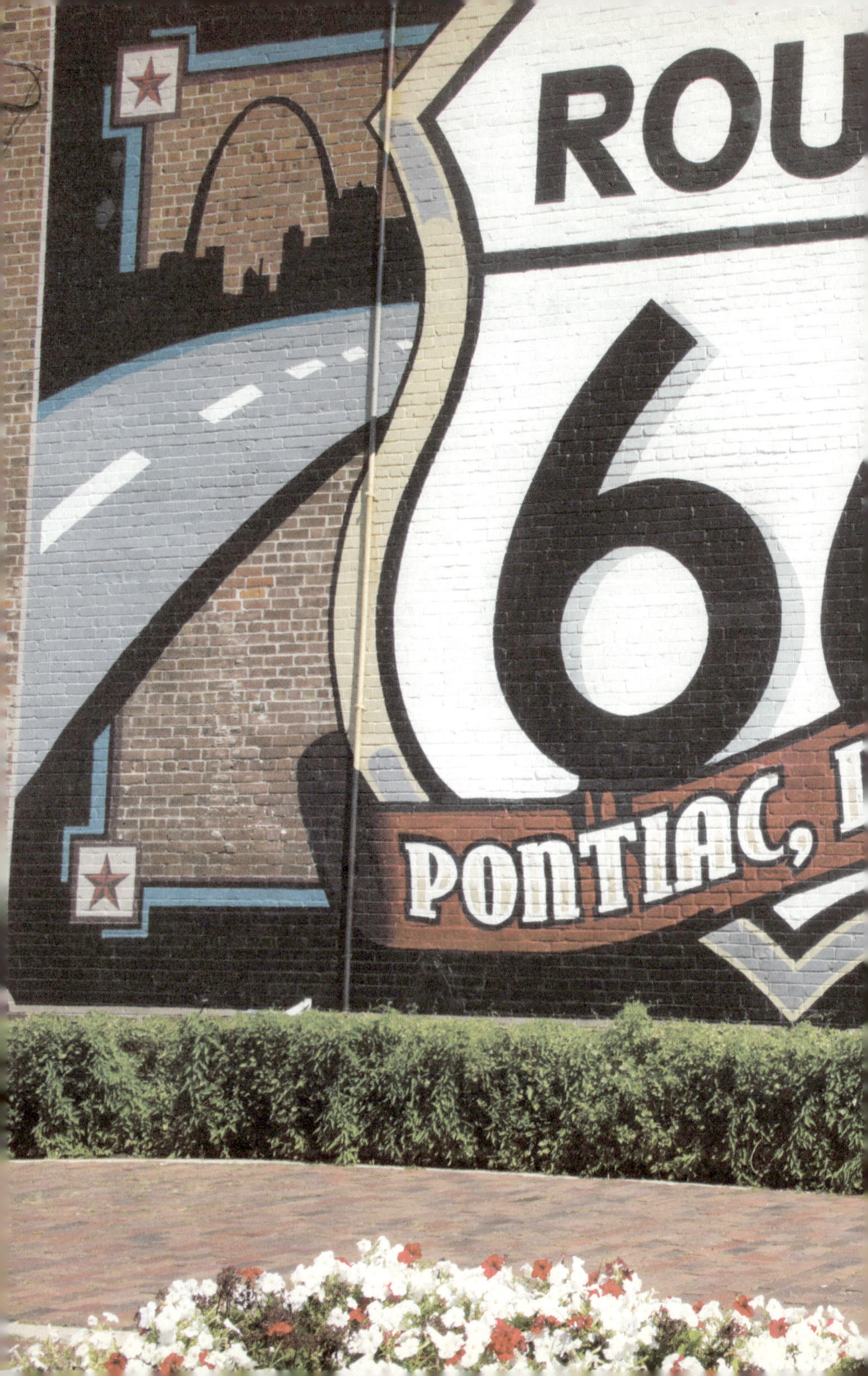
ROU
66
PONTIAC,

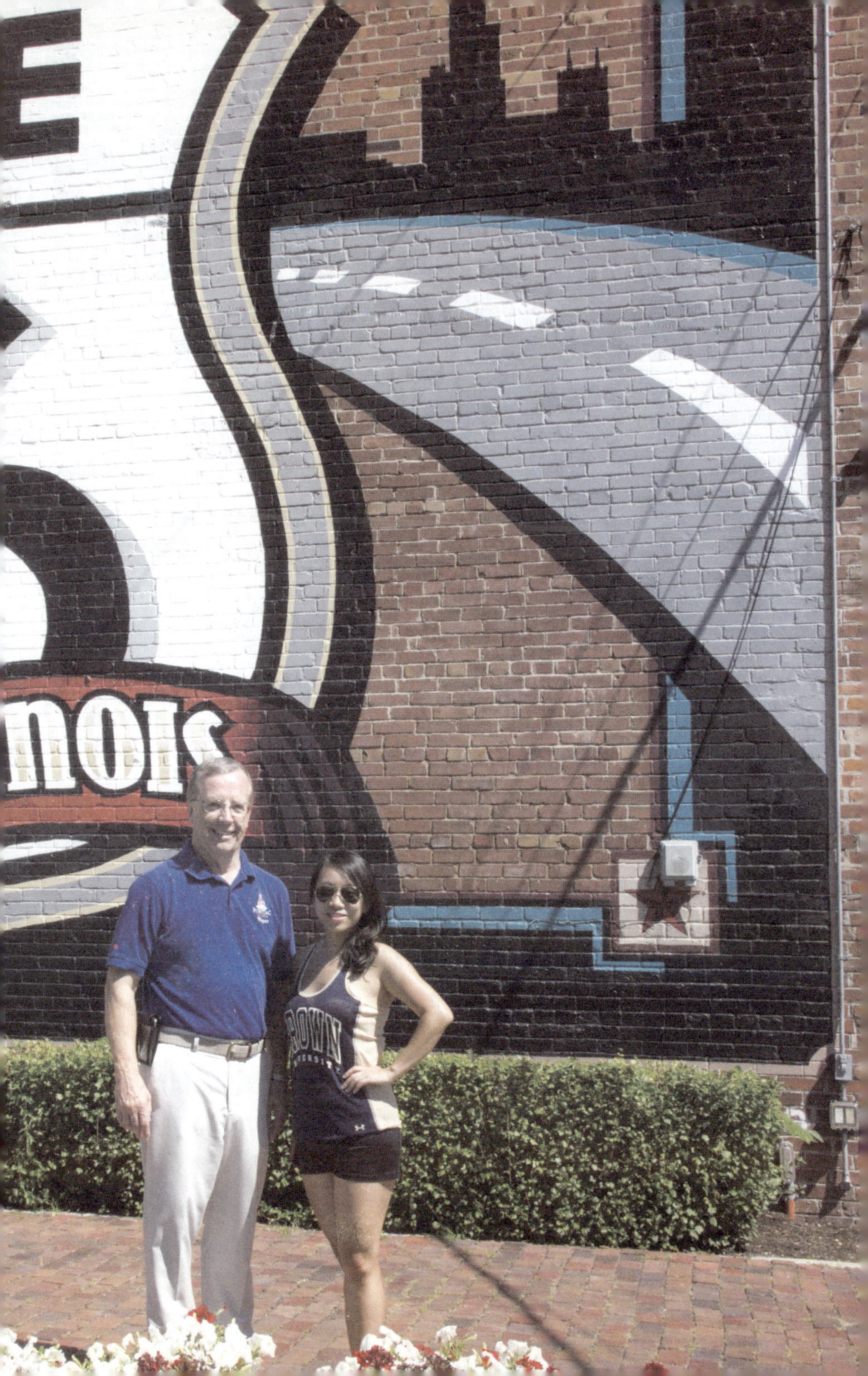
NOIS

务车，他亲自为我打开了车门，接下来他一边开着车，一边向我介绍街头的墙画，当路过市中心法院门口的林肯雕像时，市长介绍的声音突然兴奋了起来，他脸上掩饰不住的笑容，似乎想要把整座城市都展示在一个中国游客的面前。我突然想起来，我的车还停在博物馆门口的马路边上，于是着急地向他询问："对了，罗伯特先生，我车停在博物馆的马路边，也没见人来收费，是否违规啊？"他笑笑："我们市和别的城市的不同，就在于我们不收停车费，你可以随便停，停多久都行。""这是您制定的对旅游产业的鼓励政策吗？""当然，我们市还有一位来自你们北京的绘画艺术家，叫汤东柏，我带你去他的画廊看看吧。"

罗伯特市长把我带到了东宁彩绘画廊的门口，走进大厅，一幅画正摆在大厅最显眼的位置，画中一位熟悉的男子骑在马背上，非常威风。

"这不是您吗？"

"哈哈，是我，这是汤东柏先生为我画的画像。"

由于主人不在，罗伯特市长直接带我走进画廊，指给我看一辆车身彩绘着印第安人酋长庞蒂亚克的庞蒂亚克车。在庞蒂亚克的同名城市，看到同名的酋长被画在同名的车上，这真是绝了！

"这辆车曾经在芝加哥的车展里展出过，是我们庞蒂亚克的骄傲。"

在隔壁的画室里，都是整齐的画布，各类画笔和颜料，墙上挂着京剧脸谱等不少中国元素的挂件。走进另一个房间，是一个个穿着长短不同晚礼服的塑料模特，罗伯特市长说："麻烦你站进来。"然后他把门关上了，正当我诧异的时候，他把房间里的灯也关了。顿时，出现在我眼前的是一幅幅夜光晚礼服，配合墙壁上的荧光投影，仿佛进入了《阿凡达》的三维视觉世界，太神奇了，我不禁赞叹起来。

"这里既是画廊，也是东宁国际彩绘艺术学校，学校由庞蒂亚克市政府负责投资兴建，来自北京的华裔艺术家汤东柏，在这里教授世界顶级的喷笔绘画、汽车彩绘、隐形壁画、墙体彩绘、夜光服装彩绘等课程，在美国都有很高的声誉。"

"尽管在旅游方面，庞蒂亚克已经做的不错了，但凌，这里绝不仅仅是一个适合参观访问的旅游城市，更是一个理想的投资场所。"罗伯特市长递给我一张中英文的宣传卡片："这里拥有开创成功的商业所需要的一切：大量的可开发利用的市属土地资源；紧邻繁忙的I-55号州际高速公路，众多便利的地区铁路枢纽和河运港口；企业家可享受到的多项利益：从刺激发展的各种举措到诱人的联邦EB-5投资绿卡项目等；一个特别而且热情的社区：不仅宜居，而且保证充足的劳动力，使你的企业有无限的发展空间。"

之后，罗伯特市长将我带回到博物馆附近我停车的位置，刚好他孙女的一家精品店也在此，"我还有一些事情要处理，你有任何问题就问我孙女，她会尽可能地帮助你。我把我的名片也给你，随时联系我，如果你今晚不走，

晚上我们一起用晚餐吧。"

和市长共进晚餐？那我没道理走了，真是偌大的荣幸啊。

我与市长共进晚餐

晚上六点，中国自助餐厅，罗伯特市长准时抵达，和他一起的还有他的夫人苏珊（Susan），庞蒂亚克副市长 Ellie Alexander，从芝加哥赶回来的华裔艺术家汤东柏，以及另一位第二次来到 66 号公路，也在记录 66 号公路的北京旅行女作家"火车"以及与她同行的女儿。

第一次和市长共进晚餐，会不会很拘谨？应该说什么话题？

这些顾虑在市长的照顾下都一一化解。我们在餐厅大厅中间一张八人座的位置上坐了下来，然后市长满脸笑容地向大家介绍了我，我也再次表达了今天无意在街头拍照邂逅市长的激动。市长招呼我们拿盘子去取食物，"这家中国餐厅很好吃的，你们一定饿了，我们开吃吧。"于是，大家都很随意地开始晚餐，一边用餐，一边交谈着在 66 号上遇到的好玩儿的事情。"去年，王学兵、李晨、郝云等明星来到了我家，还在我家的农场弹吉他唱歌。"市长一边对我说，一边掏出手机给我播放视频，郝云正在唱着《突然想到理想这个词儿》。

市长夫人苏珊在一旁和我寒暄，问我从哪里来，喜不喜欢美国，都走了哪些地方。苏珊今年 58 岁，是一位高贵典雅的女士，她爱唱歌爱跳舞，据说有重要游客来访，苏珊都会带着她的舞蹈团队为游客演出，受到游客的大力赞赏和喜爱。

用餐完毕，告别时，罗伯特市长分别拥抱告别了在场的所有人。

"今天是我在 66 号公路上最惊喜的一天，您也是至今我遇见的最特别的一位美国市长，谢谢您带我参观您的城市，谢谢您丰盛的晚宴。"我对市长说。

"林肯之州"伊利诺伊州

他说:"凌,你若还有关于我们城市的疑惑,记得给我发邮件。"

"Will do"(一定会的)。

没想到的是,我还没来得及发邮件致谢,在隔日周一早上的八点,我就先收到了罗伯特市长给我发来的邮件,全文如下:

Ling,

I really enjoyed getting to meet you this past weekend in Pontiac. As you have seen, we have a great little City with lots of things to do. I look forward to seeing some of your photos and articles of our City. If you need any assistance on any of your writings, please feel free to contact me.

Mayor Bob Russell

凌,

上周末能够在庞迪亚克认识你我真的很高兴。如你所见,我们有一座伟大的小城市，有很多有趣事情可以做。我期待看到你关于我们城市的照片或者文字。如果你在写作中需要任何帮助，请随意地联系我。

市长鲍勃·罗伯特

市长的理想

通过各种渠道，我更多地了解到了罗伯特市长的情况。他今年65岁，已经任满第一届四年的市长，在第一届市长任期里他是兼职任市长，因为还有自己的企业要打理，从2013年开始，是他的第二届全职市长任期，目前还有最后一年。罗伯特市长社交能力很强，他与伊利诺伊州州政府及联邦政府都有非常好的关系，不少项目都得到州及联邦政府的大力支持。罗伯特市长还非常重视中国的古老文化艺术，他有很多中国朋友，包括一些中国知名人士。去过他的办公室的人告诉我，那是一个不足十平方米，到处都堆放着文件的繁忙的工作室，乱中有序，其中有很多中国友人送给他的礼物，比如题有毛笔字的扇子等。

据说罗伯特市长早已是百万富翁，而市长这份工作付给他每个月的工资不过1000美元，那他为什么还要做市长呢？明显这不是为了挣钱，而是源于他真心爱这座城市，真心想要打造这座城市，把这座城市当作他的梦想去建设。都说有钱人的终极梦想就是建造自己的城市，对此我似乎有一些理解了。能够在周六早上，像一个普通的志愿者一样，身着印有城市Logo的T恤，穿梭于广场和来自世界各地的游客拍照留念打成一片；能把身边的中国游客聚集在一起，请他们吃一顿家乡的自助餐；能够准确记下访客的名字和邮箱地址，在周一大早发来邮件再次感谢；能够在城市的每一个小店听到民众对他的拥护和赞扬；这样亲民爱民而又勤奋耕耘的美国市长，我还真的是第一次遇到，佩服得五体投地，我想这样的美国市长也值得全世界每一个市长学习。

01 "林肯之州"伊利诺伊州

为了纪念印第安酋长而建造的城市

没错,庞蒂亚克城市与我们熟知的美国通用汽车公司旗下的品牌是同一个名字,因为这里就是它的产地。国内也将此款车称为庞蒂克,其前身是1907年的奥克兰汽车公司(Oakland),1931年改为庞蒂亚克。2009年4月29日,通用正式宣布砍掉庞蒂亚克这个品牌,拥有102年历史的庞蒂亚克从此消失。此品牌于2010年10月31日倒闭。

位于这里的庞蒂亚克汽车历史博物馆是全美最大的庞蒂亚克汽车专门博物馆:一整座展柜的车头标、满满一墙的属于那个年代的机油铁罐,不同年代庞蒂亚克车的经典款式。

庞蒂亚克城市的这个名字也是为了纪念印第安酋长庞蒂亚克。庞蒂亚克Pontiae(1720~1769)是美国渥太华印第安酋长,也是美国最伟大的部族联盟领袖之一。他曾领导联盟对抗占领北美五大湖区的英国人,史称"庞蒂亚克战争"(1763~1764)。1755年为部族酋长,擅于用兵和韬略,遂为渥太华、波塔瓦托米(Potawatomi)和奥吉布瓦(Ojibwa)诸部族联盟的首领。1769年后他在访问伊利诺州时被皮奥利亚印第安人(Peoria Indian)刺杀身死。庞蒂亚克这个品牌是取义印第安酋长英勇善战,所向披靡的精神。

在庞蒂亚克汽车博物馆里,我和在此工作的三位志愿者聊了起来。他们三位中最年轻的是一名叫做Jennifer Merrill的研究生,暑假在这里兼职,而另外两位志愿者是一对白发苍苍的夫妻,丈夫Jim是DETLA航空的飞行员,妻子Sandy是一位非常漂亮的空姐,尽管已经满头白发,发型和穿着却很时尚,淡妆,精致的五官轮廓,气质出众,一件翠绿色白色波点的T恤,最引人注意的就是那一对同样翠绿色的耳钉,一定是精心搭配的吧。我说:"我在美国走了这么久,您是让我感觉到最精致,气质最不一样的一位女士。"

| 穿越 66 号公路 |

她开心地说："我太爱你了。"Jim 也在一旁捧场说我："你嘴太甜了，我应该付你小费吧"。

"你们就像是一家人，如果不说我不知道你们只是志愿者，我帮你们拍一张照吧，我想把你们写到我的书里。"我向他们递上了我的名片。

"你这么年轻就是大学讲师了，还博士毕业，你不说我以为你就二十一岁。"

"forever 21"。

大家又开心地笑成一团。

66 号公路上"最后的嬉皮士"

庞蒂亚克还有一个不得不提的人，那就是 66 号公路上的灵魂人物鲍勃·沃德麦尔（Bob Waldmire），他是美国著名的艺术家和 66 号公路地图绘制者，嬉皮士艺人（Hippi Artest）。Bob 一生画了无数的明信片、海报和城市地图。尤其是围绕 66 号公路展开的一系列创作：汽车旅馆、加油站、咖啡馆、餐厅、霓虹灯、动植物；66 号公路的 34 个城市；加州、亚利桑那州、新墨西哥州和伊利诺伊州的四幅巨型地图，令人叹为观止的是这四幅地图全是以鸟瞰图的形式完成的，汇集了成百上千的 66 号公路元素，复杂程度难以想象。

袒胸，灰白胡子，不穿鞋，印花大手帕，半截牛仔裤，这是 Bob 给世人留下的印象。离群索居的他冬日居住在亚利桑那州的奇里卡瓦山（Chiricahua），夏天才搬回城市。在 Bob 64 年的生命里，他自费宣传 66 号公路，一辈子往返作画，住在这条公路上，仿佛这就是他一生的使命。

大学时 Bob 曾为美国的城市画鸟瞰图，后来他购买了一辆雪佛兰校车，也就是现在停靠在庞蒂亚克博物馆外的那辆黄色的双层校车，这是他生前为穿越 66 号公路改装的移动宣传车，有些部分是后期改装的木制结构，这是

| 穿越 66 号公路 |

他流动的家。在博物馆里那辆 1972 年产的大众牌小巴是他的第二辆车。

　　Bob 不仅仅是严格的素食者，也是环保主义者。在他的车里安装有太阳能电池板，满足日常的用电需求。Bob 还接雨水作为日常用水，在厕所安装了蓄水池，在户外烧制素食热狗，尽可能利用环保节能的方式生活在这条路上。走进他的车，仿佛进入了一个流动的 66 号博物馆，装着食材草药的瓶瓶罐罐，泛黄的明信片和手绘地图、画稿，破旧的 T 恤仍套在他的驾驶座位靠背上，一条假蛇缠绕在简易的方向盘上，厨房里的锅碗瓢盆，各地积攒的铁皮车牌，一切井然有序，让人感觉他只是暂时离开，马上还会再回到车里，继续流浪与创作。

　　苦行僧式的生活最终摧毁了他的身体，当 54 岁的 Bob 被告知患上直肠癌的时候，他拒绝接受医疗，这样又活了十年。《汽车总动员》里面那个会说话的面包车 Fillmore 的原型就是 Bob 的车，当时制片方要把这个"人物"起名叫 Waldmire，被 Bob 拒绝了。理由是皮克斯公司将把这套玩具和麦当劳的开心乐园餐搭配售卖，Bob 不希望自己的名字出现在迪斯尼的各种纪念品上。最终病魔还是无情地夺走了他的生命，在患癌症去世之后，无儿无女的他将所有财产都捐赠给了家乡 66 号公路博物馆。Bob 手绘的 66 号地图和卡片至今还在热卖，他也最终成为了 66 号公路传奇的一部分。

01 "林肯之州"伊利诺伊州

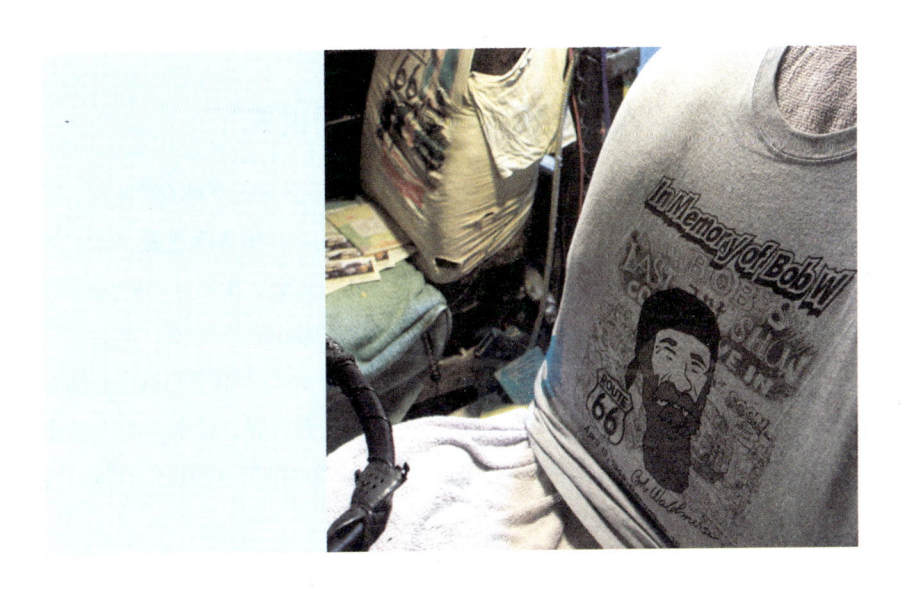

| 穿越 66 号公路 |

"人的高贵灵魂应该属于世界"

在庞蒂亚克 Super 8 汽车旅馆门口的座椅上,"火车姐"打开了她的话匣子。

之所以叫"火车姐",是因为她曾经在过去的八年里多次进藏,以"听火车的宝贝"为笔名,在新浪博客中写下上百篇文章。我叫她"火车姐",还因为她给我一种像火车一样的冲劲和爆发力。她比我大 15 岁,美丽,干练,瘦高,爆炸头,长发,常年独自旅行的历练在她身上留下的痕迹非常鲜明:一个人独当一面,开车,搬行李,带上女儿看世界,抽烟,脸上的雀斑,小麦色裸露的手臂,印第安文化的银饰,紧身的吊带 T 恤裹住身体,性感而独立。

我们聊天,从她上一次 66 号公路的经历,到她八年的西藏旅行,从小孩教育到婚姻家庭,从个人欲望到现实生活,如何从痛苦的爱到超越的爱,流浪,权衡,安全,身心灵。至今,路灯下她的那张脸,不时会浮现在我的脑海,话题一串串,滔滔不绝。其间不知怎的,她却突然收住了话题,兴趣盎然地谈话,突然停顿下来。她顿了许久对我说了下面这句话:

"你一个女孩子旅行一定要注意安全,生活是需要权衡的,旅行或太自我的生活,不是你的全部,只能是一段时间的插曲。"

薄薄的嘴唇,嘴角上扬,温柔地看着你,不寻常的温暖。

我试图在她身上学到什么,比如对 66 号公路的理解,对旅行的理解,对生命的理解。于是追问她。

"为什么爱 66 号公路?"

"在庞蒂亚克我'遇到'一个人,这个人足以改变我的后半生。他就是——Bob Waldmire,Bob '告诉'我,人的高贵灵魂应该属于世界。"

她停下来点燃一支中南海,"如果说'爱上'庞蒂亚克酋长是一种背后的印第安情结，那么'爱上'Bob是我今生今世的寻找。遇到他就像遇到另一个世界，在我的灵魂之外。我始终坚定固执，不容置疑地认为天下唯有西藏是可以让我一去再去的地方，只有西藏可以让我魂牵梦绕，一生向往。我曾因'拥有'西藏而傲视天下。我的思维禁锢在一个地方，我的目光停留在一个地方，不愿改变，也不想被打破。我对我的爱无能为力，疲惫不堪。Bob让我明白，一个真正的行者无论在哪儿，他都有自己的存在方式。"

"那么爱，到底是什么？"

"最初我高高地站在车顶上拥抱西藏，接着我脚踏大地仰视着西藏，最后，我匍匐大地，卑躬地不敢正视西藏。无论我的爱如何变幻，都让我感到疼痛。多少次我想努力地自救，一次次的失败无法摆脱。爱的感觉来自你的视觉啊，不是平视，不是仰视，是俯瞰！刹那间，我飞上了天空，俯瞰我挚爱的西藏。"

66号公路被除名后，实际上被五条全封闭的州际高速所替代，分别是芝加哥到圣路易斯的I-55，圣路易斯到俄克拉荷马市的I-44，俄克拉荷马到加州Barstow（巴斯托）的I-40，Barstow到San Bernardino（圣贝纳迪诺）的I-15，和最终到达Santa Monica太平洋海岸的I-10。在50%的情况下，这几条州际高速的辅路就是66号，另外50%的情况可能是铁路旁边的路，也可能是完全偏离大高速的小路。

路过Lexington（列克星敦），进入了Bloomington-Normal（布卢明顿），远离芝加哥大都市后，66号公路也慢慢开始有了美国乡村的味道。

66号公路是水泥路，路面粗糙，开在上面有规律地颠簸，也有开裂荒废，完全不能行走的路段。老路上几乎没有车，我不紧不慢地走，高兴时就停车拍照。

正拍着，一辆卡车从我身边缓缓减速，是一对老年夫妻，满头银丝的老

| 穿越 66 号公路 |

太太摇下窗户似乎要问什么。

"Are you alright？"？

我有些疑惑："是的，我挺好的啊，谢谢您。"

又过了一会儿，第二辆车同样停下来询问，还是一位老太太。

我于是反思一下，这样路边停车是否对别人带来了影响？是否自己太任性了？

后来才知道美国的玉米地其实是很危险的地方，因为玉米杆都比人高，一旦迷路或者遇到坏人，铺天盖地的玉米地就是天然的屏障，谁会发现你呢。

想想真是后怕，老太太的关心让我心中充满暖意，以后还是老老实实开车吧。

TIPS

Route 66 association of Illinois hall of fame & Museum: 110 W. Howard Street, Pontiac.
66 号公路名人堂博物馆：霍华德大街西 110 号，庞蒂亚克市。

International Walldog Mural and Sign Art Museum: 217 N. Mill Street, Pontiac.
国际墙画艺术博物馆：磨坊街北 217 号，庞蒂亚克市。

Pontiac-Oakland Museum & Resource Center: 205 N. Mill Street, Pontiac.
庞蒂亚克-奥克兰汽车博物馆：磨坊街北 205 号，庞蒂亚克市。

Dongbai International Airbrush Art School: 425 W. Madison Street Pontiac.
东宁画廊：麦迪逊街西 425 号，庞蒂亚克市。

□ "林肯之州"伊利诺伊州

Normal 汽车旅馆的哈雷党

> 汽车旅馆
> 才是万能青年旅店
> 无数个 365 天看不厌的
> 是你那一张张永不重复的脸

公路片里自驾的人或逃离或流浪，伴随着马路两旁一望无际的荒漠或玉米田，汽车旅馆竖立的大标牌总能轻易吸引旅人的注意力。透过阳光下翻滚的灰尘，荒凉小镇、汽车旅馆、加油站、巨型广告牌、老牛仔……已成为人们追求狂野之旅的一种标志。

与公路文化和汽车旅馆紧密相连的就是"哈雷党"，或者"机车文化"，这也是美国主流文化中的重要组成部分。1948 年"二战"结束后，美国经济低迷，摩托车俱乐部开始盛行。尤其是在 66 号公路，天气好的时候，在有着宽阔，平坦且似乎怎么跑也跑不到头的公路上，向往自由和速度的机车文化开始兴起：Ride hard and play hard（尽力骑行，尽力享受），成为每个骑士的梦想。

驶入 Bloomington-Normal（布卢明顿）已是黄昏，接近高速路口我远远

| 穿越 66 号公路 |

看到有一家 Red Roof（红屋顶汽车旅馆），红色的字体很醒目，隔壁是加油站和 subway，于是我决定进去问问价格。

减速，Motel Office 门口已经停了好几辆大拖车，只有停车场最里面还有位置了。我往里面开，经过了七八个机车男：清一色的黑色皮夹克，铆钉装饰，雷朋墨镜，黑色紧身裤，黑色帽子，带花纹的头巾，手臂上的文身，他们正围在一辆卡车的尾部，站着抽烟，把酒言欢。我将车停好后，去前台 Check in 拿了钥匙，再回到停车场，打开后备箱，开始把三个行李箱一个个往下搬，拖回房间。正搬着，从两眼的余光中，我感觉到其中一个瘦高的男子向我走来。

"你好啊，堪萨斯的车牌，看来你赶了很久的路？一个人？"

我抬头，一个四十岁左右，身材魁梧，一副饱经沧桑的脸，眼睛深邃，正看着我。"是啊，我一个人，你们可真是热闹，这是要去哪里？"

"我们是从弗吉利亚一路开过来的，靠近华盛顿特区的一个地方，大家都是朋友，半年前我们筹划了这次行程，准备去总统山（Rushmore）那边和其他的全国各地的哈雷车朋友们开 Super Party（超级大派对）。"

"Super Party？"

"就是千人 Party，所有人都是开着卡车拖着哈雷车，或者直接驾驶哈雷车前往，到了总统山以后，我们这十多个朋友租了一栋很大的别墅，大家住在一起，然后再开哈雷车去探索周边的景点。"

"千人 Party？听上去就很开心。"

"你有时间也可以加入我们。"我摇头笑笑，表示感激。Jeff 说，你过来和我们一起聊天喝酒吧，我说行，等我把行李放好就过来。

照了一眼镜子，捋捋头发，我走过去和他们打起招呼来。

Jeff 和周围同样大胡子的人介绍说："给大家介绍一位新朋友 LING，来自中国。"

另一个大胡子从 Cooler 里拎出一瓶 Fire Ball，将摆在车翼上的一次性塑料 Shot 杯一圈满上。

"For LING！"Jeff 说。

我受宠若惊，大家围成一个圆圈，右手举杯，大有桃园结义的气魄，一口干掉，喉咙里火辣辣的在燃烧。

我告诉 Jeff 昨天遇见的文身女孩的事情。

Jeff 说他从来没去过中国，于是我一边向他介绍中国，一边听他的故事，他的前妻是如何出轨离开了他，他自己又是如何开始经营自己的汽车修理厂。"我已经习惯了一个人的生活，我的儿子和女儿都已经上大学了，所以我现在的生活很自由，无牵无挂，想出来和朋友开机车，就出来了。"

01 "林肯之州"伊利诺伊州

三杯下来有些醉意,加之旅途劳累,我乘着酒劲回房间休息。告别时,我和 Jeff 互留了手机号码和邮箱,也和其他朋友一一告别。

第二天清晨,还在睡梦里的我被一阵阵爆裂的机车发动的轰鸣声吵醒,我感觉这帮家伙离去了。果然当天傍晚,手机收到 Jeff 发来的一张照片:"我到怀俄明了,你看我身后的魔鬼山,一个大大的微笑。"

"下次来美国,我带你去文身。"

"好?"

Atlanta(亚特兰大)路边,再次偶遇手拿着香肠的 Muffler Man(面具男)。上文曾谈到一个叫做 Paul Bunyan 的巨人,这个则非常厚脸皮地叫做 Bunyon(仅一个字母之差),1965 年起在 66 公路附近的小镇 Cicero 作为 Bunyon's 咖啡厅招牌。2003 年,咖啡厅老板将它转让给了 66 号公路伊利诺伊协会,让巨人得以继续伫立在公路边上迎客。

Tips

Red Roof Motel: 1905 West Market Street, Bloomington-Normal.
红屋顶汽车旅馆:市场大街西 1905 号,布卢明顿。

在 66 号公路上入住汽车旅馆十分方便,临近 66 号公路(或州际高速)的出口,就会看见绿色的提示路牌显示前方有住宿的标志,价格也不算贵,我住过最便宜的一晚上 30 美元左右(在 Needls),贵一点的 70 美元左右(比如圣路易斯那样的大城市)。在预定方面,随到随住。除了 Wigwam Motel 和 Blue Swallow Motel 等几家著名的汽车旅馆外,都不需要提前预定,开到哪里想停留了,临时找一家就好,汽车旅馆最大限度地满足了我这种没有攻略、全凭自己乱走的旅行者的需求。

| 穿越 66 号公路 |

林肯故居所在地 Springfeild 春田市
——春天里的城市

伊利诺伊州车牌的最下面有一行字：State of Lincoln（林肯之州），因为林肯的故乡在伊利诺伊州的春田市，这里也当之不让地成为了林肯的故乡。

驶入春田市，你会发现这座城市处处都是林肯的痕迹，以他名字命名的街道、博物馆，图书馆、广场以及街边小店。无处不在地向世人宣扬，且欢迎大家来到伟大总统的家乡。美国第十六任总统的仰慕者们在神圣的三大经典前敬畏不已：林肯墓地（Lincoln's Tomb），林肯总统图书馆（Lincoln's library and Museum）与博物馆以及林肯故居（Lincoln's Home），这三处都在市中心或者距离市中心不远的地方。

林肯博物馆位于 112 和 212 第六街北，从 2004 年开始营业，让人们在不同的展厅通过林肯一生的历程，来更好地了解这位总统。

首先是一个多媒体展厅，屏幕上有结合字幕的音频，从一个小孩子的角度出发，对林肯先生的好奇，富有童趣的提问，一个个展开林肯总统基本情况的介绍。

01 "林肯之州"伊利诺伊州

"What did you really look like?"（你究竟长什么样？）

"Are you related to the actor Tom Hanks?"（你和演员汤姆·汉克斯[①]真的是亲戚吗？）

然后进入林肯的生平介绍，和大家设想中的美国总统出身完全不同，林肯的一生是在接踵不断的磨难中度过的，挫折是他生活的主旋律：他出身于一个贫寒的鞋匠家庭，9岁时母亲去世，15岁才开始读书；24岁时他与人合伙做生意，却因经营不善而倒闭，并因此负了15年的债；25岁时他的初恋女友安妮因病去世，这使他悲痛万分，此后经常出现情绪抑郁；32岁时他与玛丽·托德小姐结婚，婚后时因妻子脾气暴躁而经常有家不归；35他时开始竞选公职，几乎输掉了每次的重大竞选；52岁时他当选美国总统，结果南北战争很快爆发，北军在人员、军备上都优于南军，却在战场中一再失手，本来计划打两年的内战整整打了四年，令林肯饱受煎熬；56岁时南北战争终于结束，林肯也再次当选总统，可他却在福特剧院看戏时被人刺杀……

"此路艰辛而泥泞。我一只脚滑了一下，另一只脚也因而站不稳；但我缓口气，告诉自己，'这不过是滑一脚，并不是死去而爬不起来'。"林肯在竞选参议员落败后这样说。

尽管面临一次次竞选的失败和精神上的崩溃，但未能阻挡他为美国做出的巨大贡献：废除奴隶制，击败南方分裂势力，维护了美国完整与统一，颁布《宅地法》和《解放黑奴宣言》，推进了美国资本主义的发展。

让人印象深刻的是一个关于林肯被丑化和讽刺的展厅，不规整的各式海报挂满了一面面墙，墙体和房间也是不规则的形状，犹如走进了扭曲离奇的哈哈镜的世界，海报里是对林肯的各种质疑和丑化的夸张漫画与闲言

[①] 凭借《阿甘正传》红遍全球的两届奥斯卡影帝，他曾透露自己是美国前总统亚伯拉罕·林肯的第三代堂表兄弟（或姐妹）的后人。他担任了美国国家地理频道电视纪录片《杀死林肯》的解说和特约主持人。

碎语："It goes too far"（太离谱了）、"don't sigh it！"（不要签署）、"Abram Lincoln got elected! Bigger fool than we expected."（比我们想象的还要愚蠢，林肯居然当选了？）

还如：将林肯塑造成一个身穿黑色长袍只露出眼睛的古怪的套中人，配合文字是："An evil Lincoln is writing the Emancipation Proclamation with ink from the devil's ink-well."（1861年3月9日）（邪恶的林肯正在蘸着他那邪恶的笔墨起草《独立宣言》）。

房间里播放着一浪高过一浪的冷嘲热讽，夸张的音调，戏谑的口吻，再现并烘托出在漫天非议的舆论压力下，林肯推动解放黑奴及获取南北战争胜利的艰难。博物馆也虚拟了在福特剧场林肯被刺杀的场景，以及最后一个厅，星条帷幕下，被刺杀后的林肯躺在床上奄奄一息的场景，背景音乐是庄严而悲壮的交响乐，走进这一个展厅，我站在距离林肯几米外的位置，不禁站直身体，深深鞠上一躬，心里默默向这位伟大的总统致敬。

移步来到不远处的林肯故居，一栋两层楼的木质结构的小洋房，整齐的门窗，朴质整洁，幽静的林荫小道中，阳光照耀着街面的小碎石子。街道的前后左右四个路口已经被封了起来，不允许机动车通行，但是非常欢迎人们步行参观。洋房几米外的街道上，竖立了一块关于景点的英文介绍。

"Of the people, For the people, By the people."（民有，民治，民享。）

"all men are created equal."（人人生而平等。）

"I am a slow walker, but I never walk backwards."（我这个人走得慢，但从不后退。）

"Only when one plunges into the powerful current of the times will one's life shine brilliantly."（一个人只有投身于伟大的时代洪流中，他的生命才会闪耀出光彩。）

"I don't know who my grandfather was: I am much more concerned to know what his grandson will be."（我不知道我的祖父是谁，我更加关心的是他的孙子将成为什么样的人。）

"Towering genius disdains a beaten path. It seeks regions hitherto unexplored."（卓越的天才不屑走旁人走过的路，他寻找迄今未开拓的地区。）

在大部分美国人心中，林肯总统都是声望最高的一位。在小朋友们的眼中，林肯先生是一位蓝眼睛、高鼻子、爱学习而勇敢的人。他对美国的贡献也正在美国人中代代传颂。

驱车离开 Springfield（春田市）路过了 Cozy Dog（惬意狗）餐厅，这也是 Corn Dog（美国玉米热狗）的发源地，由 Bob Waldmire 的父亲发明，现在由 Bob 的哥哥 Buzz 打理。惬意狗餐厅现在有少量连锁，这第一家一直为

| 穿越 66 号公路 |

01 "林肯之州"伊利诺伊州

| 穿越 66 号公路 |

Waldmire 家族所有,从未转手。

  餐厅里的客人很多,安静地坐在巨大的 66 号路牌下享用食物。餐厅本身又像是一座博物馆,每一面墙上,每一张桌上,每一个窗台,或者任意可以布置的地方,都细心地放着明信片、T-Shirt、路牌、冰箱磁贴、旧油泵、可乐瓶等装饰物。

  在小镇 Staunton 路过了亨利兔子农场(Henry's Rabbit Ranch),Henry 老爷爷仍然精神矍铄地在柜台前算着账单,看到我来了送了我一个印有他们农场 LOGO 字样的一次性火柴。

  沿着 I-55 行走,在 88 号出口右拐,进入 Glenarm(格伦纳姆),那里有一处容易被人遗忘的景点,若不是参考了 Drew Knowles 著的《66 号公路冒险手册》(Route 66 Adventure Handbook),我也不会知道这里还有一座

Covered Bridge，它位于 Glenarm 的西北，是公园里的一座木桥，因桥中间部分被一座红色木屋包住，像是搭上了一只半封闭的帽子，被称为 Covered Bridge。公园满是郁郁葱葱的树林，桥有些上了年纪，走上去，一边听着吱吱嘎嘎的声音，一边穿梭于星星点点的光斑下，有种在别处穿梭的奇幻体验。

继续上路，沿着 66 号公路往西南方向，经过 Edwardsville（爱德华兹维尔），抵达 Collinsville（科林斯维尔），在路边可以看见一座 70 英尺高的水塔，这也是世界最大的 Ketch-up Bottle（番茄酱瓶），在 1949 年重建过，可惜水塔下方的广告上写了 For Sale（出售）字样，还留了一个联系号码。

返回 I-55 州际公路，伊利诺伊州的大部分 66 号公路被这条公路取代了，复古加油站，老式咖啡馆，巨型林肯雕塑的岔路，驶入 I-270 州际公路，由此横跨密西西比河，进入密苏里州。

Tips

Abraham Lincoln Presidential Library and Museum: 112 and 212 N. Sixth, Springfield.
林肯总统图书馆与博物馆：第六大街北 212 号与 112 号，春田市。

Lincoln's Home: eighth and jackson streets, 426 S. Seventh.
林肯故居：第八大街与杰克森大街交汇处。门票是免费的，但是需要提前在第七大街南 426 号的林肯故居游客中心（Lincoln's Home visitor's center）提前取票。

Cozy Dog（惬意狗餐厅）：地址 2935S 6th St，第六大街南 2935 号。营业时间：周一至周六 8:00-20:00。一定要在这家美国玉米热狗诞生地的餐厅停留片刻，尝一尝它的招牌热狗，同时在餐厅里寻找 Bob Waldmire 生前留下的痕迹。

Henry's Rabbit Ranch: 1107 Historic old route 66
亨利兔子农场：斯汤顿镇的历史 66 号公路 1107 号。
访问网址：www.henrysroute66.com

SPRINGFIELD

JOPLIN

02

"Show Me"
密苏里州

ST LOUIS
CUBA
ST LOUIS
ROLLA
JOPLIN SPRINGFIELD
ROLLA

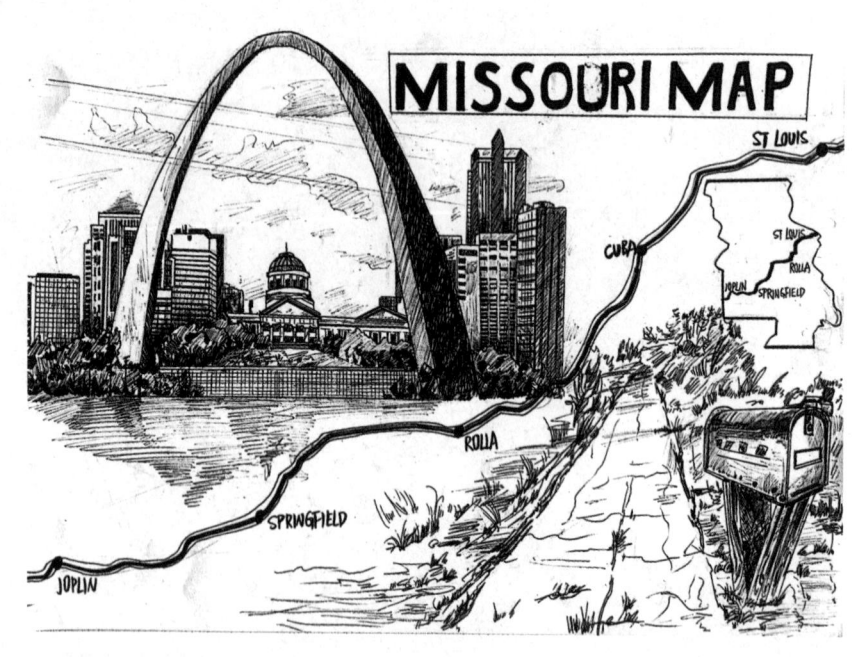

密苏里州是美国第 24 个州，为美国著名作家马克·吐温的故乡，创建于 1821 年 8 月 10 日，属于路易西安纳购地（Louisiana Purchase）里美国从法国新购买的土地中划分而出的新州之一，又被昵称为"索证之州"（the Show Me State）。

02 "Show Me" 密苏里州

为什么是"Show Me"?

密苏里州联邦众议员范代维尔(Willard Duncan Vandiver)有一次去费城检查那里的海军造船厂,事后出席晚餐会并作为贵宾应邀讲话。范代维尔的长相,特别是头发和上嘴唇的胡须,酷似当时正大红大紫的马克·吐温,并且他和马克·吐温一样也爱讲笑话。在讲话中范代维尔先就自己为什么没穿晚礼服取笑了先前致词的一位贵宾。接着他说:"I come from a state that raises corn and cotton and cockleburs and democrats, and frothy eloquence neither convinces nor satisfies me. I am from Missouri. You have got to show me."(我来自一个出产玉米、棉花、苍耳和民主党人的州,说得再天花乱坠对我也没用。要知道我是来自密苏里,要让我信服得亮出来让我看)。

"Show Me"这一说法除了表现出密苏里人坚定不移的性格且带点儿固执、做事情坚守常理之外,更多地体现了密苏里人的自信,体现出对本州的产品质量与服务水准的自豪。该州的出口产品如果得到州里的"Show-Me 验证"(Show-Me State Approved),即表明该产品不但产自密苏里,而且质量经得住考验。密苏里州的很多公共事业项目也会冠以"Show Me",例如家庭护理服务,就被称为"Show Me 家庭护理和康复/保健和老年人服务"(Show Me Home Care and Rehab | Health & Senior Services)。那些愿意为退伍军人就业提供更多机会和帮助的企业,州政府还会向他们颁发签署"Show Me 英雄承诺"(Show Me Heroes Pledge)证书。

075

| 穿越 66 号公路 |

座驾被砸，第一次拨打 911

　　万万没想到的是自己居然会在美国拨打 911 报警电话，以前在听周围同学讲自己被抢劫报警经历的时候，都觉得很可怕，但应该不会发生在自己身上，特别是当你在享受旅程，沉醉于美景的过程中，很容易对周围的环境放松警惕。而在伊利诺伊州和密苏里州交界的老石链桥上，我"终于"亲身经历了一次想起来都还有些后怕的被抢劫以及报警的经历。

　　离开春田市，下一个景点是位于圣路易斯和伊利诺伊州交界处的建于 1929 年的老石链桥（Old Chain of Rock Bridge），这座横跨密西西比河的大桥长达一英里，由于年久失修，加上当中拐了一个 22 度的弯，容易发生交通事故，现在它只向行人与骑行者开放。

　　原本应该驶离 I-270 州际公路，沿着 HWY3 南行，在第一个红绿灯路口右转，向西驶入，但由于我中途偏离了公路，开了好几圈都没有找到该景点，错过了地图，只有打开 GPS 导航，可导航却一次又一次把我带上了同样在密西西比河上相邻的一座新桥，然后导航就结束了。我只有靠着直觉多次调头，一遍又一遍地寻找，几乎是在放弃的情况下，沿着河边驾驶，无意间

02 "Show Me"密苏里州

看见了桥路口以及停车场。

停车场没有人,但已经停了一辆车,我兴奋地在那辆车旁边停下,拿上相机、钱包、手机,准备先去探探路。老链桥上的风景十分清新,桥下是密西西河,桥的一头是伊利诺伊州,另一头连着密苏里州,二十分钟后,我决定返回车里,取出三脚架,准备大刀阔斧地拍照去。中间,来回还在桥上碰到了几个骑自行车和遛狗的观光客,大家友好地打着招呼。

整个过程不到两小时,从下午四点半到六点,当我回到停车场的时候,远远看见我的副驾玻璃碎了,露出一个大窟窿。走近一看,绿色的车玻璃渣满地都是,副驾座位上也全是玻璃渣,散落在我的衣服、化妆包、鞋子、地图上。我第一反应是难道天气太热,玻璃自己炸掉了?在我心中,美国是很安全的,毕竟我还从来没有在美国遇到过坏人。愣了一会儿,我才意识到或许是有人故意抢劫,惊恐至极,首先想到的是我的护照还在不在,打开后排座位的书包,护照完好。再检查我的笔记本电脑,这应该是车上我最值钱的行李了吧,也还在。于是我悬起的心轻松了一大半。

接着我打开后备箱,看我的行李是否还在,幸运的是一切东西都没有动过。不知道坏人只是砸我的玻璃好玩儿,还是因为有人路过,或者车被砸后发出警报,没有来得及行窃,真是有惊无险,而又幸运至极。

我打电话给美国的朋友,询问这种情况我应该怎么处理。她说首先报警,然后打电话给租车公司,换一辆新的车,之后该干嘛干嘛。

我第一次拨打了911,接线员是一位女士,她询问了我所在的地点、案件发生的时间、目前的状况、是否掉东西、我的姓名电话、国家、职业、婚姻状况、是否安全等,然后转接了圣路易斯当地的内线,内线通了之后,大致询问了类似问题,说让我等电话。五分钟后,另一位警官打来电话,详细又询问了我一次情况,然后告诉我应该去给租车公司电话,换一辆车,并告诉了我 Police Support Number。紧接着,我联系了租车公司 Enterprise,租车

| 穿越 66 号公路 |

公司让我就近去圣路易斯机场的店,换一部新车。

我开车继续上路,天色已近黄昏,一路开,玻璃渣子还在不断地往下掉。两位负责接车的工作人员在了解了我的情况后,神情凝重,二话不说帮我开来一辆新的同等价位的"道奇",并小心翼翼帮我将副驾里的东西一件件从玻璃渣里清理出来,USB 电源插、CD、音响连接线,原封不动搬到新车同样的位置上,仔细、小心、体贴。然后重新给我开了一张单子,在上面具体写下了我今天的遭遇。并将之前旧的租车单上面的车辆信息做了更新,改为了现在的新车信息。"你放心,这一切都是免费,实在很抱歉今天发生了这样的事情,现在你有满满一箱油,可以继续上路了。"

我从后备箱里取出两罐啤酒递给他们。

"谢谢你的好意,我们现在在上班,不可以接受啦。"

整个过程大约一个小时,于是,我又哼着小曲儿重新上路了,经过一番折腾,由悲而喜,一切都快速地归转正常,心里由衷感叹在美国办事儿的高效与人性。

对于这次遭遇的认识,直到晚上才反应过来,桥头好像有英文提示说:"参观请到伊利诺伊州那一端",被封掉的停车场上好像也有一个"Do Not Leave"(请勿离开)字样,而在《美国自驾指南》一书中也强调:"如果你想下车一探究竟,那么藏好你的贵重物品并锁好车。"现在才后知后觉,恍然大悟。

Facebook 上不少美国朋友发来问候,"没什么大不了的,我的书又多新的素材啦,这么美的风景,也值了。"我在心里坦然安慰自己。

TIPS

圣路易斯看点:Forest Park(森林公园)汇集了 St. Louis Zoological Park(圣路易斯动物园)、St. Louis Art Museum(圣路易斯艺术馆)和 Missouri History Museum(密苏里历史博物馆),建于 1839 年的 Old Courthouse(老法庭)和建于 1965 年的圣路易斯地标的 The Arch(大拱门)也都非常值得一看。

我与美国警察的几次邂逅

开着"道奇"重新回到66号老路上,想想之前在美国一年期间从未遭遇过这样的事儿,难不成这是66号公路给我的一个下马威?这次经历也让我不经意地想起了我在美国期间,和警察打交道的几个小插曲。

酒驾逼停,有惊无险的一次经历

最险的一次,莫过于酒驾被警察逼停的那次经历了。

在中国,酒驾是会被关局子的。而美国是按照你摄入的酒精含量来确认的,在你还能正常开车的情况下,喝一点是允许的,但如果超标了,后果也很严重,会上法庭,作为外国人,可能还会被驱逐出境。

去年暑假,我和一个美国朋友一起吃晚饭,期间喝了一杯 Screw Driver(伏特加加橙汁的鸡尾酒)。由于还要去见另外一个朋友,我车开得快了一点,原本限速45迈的路,我开到了65迈,很不幸的,起先还怀疑自己眼花了,结果真的被一辆警车逼停了。

那一刻,我心都要碎了,因为自己知道喝了酒,心里很虚,但究竟超标没有，超标多少，心里的确也没底，走不走运，就看老天的了。我靠边停好车，老老实实将双手放在方向盘上，摇下玻璃窗户，等待警察走过来问话。

"请出示一下你的驾照和车辆保险。"

我熟练地递了过去。

"你喝酒了？"

"一点点。"

警察半信半疑，弯下腰对我说："你双眼看着我的手指头，眼睛跟着一起动。"警察一边用他随身带的电筒照着我的脸，一边伸出食指，做水平方向移动。我迅速打起精神，全神贯注地盯着他的食指移动起来，从左到右，再从右到左，热乎乎的电筒光线让我丝毫不敢懈怠，不知道惊恐之中自己的瞳孔是否在放大。

这个程序完了之后，警察似乎意犹未尽。

"你下来吧，我还想测量一下你走路。"

无奈之中，我下车，警察让我走到他的车灯前，马路边上，沿着路边的白色油漆线，双脚依次沿着走几个来回。

"好的好的，没问题。"我一边忐忑不安，一边睁大眼睛，下意识让自己打起精神，几个来回勉强走了下来，其间应该有一些不肯定的偏偏倒倒，好在都大体站稳了。几个来回后，我弱弱地问警察："可以了吗，Sir？"

"我们变化一下，你单腿交替依次绷正步走，然后嘴里大声报数：千分之一，千分之二，千分之三，直到我喊停。"

"好家伙，这是在训练新兵吗？"可我只好照办。"态度要诚恳，可千万网开一面，别遣送我回国啊。"我心里念叨着。

我有模有样地完成了，一边偷偷观察着阿 Sir 的反应。这三项测试都结束了，阿 Sir 还是不肯放我走，或许是我完成得马马虎虎吧。

"你等等，我需要叫我一位同事过来。"他拿起了对讲机呼叫同事。

我一看这阵势，心嗖嗖凉了半截，琢磨着该怎么办。

两分钟后，另外一辆警车开了过来，两位警察在那里嘀咕了一阵，取出了一个马蹄莲形状的玩意儿。

"酒精测试?!"

我都要哭出来了，好在刚才的一系列测试，让我酒醒了不少。在吹完那一口气后，我就只有听天由命了。

"你的酒精含量是百分之五，按照密苏里州的法律，你没有违法，下次可不能再超速了，好了你走吧。"

什么？没事儿了，连超速的罚单也没有开，我有些不相信自己的耳朵。

"阿 Sir，谢谢您，我到美国这么久了今天是第一次超速，我开车一直特别小心，您放心，我以后再也不会这样了，谢谢您给我机会。"

阿 Sir 乐了，严肃的脸上终于挤出一丝微笑。

偷拍活捉，温情默默的一次经历

生日那天上午，我将车停在新闻学院门口的马路上，在图书馆码字，中途想起来只缴了两个小时的费用，差不多要续停车费了，拿着钱包走到街头，看见警察已经站在计时器前面准备给我开罚单。

"不要啊，请您手下留情。我顶多超时一分钟，你看我现在不是就过来续费了吗？"我一路 Excuse me，一路向警察飞奔过去，还大口喘着气，险情之下差一点冒出了中文。

警察见我来了，"那算了吧，不过你不能一直停在这里，这个车位最多只能停两个小时，你需要挪一下位置。"

"没问题，小 Case。"我一路小跑飞奔回图书馆拿着车钥匙出来，这时阿 SIR 已经坐回到警车驾驶位上，我特意向他挥手示意，"你看我没撒谎吧，我现在就开走。"

上车后，关闭车门我突然觉得整件事情挺有意思，于是掏出手机对着前面阿 Sir 的车屁股拍了一张照。于是缓缓升车，在超过警车与之平行的时候，阿 Sir 向我挥手，示意似乎有话要说，于是我摇下了窗户。

他一脸无辜露出可怜巴巴的表情："Did you just take a picture of me? (你刚才是不是给我拍照了)？"

"是的，Sir，今天是我的生日，我觉得自己很走运没有被贴罚单，所以想拍一张照片作为纪念。"

Sir 依旧疑惑。

我立马补充："我是这里的新闻学院的访问学者，来自中国，我觉得这里的很多事情都很有趣，特别是你们美国的警察，人都好 Nice 啊！"

他听到最后一句大大咧咧地笑了，"哈哈，没事啦，祝你生日快乐哦。"

"谢谢您！"我也开心地笑着说。

绝处逢生，另眼相看的一次经历

这一次，我比较离谱。

从圣路易斯机场坐大巴回到哥伦比亚，等好朋友来接我，然后我将自己所有行李和随身包都放在了朋友的车上，朋友将我载到我另一个同学家，因为她人外出，可以把车借给我，我拿着车钥匙和手机，就去开同学的车，然后跟着之前接我的那朋友的车一路回她家。

如果事情如我描述的顺利，就不会有下面的事发生了。

我居然，跟掉车了！

手机处于没电的边缘，就在我靠马路边用 GPS 搜寻路线的时候，手机就那么不合时宜的关机了。夜色中，我特别绝望，只好告诉自己要镇定，然后根据记忆，找找大方向。我放慢速度，而且不断掉头，努力回忆来时的方向。

就在这个时候，一位阿Sir又跟上了我，我被靠边逼停后，老老实实，用一副无助而可怜的眼神看着他。

"你的驾照麻烦出示一下。"

"我刚下飞机，东西全部放在我朋友车上了，包括驾照。"

"那这辆车的保险你有吗？"

我假装找了找，心里嘀咕怎么可能有，然后一脸无辜地看着他说："我也不知道我朋友放在了哪里？"

阿Sir居然很镇定，继续问："你现在是要去哪里？"

"去Broadway Village，我朋友住在那里，可惜我手机没电了，跟她的车又跟掉了，我迷路了。"

"你知道我为什么Pull你吗？"

"不知道啊。"

"你忘记开灯了。"

"额"，我配合他一头雾水，面带尴尬："我错了Sir，我下次一定注意。"

"你要是迷路了，你跟我走吧，我带你回家。"

"真的吗？那太感谢了。"

于是故事的最后就是我跟着警车，阿Sir开道把我带回了家。

抵达小区门口的时候，阿Sir靠边停住了，我自不敢再往前，于是开到和他的车平行，摇下窗户问道："您需要和我一起进去查看我的驾照吗？"

"不了，你回去吧。"

我这个时候特别想说能否请您喝一杯要个电话下来感谢的话，又怕触犯，怀着复杂的心情，我只好感谢道别。

"太感谢您了，晚安。"

"晚安。"

这一次，我自己都为自己不靠谱的行为汗颜，没有驾照，没有车辆保险，夜里开车不开灯，手机没电了，一分钱也没带，放在任何一个国家，这都极度说不过去，警察对我的信任让我既感激又惭愧。仔细想想，不正是因为这样的信任，才维系着社会的良性文明发展吗？也正是因为这样的信任，让我对美国多了许多好感。

进入密苏里，也就意味着回到了我曾经访学一年的地方。当密苏里绿底白字的州界牌出现在路边的时候，我的心情再也无法平静，深吸了一口气，一种释然和回归顿时涌上心头，点点滴滴，历历在目，似乎我从未离开过。我决定绕道去哥伦比亚，看看我的老朋友们去。

| 穿越 66 号公路 |

Columbia "哥村"——梦里的温柔之乡

2013 年 8 月 12 日到 2014 年 9 月 9 日是我在出国留学基金委员会奖学金的资助下,公派到密苏里新闻学院访学的一年,这也是我第一次踏上美国。

就像和一个人打交道,初次的印象总是最重要的,第一次落地的城市,也很大程度上影响了你对这个国家的理解和感情。在美国这样一个文化多元的大熔炉里,我第一次走进的既不是繁华绚烂的东海岸,也不是阳光惬意的西海岸,而是白人比重相对较高(83.8% 白人,11.2% 非裔美国人,2.1% 拉美裔人,1.5% 混合的种族,1.1% 亚裔美国人,0.4% 印地安原住民),外来移民人口相对较少,经济相对不那么发达,人们质朴纯真,美国传统文化保存相对完好的美国中部密苏里。至今,我都认为选择密苏里作为我认识美国文化的起点,是一种缘分。

这里的访问学者和周围的中国留学生们都亲切地把密苏里大学哥伦比亚校区称之为"哥村",这个称号从地理层面意义而言,区别于喧嚣繁华的纽约、洛杉矶、芝加哥等大都市,一条 Broadway,几条干道,10 万人口的大学城,充其量不过是国内的一个小农村。在我眼中,"哥村"还原了一个原汁原味的美国中部小城镇的生活,在体会风光秀丽、云淡风轻的自然环境外,更能捕捉

到一种闲云野鹤的生活方式，与自己内心紧紧相依，远离喧嚣与尘世，还原生活本应有的样子。正应了"生活在别处，生活在哥村"的说法。

汽车奔驰在 63 号公路上，远远地看见了 Jefferson City 杰弗逊城市政厅的白色塔尖，离哥村越来越近了。前来接我的沙特哥们儿问："这次作为一个观光者的身份，再回哥村，感受如何？"

我认真思考这个问题，心中真是千言万语，话到嘴边："It's longer than a lifetime, shorter than a dream."感觉自己好像离开了一辈子那么长，又好像这一切只是一场梦而已，仿佛自己错过了什么，又好似自己未曾离开。

"去 Southside Park 喝一杯庆祝一下吧？"

"好耶。"话音刚落，我们就在一个弯道上迷路了。

"完蛋了，我们迷路了。"沙特哥们儿笑了。

"Whatever, It's Columbia, 迷路怕什么？我们可是在哥伦比亚啊。"

于是两个人开始默契地感叹。"哥伦比亚是我们的第二故乡，谁会在乎在自己的故乡走丢呢？"

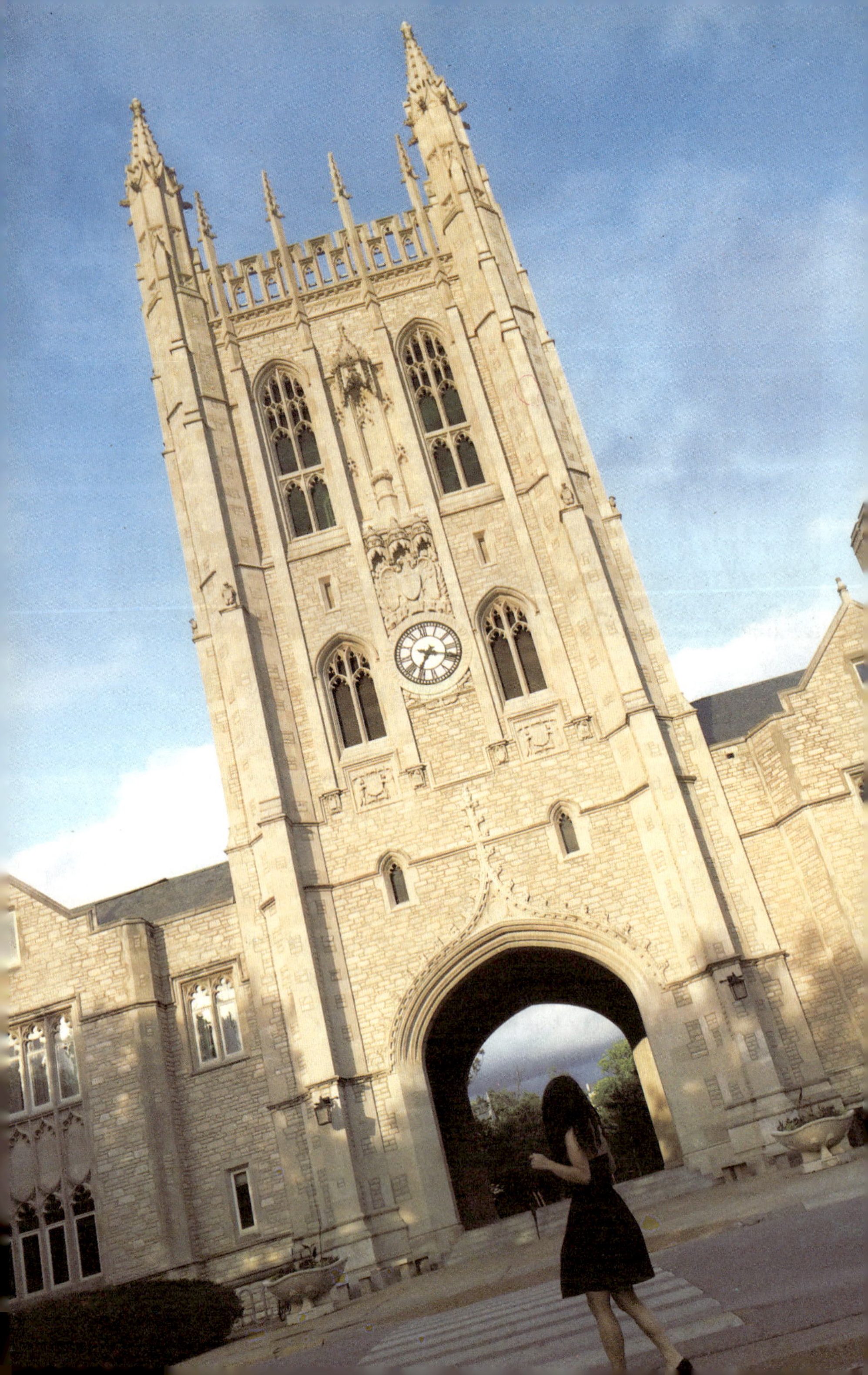

02 "Show Me" 密苏里州

沙特友人的人生哲学

上述的这位来自沙特阿拉伯的哥们儿，全名 Ahmad Alsugair，他来美国已经是第六个年头了，在密苏里大学学习化工工程专业，2015 年暑假本科毕业。在和我这次见面后不到两周，他也即将离开美国。和大部分中东人一样，Ahmad 给我最深的印象就是心宽体胖，做事慢条斯理，讲究生活品质，不慌不忙按照自己的节奏来，心中好似一片明镜，脸上随时挂着发自内心的微笑，像弥勒佛一样，嘴角上扬，脸蛋上的笑肌和眉毛弯成同样的弧度，那种让人看着就能平静下来的微笑。他最爱对我说的一句鸡汤："保持微笑，一切都会过去。"

免费享受世界文化

那次我和他聊起了他对美国的印象，从一个生活在美国的外国人的角度来讲，他的回答非常有代表性。

"你觉得美国好在哪里？"

"我在来美国之前，不喜欢和陌生人说话，但自从我来了美国，我改变了。我变得爱说话，尽管在对方看来我有的时候傻乎乎的，但我觉得只要开嘴，就能学到东西。在美国生活最大的好处就是，你有太多的机会去认识来自世界各地的人，你不需要再花钱买机票去世界上其他的国家，去学习他们的文化。我的同学，我朋友的朋友，都来自世界各地，这都是很好的学习机会。一起喝杯咖啡、喝杯茶，就是很好地了解不同国家文化的机会，这里有世界的文化，而且都是免费的。"

"你是如何去结交朋友并与他们相处的呢？"

"打开你的嘴，主动去交流；开动你的脑子，尝试去理解。对于一些朋友说的话，我有时也不能完全接受，但是我会倾听，我也不会反驳，我会去思考，一天又一天，直到我再见到他的时候，我会告诉他上次的事情我是怎么理解的，你是不是这个意思。他会说，对的，尽管表达的方式不一样，但是意思是一样的；如果不对，那我会尊重他。通过这样的方式，我理解和学习了不同的文化。"

"在美国待了六年，是否想家呢？"

"我非常想念我的家人，当我来美国时，我的侄儿侄女还在上中学。现在其中一个都结婚了，而且都有了一岁的小孩。另外一个侄儿，来到了美国上学，下学期大学就毕业了。"

"这几年在美国什么事最让你难过呢？"

"最艰难的时候就是 2014 年我妈妈突然去世，那个时候我在美国，但我觉得自己非常幸运，我有那么多伟大的朋友，学校的老师，我的导师，他们都非常理解我，试图安慰我，让我好受一些。我不会忘记他们为我做的事情，我会努力去回报他们，尽管他们口头上会说不需要，但这是我的权利。我非常尊重他们，同时他们也教育了我，如何去理解对方，而不仅仅只是学会共处。"

沙特转头看着我："我的妈妈带着微笑去世，非常平静与愉悦，我希望我去世的那一天也会这样。"

每朵花都有刺，但有的刺扎的值得

"你对美国人印象如何？"

"美国人不想浪费时间，浪费你的时间，浪费他的时间。他们喜欢你，就会问你问题，就会和你出去玩，就会约你一起做作业。如果不喜欢你，他们就只是打个招呼而已，他们的态度非常明确，很少掩盖自己的情绪，很真实。我觉得这一点很好，这也是我怀念美国的地方。"

"沙特阿拉伯人和美国人的不同在哪里？"

"美国人不喜欢你会直截了当告诉你。在沙特，尽管他们不喜欢你，他们会假装喜欢你，我们就在这样的环境中长大，或许这是一种社会默认的尊重吧？但事实上是在隐藏真相，他们不愿意让别人知道自己的真实想法。而在美国，他们不在乎你想什么，你能接受就接受，那是你自己的事情。"

"那在美国的沙特人和在他们在沙特表现一样吗？"

"不太一样。在美国他们更加开放，撕下了在沙特戴着的面具，更多地做自己。在沙特，他们会约束自己，这点恐怕和在中国是一样的吧。"

"那你还是很喜欢美国？"

"每朵花都有刺，但有的刺扎的值得。"

"从美国再回沙特，会不会不习惯？"

"当然会不习惯，但沙特毕竟是我长大的地方，我可以努力去克服。每种文化都有好的一面和不好的一面，如果能将美国文化中开放、自由的一面和沙特阿拉伯文化中的谦逊结合在一起，就好了。"

| 穿越 66 号公路 |

Keep smiling, My bed is my peace

　　Ahmad 告诉我,他的卧室和他的床是最让他平静的地方。每一天,不管白天经历了什么不开心的事情,晚上睡觉时,上床前,他会原谅所有的人,平静地躺在床上进入梦乡。第二天早上醒来,依然对每个人微笑。"如果你原谅了所有人,你总是会挂着微笑。如果对方没有做错任何事情,我为什么不对他微笑呢?或许我的微笑,就会改变对方的一整天,你说对不对?"他看着我微笑,继续说:"早上醒来和晚上睡前,我会感激我拥有的一切。不要将生活复杂化了,take it esay。不要多想。不能解决的问题,就放在那里,休息好了之后,再来重新解决。"

　　"在美国这么多年,有没有留下什么遗憾呢?"

"Mistake is AN experience（犯错就是一种经历）。来美国前，原本我有公费去日本留学的机会，但我选择了来美国。就像一枚硬币有两面一样，任何选择也会有得有失，我经常会想，如果当时我去了日本，那么我就不会遇见在美国的那么多朋友，这也许就是一种收获，这就是硬币好的一面。而在坏的决定中，你也会从中学到正面的东西，那就是你的经历和收获。"

我非常好奇，这样一个看不到忧愁的人会怎么理解幸福呢？

"你怎么理解幸福？"

"每个人的生活都应该幸福，如何幸福？你需要接受你的生活，把它变得更好，不要拒绝生活，拒绝生活就是拒绝你自己。"

"如何去平衡呢？"

"接受你的生活，并把它变得更好。接受你的生活，你就是开心的。一步一步改变。没有人会一直幸福，当你不开心的时候，你去帮助别人，相信我，你会知道什么是幸福。当你和开心的人在一起时，你就是开心的，当你让对方开心后，你周围也充满了欢笑。"

"你的梦想是什么？"

"我想拥有自己的国家，我会做一个公平的国王，让我的民众投票决定一切，让他们民主，享有他们快乐的生活。或许这很难，因为公平的人是很难在这个世界上存活的，这是个悖论。"

我在心里反复琢磨：原来，原谅、感恩和接受，就是 Ahmad 的快乐哲学。

"哥村"四季

抵达哥村是在夏天，2014 年 8 月 12 日的下午六点半，我从上海先飞到洛杉矶，在洛杉矶等候几小时后转机到圣路易斯时，已非常疲惫，但又异常兴奋，就像是熬到深夜完成家庭作业，尽管眼皮儿已经开始打架，但终于可以理直气壮地打一会儿电子游戏的孩子，还在等行李时，我就已经忍不住想要钻出机场去看一眼外面的样子。

夏天最惬意了，八月的天空湛蓝，云朵很集中，大片的或者一小朵，感觉云朵特别近，像是挂在天空的棉花糖，仿佛蹦一下，一口就能吃到它，而伸出手一抓，就能抓下来一个，再蹦两下似乎能像"超级玛丽"那样踩在一个个云朵上自由玩耍。云是不动的，或者乍一看是不动的，时间仿佛也停止。傍晚时分是我的最爱，夕阳西下，晚霞漫天遍野，整个天空是一片金色或者红，阳光从云朵的背后投射，整个大地像镀上了一层金，人像是进入了美轮美奂的摄影棚，可自然的光影永远超越专业的打光师，往镜头前一站犹如置身镁光灯下，肤色是自然的小麦色。

春夏之交，百花绽放，其乐融融。我喜欢穿着短袖短裤暴露在夏日阳光里，感受日晒，与清风袭来，翠绿的草地，跑来跑去的动物：松鼠、兔子、小鸟，各种说不上名的花竞相在校园绽放，此刻的校园犹如一个百花园，来来往往都是面带着微笑点头的陌生人们，校园温暖而宁静。

冬天的哥村安静圣洁，大雪纷纷扬扬，银装素裹，仿佛整个世界被冰封了一样。还记得一天傍晚，我和室友一起去体育竞技场参加本科生的毕业典礼，走到车前时才发现自己的车已被雪完全封住，虽然能摸到车把手，门却在大雪冰封中纹丝不动。我们请来宿舍楼前台值班的一位男士帮忙，他用温水先往车头的挡风玻璃上浇水，然后拿来一个雪铲，将冰一点点铲掉，接着让我试试雨刷器能否动。最后帮我清理了车尾玻璃上的雪，"尽量不要去开下坡，同时尽量走大道，不要走雪上，应该没问题"。在他热心的帮助下，车子又能前行了。

秋天是哥村最浪漫的时节。开车行驶在 I-70，车窗外的风景非常大气，蓝色的天空没有云彩，公路边是宽广的平原，浅蓝色搭配浅黄的草地，两个色彩碰撞，清新柔软。这一幕，有些像 Window 系统自带的桌面图片。好奇的是，这样广阔而壮美的景色虽然在国内也有，却并无这么集中，似乎美国的感觉是让你肆无忌惮地深入其中，坐在车上，一不小心打了个盹，醒来还是这样的景色，无边无际，自己是渺小的，仿佛掉入景色的大怀抱里，你永远就是那么一个小点，拍照打包是没有必要的，只能选择留在心底。

| 穿越 66 号公路 |

我在美国的宠物"虎"

说到老虎,大家的脑海中可能会浮现出这样的一幅画面:非洲大草原上,落日余晖里,一只雄壮的大老虎眼神迷离地望向远方,一旦周围小动物进入他的视线,他便一秒钟内从随意的慵懒状态变成凶猛的野兽,必死无疑,让人闻风丧胆。

而我这里要谈的,却是另外一只虎。

它是一只喜欢热闹的虎,在学校 10 万人的橄榄球场上,你会看见它,俏皮地伴随着音乐点头打着节拍,扭动屁股,在你不注意的时候故意从背后拍一下你;它有时又是一只温柔的虎,喜欢撒娇,和不同肤色的美女们合影卖萌,竖起大拇指,或者把美女横抱起来朝向镜头;它有时极度羞涩,羞涩到静静地趴在校园学生活动中心建筑的外楼上一个人悄悄地躲起来,却又顽皮地将自己的尾巴耷拉下来,不时晃动两下子,引起路人的好奇,刷刷自己的存在感;它有的时候倔强起来,拉都拉不回来,在学校"虎广场"的喷泉边,结果一站就是好几天,身体都脏成了黑色,过往路人都忍不住上去摸一把。

02 "Show Me" 密苏里州

这只虎很淘气，喜欢四处留下自己的痕迹：厚厚的爪子、眯着眼睛的笑容、咆哮起来露出利牙的怒吼，顽皮时它甚至还会藏进正在行驶的同学们的车的后备箱里，再偷偷露出一截黑黄相间的虎纹尾巴，主人开着车，它就坐在后备箱上惬意的看经过的风景；这只虎很霸道，它绞尽脑汁试图进入每个人的心里，早上穿衣，它淘气地跑到你 T 恤的胸口位置，张开大嘴对着镜子咆哮，再往下看，它还跑到了你的短裤、内裤，甚至是袜子上；掏出一顶帽子，上面也能看到它的那张脸，虎视眈眈看着你；去友人家拜访，那墙上的旗帜居然也有它的身影。书桌呢？更别提了，鼠标垫也被它霸占了；渴了，买杯冰淇淋吧，也被它硬是混合了黑色的巧克力和浅黄的香草，在视觉上让你吃出"老虎"的味道。校园散步，一路走过的"虎广场"，健身房，喷泉和林荫小道，它还是会默默跟着你，会心地打量着你，你和它之间隔着一定的距离，但它就是不会离开你；直到你停住，扭头对它说："好啦，乖虎，你做到了，从明天开始做我的宠物虎吧。"

于是，它开始肆无忌惮地闯入你的生活：背包、被子、头绳、耳环、钥匙扣，把它画在脸上，文在身体，夜里盖着有它的被子，相拥入眠。

或许只有在密苏里大学，我们才有机会共同的拥有着这样一只别样的宠物"虎"。

它就是密苏里大学的吉祥物"Tiger"，而校内外都被烙下了"Tiger"的痕迹，整个哥伦比亚市仿佛就是一个"Tiger"家园。大有一种我们与虎同在，与虎共舞，穿上虎衫，把虎文化吞食下去的气概。

橄榄球比赛现场，环顾四周，前来观战的学生和当地居民无不例外地穿上了充满"Tiger"元素的金黄色与黑色相间的 T 恤，能够容纳 10 万人的球场顿时变成了一片 GOLD&BLACK（金色和黑色）的海洋；自始至终的拉拉队和中场休息的热舞表演，那一个个金发碧眼的长腿妹妹，当然也有黑妹妹和罕见的亚洲妹子，他们的称呼不叫拉拉队成员，而叫"Ti-girl"（虎妞）；现场乐队和鼓声响起，周围脸颊上用黑色油漆画出老虎花纹的大白妞开始欢呼跳跃，她们口中呐喊助威的口号不是"加油！"而是"let's go tiger!!!"；球赛进入高潮部分，总会放一首歌的片段，华丽的贝斯 SOLO，搭配鼓点节奏，"正是由于困难使我们强大，最后的幸存者，在深夜里默默祈祷，用他如猛虎的双眼，注视着我们"，来自 Survivor 乐队的《猛虎的双眼》(*Eye Of The Tiger*)，气势磅礴，野性十足，壮大士气。歌曲戛然而止，现场所有观众会突然商量好一般，神奇而一致地叫出"let's go tiger!!!"的口号，然后集体而有节拍地鼓三下掌，停顿一秒后，将右手捏成拳头在空中画一个圈，停顿半拍，再一个圈，所有人动作整齐，情绪激动，恨不得奔到球场上去。

老虎一直以来是我最爱的动物，我突然觉得去到密苏里大学，也是冥冥之中。为什么不是大象，不是山雀，不是老鹰，不是灰熊，偏偏是老虎？

这不禁让我想起英国诗人西格里夫·萨松代表作《于我，过去，现在以及未来》里经典的诗句："In me the tiger sniffs the rose"，诗人余光中将其翻译为：心有猛虎，细嗅蔷薇。老虎也会有细嗅蔷薇的时候，忙碌而远大的雄心也会被温柔和美丽折服，安然感受美好。人性中阳刚与阴柔的两面，在老虎身上也一样体现。

对虎的迷恋，就是这样开始的。

02 "Show Me" 密苏里州

跳下去，三十年后又是一条好汉
——第一次跳伞记

生日前夕，我决定去高空跳伞，在 Facebook 上看到有美国同学在发跳伞的照片，于是按照链接访问了过去。

跳伞基地位于 I-70 高速路的出口，从哥伦比亚过去 40 分钟，还在高速上我就看见一片视野开阔的平原，远远地看到停靠在平地上的一架直升机，一间旧仓库，那就是办公点了吧？

我试着前进，推门进入，前台是一位日本籍中年女士，熟悉的音色告诉我之前的预约电话就是她接的。她热情地让我坐下，向我介绍可选的跳伞套餐：有一万英里跳伞、一万三千英里跳伞以及是否全程摄像等。然后给我一沓纸质文件让我签名，我仔细看了第一页，是关于人身安全免责协议书之类的，看到第二页，有些不耐烦，再往后翻，至少十来页，基本都是类似的安全警告："一旦出现任何意外，你的第一联系人是谁？"

想了想，我在美国没有一个亲人，好像并没有什么人是我理所当然的第一联系人吧。无奈之中，我给我密苏里大学的好朋友王欣慧打了一通电话："妞，我要是出事儿了，留你手机如何？""随便吧，你要是出事儿了，

02 "Show Me" 密苏里州

留谁手机都没用啊亲。"她在一边开玩笑说。

继续往下看,条条款款,让人害怕。难不成要全部研究一遍,讨论一遍,犹豫半天,最后说还是不跳了吧?算了,既然都来了,哪有中途放弃的道理,我索性也不看了,直接在最后一页签上名,交给了前台。

教练走了过来,让我观看跳伞准备的视频录像,一边手把手教我基本的要领动作,比如:离开机舱的时候应舒展四肢,面向大地,睁开眼睛;不时观察左手腕上的海拔记录表,它会告诉你现在所处的高度;在离地面还有五千英里左右的时候切记用右手拉开腰部位置的降落伞;落地时双腿打直千万别弯曲等。

之后教练就带着我去隔壁的房间,开始把我像马一样的往身上套各种绳索,我的身体越发重了起来,各种装备压得本来就娇小的我呼吸难受,缓慢走到户外,看见一辆破旧的飞机,居然没有门,只有一道厚厚的可随时放下的帆布帘子,而坐在机舱操纵室的居然是那位日本前台,她就是我们的飞行员?我看着这阵容,心中一阵凉意,真害怕自己有去无回啊,可眼下已经没有了回头路,我被教练催促着上了飞机,顿时飞机开始在颠簸中助跑了,还在恍惚之中的我,已经跟随飞机腾空,眨眼间与地面拉开了距离。

轰隆隆的飞机轰鸣声巨响,飞机一个劲地上升。我们和地面的距离越来越远,看着眼皮下的树梢,我有些瘆得慌。我瞅了一眼左手上的海拔记录表,上面显示我们所在海拔一千英尺不到,我可是要从一万三英尺往下跳啊,十倍是什么概念?这个时候我

呼吸开始急促起来，脸上的肌肉都僵硬了，再也笑不出来了。

"感觉如何？"教练在身后问我。

"好想死啊。"我无奈地苦笑，都快哭出来了，还感觉什么？

为了让我放松一些，教练开始为我唱起了生日快乐歌，我一边紧张，一边不得不出于感激地强颜欢笑。

好在随着飞机不断地上升，天空也越发干净清澈，我们穿过了云层，把地面远远地落在了下面，那种半空中的宁静也让我忘记了与地面的距离，只剩下静默与等待。

"嘟"的一声，机舱上方的显示灯从红色变成了绿色，这个信号代表我们已经抵达一万三英尺，并且飞机已经进入悬停状态，这也意味着最刺激的纵身一跳即将到来。教练让我挪到飞机边儿上，我知道最恐怖的瞬间即将到来，来不及仔细想，教练喊着"三、二"，那句"一"还未出口，就带着我滚出了机舱。

飞出舱门的一刻，在理智的提醒下，我没忘记深呼吸一口。然后就进入了冷风呼呼包围的世界，只觉得自己在空中翻腾，我睁开眼睛生怕错过，天空一会在上，一会在下，什么也看不清楚，在我打开身体后，终于面朝大地

02 "Show Me" 密苏里州

进入自由落体的标准姿势,速度非常快,风很冷,风灌进我的嘴里,我几乎没有空间再去呼吸。自由落体的速度太快,花一分钟好不容易攀爬到一千英尺,自由落体的时候似乎只需要五秒,我感觉棒极了,开始对着镜头飞吻,竖起大拇指,我尝试说点什么,发现一张嘴就会被大风灌进,于是作罢。再次看表,已经不到五千英尺了,我立马用右手拉下降落伞的把手,只听呼地一下,我像是被什么东西提了起来,往上一扯,整个人停在空中了,完全停住了,风也没有了,速度也霎时归零,像一只小鸟一样,在空中摇摆,晃悠,缓缓的几乎没有速度的飘着。脚下是一望无际的田野、马路、泳池、绿地。空中没有一丝云彩,没有想象中与我作伴的小鸟,除了我这只以外。因为我轻,整个落地花的时间也比一般人长,感觉足足漂了十分钟,而自由落体只有四十秒。

落地其实蛮有讲究的,我一个人是完全搞不定的。在快接近地面的时候,教练通过拉降落伞的左右边的绳子来控制左右的方向。靠近着陆的那块草坪,下面站着其他的几名工作人员,正开心地冲我挥着手。落地的最后十秒,开始意识到下降的速度其实并不慢,我绷紧双腿,后跟着地,站稳后,整个人还是被身上巨大的降落伞的冲力往前推了一把。还好,没有摔倒,教练说非常完美。

整个过程都比想象中好。跳出机舱外,才顿悟到之前的紧张和恐惧,都是源于未知,不知道跳伞会是怎样的体会?有没有失重感?小心脏会不会承受不了?现在看看当时的视频和照片,表情极其紧张。而整个跳伞过程中最紧张和恐怖的两个瞬间,一是看着飞机离开地面,你知道没有选择放弃;另一个是被挂在机舱门,准备起跳的那一瞬间。

我转身向教练致谢,"太感谢您了,我非常享受这次跳伞,虽然是我的第一次,但是却非常完美,终身难忘。如果有时间有钱,我真想每周都来跳一跳。"

| 穿越66号公路 |

天地广阔　让人谦逊
——写在66号上的三十岁生日

猩红色地毯，整齐的藏书环绕，再一次伏案于密苏里新闻学院图书馆里，头顶是24小时不间断的英文新闻直播，周围几个暑假里在图书馆兼职的同学和我一样敲打着电脑，今天是365天里平常的一天，却因为早起心情格外好，觉得无论做什么工作，从事什么样的职业，有规律的早起，在思绪清晰的时候做一些思考和回望，是一个良好的小习惯。就像爱笑的人，运气都不会太差一样；爱思考的人，生活不会太无趣吧。正是思考，才让每一个个体与众不同。

看见平凡才是最后的答案

"看见平凡才是最后的答案"，不知从什么时候起，这句来自《平凡之路》的最后一句歌词亮了，电影一如韩式的冷幽默，而在这首歌曲的MTV里，公路片的场景，自始至终镜头是一辆车行驶在公路上，从白天到夜晚，从平原到山川，就这样一直向着远方，直到MTV结束。

心中有疑惑，为什么 MTV 唯一的镜头是行驶，且向着远方？

独自旅行，看两边风景退去，心中的迷茫和苦闷也随之留在原地？坚持着"不忘初心，方得始终"，经过这样一种充满仪式感的远行，就能最终遇见自己？

我自驾 66 号公路的初衷很简单：喜欢美国，想要进一步了解和探索美国，而作为一个在车轮上的国家，Road Trip（自驾旅行）无疑是最优的了解美国文化的方式，可怎么选择路线呢？66 号公路是美国的母亲路，尽管从风景上输给了太平洋海岸的高速公路，但若是想要探求美国历史与文化，来一场"寻根之旅"，66 号公路无疑是最佳选择。

怀揣着对美国不同地域不同风土人情的好奇，对 66 号公路沿途的广袤荒原、山川丘壑及其壮观大气的自然风光的向往，对那种一直向前让人看不到尽头的公路视觉感受的热切追求，自驾 66 号公路不知从何时起慢慢成为了我的梦想。就像我沿途采访所了解到的来自世界各地的游客一样，我们都怀着同样的心情，我们都为它着迷，Dream Road（梦之路），Birthday Gift（生日礼物），一场荒野与风声的交会盛宴。

走过千山万水，内心深处最想念的还是老爸老妈，他们在厨房里乐呵呵地为你准备的那碟噗嗤噗嗤冒着油泡泡和呛人香气的辣椒蘸水，他们笑起来眼角的皱纹与无法隐藏的丝丝白发时时浮现在眼前。人生是在做减法，活一天，少一天，吃一顿，少一顿，见一面，少一面，而对于爸妈，再多言语的感激也不过是苍白。

没有什么是理所当然。

因为懂得，所以感激。

王家卫电影《一代宗师》里台词说道，习武之人有三个层次：见自己，见天地，见众生。见自己，即在练武过程中发现并突破自己的极限，让自己作为独立的个体更为精进；见天地，则是见识个人与整个自然界，整个世界

的关系，意识到个人的渺小，眼界的狭隘，以及武力的界限；见众生，就是最高境界，习武之人练到这个程度，则已经放下了派别之分，放下了武力强弱，放下了爱恨情仇，放下了整个自我，去关注众生疾苦。

而我觉得旅行的意义不止于体验和目击，更不是领略简单的异域风情和美食美景，而是在旅行中见识天地，理解众生，发现自己。最终能够看见平凡是一种由繁入简的心境与能力，一种与自己达成和解的通达。

从嬉皮的相识，到牛仔的告别

在美国小镇，密苏里州的哥伦比亚，有这样的一群人，或许美国的每个小镇都有这样人群的存在，我刚好遇上了。

他们的年龄从 18 岁到 30 岁，爱好音乐，半夜坐在地毯上传着一把吉他一人唱一首原创，黑色小猫绕着你的脚丫打转撒娇；在地下室里开小型演唱会，收取 5 美元的廉价门票；周末举行音乐沙龙每个人带着自己做的食物：芝士蛋糕，烤鸡翅，蓝莓布丁，三文鱼沙拉，意大利肉酱面，啤酒，音响，吉他，键盘，插座，然后一个乐队一个乐队轮流表演；他们的职业不算起眼，餐厅服务员，厨师，酒吧服务员，焊工，艺术系的学生，超市收银，一个小时八刀左右的薪水，不定期工作；大多数来自本州或附近的州；物质需求不高，住着 200 刀一个月和室友合租的房子，开着 2000 刀不到的二手车，两门或 VAN（有盖小货车），开两门的是年轻人，看上去比较潇洒，开 VAN 是搞乐队的，可以把鼓等乐器堆在里面，去不同的地方表演，或者有的时候，就那样停在偏僻的马路边，拉开车门，在里面练习，活脱脱的音乐大篷车；抽着骆驼，喝着廉价的 STAG 易拉罐啤酒，时时会搬家。

平时有兼职，会早起，然后下午三点回家小睡，晚上出门再兼职，周末比较忙，忙着辗转于各种小型聚会，周五晚一般和最好的朋友在一起，一起做一顿饭，然后横七竖八倒在沙发上聊天，廉价的黑胶播放器，经典的黑胶摇滚，然后开始传着一只玻璃烟嘴，烟嘴的边缘因前夜喝醉磕了一个角，然后在烟雾缭绕中互相损着对方，分享乐子，直到万籁俱寂的深夜。

白天再遇见时，依旧清澈的眼睛，亲切的笑容，努力工作，偶尔抱怨，常态就是，和你说着话，突然从屁股口袋里摸出一根烟来，一脸抱歉，"不好意思，我抽根烟，马上回来。"

嬉皮的相识

之所以知道上述的这个群体，是因为我认识了其中的一个人，那个时候，我以为他们是嬉皮士，一年以后，我恍然大悟其实他们是生活在小城市里的牛仔罢了，到今天，我终于悟出，其实他们既不是嬉皮士，也不是牛仔，尽管他们的身上混搭了种种上述气质，但不能简单给他们贴上这样的标签，他们只不过是最普通最普通的美国年轻人，是美国从两百年前发展到现在，依稀带着文化烙印的美国普通年轻人的代表。

我不愿意说他们来自社会底层，不喜欢底层这个词儿，因为他们也有梦想，他们并不因为自己的工作而自卑，在他们看来，那就是他们的工作，和大律师、医生、银行家一样的有尊严的工作。他们能够养活自己，知道自己的兴趣爱好，锦上添花的是，他们有让自己快乐并分享的圈子，有至亲至信的朋友，不需要加班工作，生活简单而美好。他们中的大部分人也不想结婚，或者暂时没有考虑要安稳下来，他们就是这样一群真正的在静好的岁月中享受当下的人。

而倘若你问他，你是嬉皮士吗？这样的问题本身会很 Weird（奇怪），对方会无视你然后走开。

嬉皮士这个群体源于亚文化中的20世纪70年代,"二战"后的美国,经济萧条,工人阶级生活艰辛,美国的青年们在那样的环境下,反战,厌恶政治,对政府失望,远离社会,开始过上了群居的生活。在有关嬉皮士文艺研究的学术专著[1]中,是这样描述嬉皮士的:"混居,大胡子,异装癖,乱性,瘾君子,摇滚乐"。20世纪70年代的嬉皮士风波一直持续到了如今的美国,只是他们不再是一无所有的社会垃圾,他们中的大部分都有工作,只是保留了喜欢玩吉他的爱好,他们中有的还蓄着长长的胡子,比如我这篇文章中的主人公,他们喜欢聚集在一起,分享音乐和彼此的生活,晚上经常睡在朋友的家里,但并非混居与乱性。

认识嬉皮士朋友是在一年前的 Little Dixie Lake 公园。黄昏斜日里,一个男子背对着我在钓鱼,他站在自带的装鱼的塑料桶边上,戴着一顶绣有密苏里军绿色 Army(陆军)迷彩花纹的鸭舌帽,穿着烟灰色衬衫,黑色皮夹克,背心正中绣着一只象征着美国的老鹰,红色羽毛,金色鹰嘴,十分逼真;银色金属皮带,CowBoy(牛仔)风格的手工牛仔靴,鞋头尖尖向上翘,靴尾是棕色和深咖啡的花纹。遇见他纯属邂逅,因为我几乎从不钓鱼,这是第一次,而且是被新认识的朋友拖到了这里。

这样的装束顿时让我回忆起曾经看过的西部牛仔片里的人物,奇怪的

---

[1] 王恩铭:《美国反正统文化运动:嬉皮士文化研究》,北京大学出版社,2008年11月。

| 穿越 66 号公路 |

是，他正在认真地钓鱼，而且是站着在钓，专注地盯着水面，我走到他旁边，正想打个招呼，他突然转过身来吓了我一跳，一张年轻而好看的脸埋在一堆胡子里，他用手捋捋胡子，对我 Say Hi，些许挑衅的笑容。

"今天我没钓到鱼，晚上要饿肚子了。"

我格格格地笑了起来："原来你靠捕鱼为生啊"。

"我叫 Graham Kenndy。"

"I'm Ling"。

他的中间名竟是肯尼迪，那不是鼎鼎有名的美国前总统吗？大总统和眼前这个不起眼的小子可怎么都联系不到一起。我瞟到他胳膊和手指上的文身，两只手上大拇指除外的八个手指上分别纹了一个字母，加起来是"Have

fun!（享乐）"

我开始告诉他我走过的美国的地方，他很惊讶，露出一副羡慕嫉妒恨的表情。

"你准备怎么做这条鱼呢？"

"我可是个厨师呢，那还不简单。"

"哪个餐厅？"

"Café Berlin。"

天啦，就是我连去了三次，前两次以为已经起床够早，却发现等位人太多，第三次因为餐厅临时关门休息，第四次，也就是我生日那天终于吃上Bruch的，哥村最出名的有一个大院子的美式早餐？这下轮到我羡慕了。

| 穿越 66 号公路 |

"你家那个法式吐司很不错"。

他得意地笑着说:"我就是负责做面包的,你吃的那个吐司肯定是出自我之手哦。"

"我的美国梦"

去年离开美国的倒数第二个晚上,Graham 邀请我去看他乐队的演出,酒吧人不多,去了后,我转了一圈没有看到他,正纳闷,突然就看见了和钓鱼那天同样打扮的他,我跑上去与他打招呼,当他反应过来是我时,非常开心地走过来,拍拍我的肩膀说:

"喝什么?"

"冰可乐吧。"

他把我带到了他爸爸的桌子边,已经喝得有些半醉的老爷子热情地和我聊天,他还介绍别的朋友给我认识,很快,我们基本上和酒吧里他所有的朋友都打过一遍招呼,到后来所有的人基本都认识我,一个叫 LING 的中国女孩。轮到他上台表演了,简单的合旋一上一下,乡村音乐,他唱歌的样子很严肃,不看台下,眼珠子盯着头顶上方位置,神情凝重。

"你唱歌都那么严肃吗?"

"是吧,我怕忘词儿了,哈哈。"

"去我家参加 Party 吧?"

"好!"

动手帮他收拾他的音响和鼓,一起搬到了 Minivan 上。

他的 Minivan 太酷了,不亚于 Bob 的小校车,除了前排的驾驶座和副驾外,后面的座位全都被卸掉了,凌乱地堆着一些乐器和杂物。我坐上副驾,他也爬上驾驶座,然后看见他那双带着文身字母的手指灵巧地在一堆书和

CD 里翻东西。

"找什么呢？"问他。

他愣住，好像没有听明白地愣了两秒，然后抬头望着我的眼睛，说"烟"。

Graham 的家在哥伦比亚图书馆附近的一条小路拐进去，一排两层楼的房子。门口两个带着牛仔帽，穿着牛仔靴的男子正在抽烟，看到我来了友好地和我打招呼。

打开门：客厅，沙发，茶几，落地灯，音响，小而温馨。里面已经坐了一排乐队的朋友，有的带着牛仔帽，有的拿着啤酒，在背景音乐下说说笑笑，嘻嘻哈哈，其乐融融。

"从密苏里到上海要飞多久？""在中国你们都吃什么？""你们都喜欢听什么样的音乐？"大伙儿好奇地问我，难道我是他们看到的第一个中国女孩？

沙发已坐满，我们就这样席地而坐，一起喝酒。

他们开始坐在地板上传着一把吉他，每个人都是弹吉他的好手，大家彼此分享自己的歌儿，有时唱到高潮一块儿合，有时身体一起打着节拍，一只黑色的猫在我的脚丫子旁穿来穿去，享受着午夜里的热闹。一晃就到了下半夜，我实在困得不行，便在沙发上打了个盹，隐约中不时有人进进出出，音乐和嘻哈声在继续，渐渐模糊。

有一次在 Graham 家里，看见挂有猫王的演出照和美国国旗。而靠墙书架上满满地放着他收集的唱片。

"你喜欢猫王？"

"他是我的偶像。"

他从 CD 里抽出一张猫王的唱片放进唱片机，音乐响起，"Love me tender, love me sweet, never let me go. You have made my life complete, and I love you so."（温柔、甜蜜地爱我吧，永远不要放开我。你使我的生命完整，我是

这么爱你。)

看他听得闭上了眼睛,完全忘记了我的存在,沉浸在了音乐里面。

"这么爱音乐?你才是博士啊,你和我这个博士不一样,你是自学,发自内心热爱乡村音乐,收集、品味、学习、借鉴,再创造。"

"我很高兴你这样认为",Graham笑容里透着不自信,受宠若惊。

拿起地上的一本书,《电焊教程》,Graham眼神透露着一丝兴奋:"我在学电焊,白天在咖啡馆上班,另外的时间在一所学校学习焊工技术,等我学成毕业后,焊工的收入是一个小时20美元,这样一年可以挣八万美元,我就成了富人了。"

"这是你的美国梦吗?"

"对,更好地生活,更好地做音乐。音乐不是我挣钱的工具,音乐是我的梦想。"

重逢,走近 Graham 的世界

转眼一年过去,我们没有再联系。

今天我打算去 Café Berlin 碰碰运气,或者 Graham 还在那里工作,或许这个点他正在那里。

我突然就出现在 Berlin 的门口,Graham 正站在 Berlin 门口卖门票,带着文身字母的手指拿着一罐 STAG,眼神空洞。我往他面前一站,直勾勾地盯着他,笑而不语。他先是愣住了,然后恍然大悟,再用手捂住嘴巴露出惊愕的表情,眼睛珠子都快瞪出来了,然后冲过来抱住我,给我一个紧紧的拥抱,双手握住我的双手,"天啦,是你!LING!"好惊讶你会再次出现,这一年你过得还好吗?这次要待多久?然后像一年以前一样把我介绍给他的朋友,"Hi,这是 LING,还记得我给你说过的 LING 吧,她又回来了。"

一天晚上，我们两人坐在地上，我说要不让我来采访采访你吧，一年前就该做的事情，今天补上。Graham从靠墙的书架上取下一张唱片放进唱片机，还是猫王的那张 *Love me tender*。

Graham今年28岁，来自堪萨斯城外的Plattsburge，五年前他父母离婚了，父亲是火车司机，每三天就有两天在火车上，另外一天回家，也就是火车的这一端的家。可在火车的另一端还有一个黑人女人，那个黑人女人是单身，比他爸爸大几岁，他们在一起好了几年，直到五年前被Graham妈妈发现。现在Graham妈妈和Graham的姨妈生活在一起。Graham的叔叔，也就是他姨妈的老公死于非命，他是个黑人，在一次警察逮捕毒贩的活动中，由于警察失误，冲进了错误的门，本来应该去隔壁房间，却冲进了他姨妈的房子，在没搞清楚情况下，一枪击毙了他叔叔。

"啊？那有什么惩罚或者弥补吗？"

"我的侄儿从那个时候开始到他这辈子去世，每个月都有3500美元的补贴，那个时候他11岁。另外警方还补偿了三百万。不算是很高，但是足够基本的生活了。"

"可一条鲜活的生命就再也回不来了。"

Graham将唱片放进一个唱片机里，背景音乐缓缓响起，猫王温柔的音色布满房间。

"你知道100多年前，黑人在美国大部分都是奴隶，直到现在，这个敏感的问题仍未结束，警察误杀黑人的事情经常出现，2014年8月圣路易斯弗格森一名黑人青年布朗遭白人警察枪杀，声援布朗案的集会抗议活动，长久以来黑人和白人之间的冲突很难修补。以前我曾经上街游行示威过种族歧视。"

说着，Graham掏出了一张旧报纸，在地毯上展平，泛黄的页面上刊登着一条反对黑人歧视游行示威被捕的新闻，Graham说："我参加了此次游行，还被警察关进了监狱好几天。现在我可能会理智地选择在家看电视,而不是去和警察发生冲突。"

沉默。

"你会永远在哥伦比亚吗?"

"不会,我想去不同的地方,我想认真对待我的音乐。"

"音乐是你唯一的爱好?"

"我最大的爱好应该就是音乐了。"

"你多大开始学吉他的?"

"24 岁,也就是差不多四年了。2009 年我去俄克拉荷马参加了一个音乐节,在那里我遇到了很多用音乐演绎自己故事的人,觉得特别有意思,乡村音乐里面唱到的爱与伤害,有关感受,情绪,敏感的心,是我喜欢的元素。乡村音乐也有开心的事,用简单的歌词,表达日常生活中的情绪。很容易去理解。"

"到目前为止写了多少首歌?"

"30 首左右吧。"

"你怎么创作的?"

"嗯,我需要问我自己这个问题,嗯,我一边弹吉他,一边把他们都记下来。"

"你的歌都关于什么?"

"很多是关于我的前女友,她不知道自己的亲身父亲是谁,妈妈也去世了,我们在一起相依为命七年,在一起度过了最美好的时光。"

"靠着扒火车,四年来我流浪了整个美国"

Graham 有一个成绩不错的哥哥,学的核工程,在芝加哥附近工作,另外有一个小他两岁的妹妹在堪萨斯州做酒保。"你不知道我的妹妹有多么地喜欢我,她觉得我玩音乐的时候最酷了,我们彼此都很爱对方,我也是爸妈最爱的孩子。"

2006 年的一天,Graham 决定开始流浪,那时他高中还未毕业。

"我一直生活在一个很小的地方,想要看看外面的世界,所以有一天我就爬上了一辆穿过小镇的火车,然后就这样靠着扒火车,我'旅行'了四年。"

"怎么扒上火车的啊?"

"穿过树林,等火车来的时候,就爬上去,通过这样的方式,我走遍了美国几乎所有的州。我的家庭还不错,爸妈都很好,所以我不算是背井离乡,而更多像是一种探险和流浪,这期间我也一直会给我爸妈打电话。"

"2006 年是我第一次来到哥伦比亚,觉得这是个不错的地方。2008 年,我开始经常来哥伦比亚,2010 年,当我再次来到这里时候,便决定留下来了。其间,学吉他,写歌,组乐队。"

Graham 拿起吉他,自弹自唱起来。

"这首歌写的是什么?"

"我的朋友 Emily(艾米丽),她是我一个很好的朋友。

"朋友对你来说意味着什么?"

"朋友是我的整个世界。"

"那你自己呢?"

"什么意思?"

"如果朋友是你的整个世界,那你自己呢?"于是,我又解释了一遍。

"我的朋友对我生命的意义,和我自己一样多。"他斩钉截铁地回答。

牛仔为我过生日

我生日那天，Graham 约我晚上去 Berlin 看他的乐队演出，晚上九点我到达 Berlin，人很少，舞台聚光灯下一个抱吉他的男子在弹奏乡村音乐，我找到坐在舞台前排的 Graham，在他身旁静静地坐下来，整个酒吧都很安静。一曲结束，歌手停下来和下面的人打招呼，从左到右，突然到了中间，歌手停顿了下来，氛围诡异。我看见 Graham 用夸张的口型悄悄提醒歌手说："LING。"

"今天是 LING 的生日，祝她生日快乐。"歌手突然冒了这样一句，之后全场在他的带领下，一起合唱生日快乐歌。不知道什么时候消失的 Graham 从厨房取出生日蛋糕，放在我的身旁，上面还插着三根生日蜡烛。生日快乐歌结束的时候，我俯下身，向大家鞠躬代表感谢。

"这是我的第一个美国生日，有如此美妙的音乐相伴，有如此热情的朋友相聚，我备感荣幸，谢谢大家。"

Graham 从厨房取出长长的西点刀具，帮我切分蛋糕，然后把切好的第一块蛋糕递给我。

"你是寿星，你应该第一个吃。"

周围的朋友开始走过来热情地祝福我，我都微笑着回应大家，然后十分热情地把蛋糕分给大伙。之后，在一派热闹的氛围中，Graham 递给我一顶米色的牛仔帽，上面插了一根灰白相间的羽毛。

"这可是美国牛仔帽里最好的牌子，Stetson，还有这本书，一起送给你，生日快乐，LING。"

Stetson 是美国历史最悠久的牛仔帽，1865 年由 John B.Stetson 创建，代表了美国西部牛仔文化中的"自由、独立、完整和坚韧的性格"。那本书叫

| 穿越 66 号公路 |

做：Nicholas Dawidoff 的 *In the Country of Country: A Journey to the Roots of American Music*（《乡村：美国音乐的根源历程》）。

接过这两份礼物，我突然不知道该怎么感谢他，我觉得他把能给我的最好的都给了我。瞬间，我感觉这两份礼物好沉啊，唯有吉他旋律混着夜色，像风一样温柔轻抚我的脸。

既然地球是圆的

离开哥村的最后一晚，我开车去 Graham 家，远远看见他家客厅的落地台灯亮着，我在门外按了门铃，隔了一会儿，没人开门。

于是，我掏出了从上海带来的中国红双喜，从林肯博物馆给 Graham 带的礼物，一个棕色的马克杯，圆滚滚的杯身，刚好可以暖手，也可以用来装硬币等小杂物，外面是手写体的复古字样，林肯博物馆。还有一封手写的信，幼稚工整的铅笔字体写在一张粉红色的信纸上，一起放进了 Graham 家门口的铁皮信箱，或许明天早上醒来，我离开的时候，他就能看到了。

没有说再见，没有正式的告别，没有拥抱。

我不慌不忙走到自己停在马路对面的车上，熟悉的马路只听见高跟鞋敲击地面的空洞声响。

默默点火，离开。

CD 里还循环播放着 Dwight Yoakam（德怀特·尤肯姆）的乡村音乐，民谣吉他伴随醉人的小提琴，*Sad Sad Music*：

There should be music, sad sad music.
But this silence that you left is all I have.
I must have missed a couple days or just forgotten,

What went wrong of where is all fell apart,
And I now you must have told me,
You were leavin.

此时应该有音乐，悲伤难过的音乐。
你走时留下的沉默，却是我手握的全部。
我定是错过了些日子，抑或只是淡淡地忘记。
究竟哪里出了错？爱在哪里分了岔？
现在你却来告诉我，说你要永远离开我。

这张 CD 是 Graham 前些日子遗忘在我车里的。

"亲爱的 Graham，你知道我很快就会离开了。感谢你，为我的生日，为美好的回忆：你带我认识你的朋友，告诉我你过去的故事，与我分享你的世界。对我而言，你是一个特别的人，你一直并将永远是我的好朋友。"

"They said the earth is round, as long as we move forward, we will meet again."

人们都说，地球是圆的，所以，只要我们往前走，就总会有再相遇的那一天。

02 "Show Me" 密苏里州

忘年之交
——越战老兵 Tommy

Tommy，我在哥伦比亚的忘年之交，他 20 岁时曾参加越南战争，现为新闻学院的行政老师。

Tommy 年龄并不大，刚过 60 岁，但不知怎的一头白发和满脸的皱纹，给人上了年纪的苍老感，事实上他精神矍铄，说话节奏非常快，走路开车也很麻利，性格特别开朗乐观，时不时和你开玩笑。记得第一次在学院的电脑房看见 Tommy 过去打招呼的时候，他从座椅上兴奋地站起身，和我一聊就是半个小时，那话题简直是滔滔不绝。之后，有空的时候，我都会绕道去他办公室看看他，和他聊上一阵子，一旦生活中遇到各种问题，他也非常耐心乐意帮忙。

我说被蚊子咬，他第二天见面递给我一支止痒乳霜；我问他哪里有卖香草奶油苏打饮料（Vanila Cream Soda），他下次见面直接拎了从 Hyvee 买来的 20 罐送到我的后备箱；我抱怨说买不到加小号的 MIZZOU T 恤穿，他隔日发来邮件，"LING 告诉你一个好消息，我找到了卖小号 T 恤的店，明天带你去？"一次无意的说什么是 Softball 什么是 Baseball，这两个球有什么不一

123

样的地方呀？他上班的时候专门在书包里装上两个球，然后上车的第一刻就掏出来给我看，让我亲手摸摸两个一个大一个小，体会一下差别在哪里。我那一瞬间简直都觉得自己是否太矫情了，老天怎么这么好？在美国为我安排了这样一个可以在乎我不经意间说的一句话的人呢。

因为暂时借住的好友也要搬家，我决定在没沙发借宿的那几天去芝加哥，于是把从中国带来的行李暂时存在他家，这也是第一次有机会去他的家里。

Tommy 的房间是简单的一室一厅一卫生间，门口露天车棚里停了他的一辆四门的红色福特，一辆红色野马，一辆哈雷机车。Tommy 说："一般去远一点的距离我会开福特，因为是新车，里迈数小，问题不大。平时我会开野马，偶尔兜风也会开摩托车。"

"什么？没想到你也是机车男？"

"那当然，一般人还嫌我开得太快。"

"你一般开多快？"

"60 到 70 迈吧。"

"啊？"

Tommy 正在客厅的沙发上看《生活大爆炸》，客厅里只开了沙发侧面的灯，电视屏幕一闪一闪的光亮映衬冷清的客厅。靠墙的橱窗里摆着他和家人的照片，冰箱上贴满了他从不同地带回来的冰箱贴，当然也包括我之前送给他的从中国带过去的"张飞"川剧脸谱的冰箱贴，他故意说："咦，这个好眼熟，忘记了是谁送的。"还有他年轻时当棒球教练时和队员的合影，迷你的汽车模型。

回到沙发上，他取出一个包裹一样的东西，打开向我展示，原来是密苏里爱国组织授予他越战荣誉的一床白底，蓝色和红色相间的毯子，上面绣着这样的话："授予 Tommy，感谢您在越南战争中为国服务及伟大的牺牲。"

在电视旁的橱柜里，我看到了一张卡片，准确地说是他的 Family Tree（家谱树），这个在中学英语学过的词汇，打来看到 Tommy 的父母，祖父祖母，弟弟妹妹各种家庭关系图画成了一颗树的形状，后代在粗大的枝干下再发出新的枝叶。只有 Tommy 的枝干没有再往下分，看到这里我内心感到一丝遗憾。

旁边还有一本 Tommy 出生的登记册，从他在妈妈肚子里开始，就被记录，20 周的 Tommy，一天的 Tommy，一个月的 Tommy，一岁的 Tommy，关于 Tommy 的身体发育信息，体重，身高，我看着看着，再回头看看身旁已经白发苍苍，满脸皱纹的 Tommy，哇，一辈子可真是快啊。

在客厅的角落，有两个看上去很陈旧的大木箱，看见我不时打量箱子，Tommy 终于打开，原来里面是他在越南时期的相册，他一页一页地翻给我看，那是我第一次见到年轻时候的 Tommy，和现在差别很大，那个时候的他很魁梧，高大，帅气，戴一副眼镜。照片中他在越南的时光基本是穿着便衣，在办公室或者越南的大街，没有看到战火，看到的是灰白泛黄下的那个时代的记忆，还有不少他与同事周末在一起举行的舞会，有越南本地的姑娘参加，几个姑娘在一起害羞的合影，保守的穿着，淡淡的唇彩，简单的装饰，其中一个淡雅圆润的女子引起我的注意，我指着她说："这个姑娘长得真漂亮。"Tommy 说："对的，她是我曾经的女朋友。"再看见一个白齿红唇，张嘴大笑的开朗女子，"这个女孩最开朗了吧？""对，她最后嫁给了我的同事，两年后一起来到了美国。"

Tommy 送我回家，我们一边开车一边商量下次见面的时间，他说："你等等，我老了，记不住事情。"于是他麻利而又慌乱的掏出在车上随时备着的小笔记本，写了些什么，撕下来，装进裤子口袋里。车已经到我家，我们又提到一本书，但是不清楚作者和书名，他说没关系，我记下来回头查好发你邮箱。我说那好，于是下了车。本来在车旁想等着目送 Tommy 离开，可他不知道我还在车旁，看他又掏出了笔记本，认真地一边想，一边记，大约持续了 3 分钟，最后再次撕下来，塞进裤子口袋，最后在调头时才看到站在一旁的我。

Tommy 摇下窗户："我以为你都走了，怎么还在这里？"

"我等你走了我再走。"

这一幕让我很感动，看着白发苍苍的 Tommy，为我记这记那，感受到他的真诚，以及不容易。这一刻，我觉得他就是我这一辈子的好朋友了。

Tommy 告诉我，明年他就不准备自己一个人住了，需要打扫房间，清理花园，他觉得自己忙不过来。他准备把房子卖了，然后去住一个可以提供老人照管的公寓，那里每天还提供一顿午饭，他说这样更适合自己。

突然感觉好难过，苍老，单身，没有结过婚，也没有后代的 Tommy，这是要去养老院的节奏吗？我心中这样想，但不敢问，怕他不高兴。尽管去养老院在美国很常见，但是从传统的中国观点出发，我还是有些担心。Tommy 老了，谁来照顾他？只希望他能得到好的照料，和周围的邻居们相处愉快。

离开哥村前，想去看看 Tommy 即将搬去的那个类似于半养老院的地方，中国或许还刚刚起步，而密苏里州这么偏僻的小镇已经成熟运营了，Tommy 说没问题啊，我马上预约。

这个社区叫作 The Village of Bedford Walk，在哥村南面，位于 Bethel 和 Nifong 两街的街口，离 Downtown 不远，开车 10 分钟到。社区目前还在修建，一边修一边出租，Tommy 就是签好了明年夏季入住的协议。小区分为两种房子，Apartment homes（公寓）和 Villas（别墅）。别墅又包括两个卧室的和一个卧室的，两个卧室是 3995 美元/月，一个卧室的是 2995 美元/月。Tommy 选的是一室的别墅，算是很贵的价格了。他 60 多岁，算是里面最年轻的了，2995 刀包括除了手机通信费以外的所有费用：房租，宽带，水电气，保险，停车，以及每天一顿免费的午餐，紧急情况下的医疗救援。社区还有健身房，影院，身体护理 SPA，游戏室，游泳池，周末会不定时举行一些社会活动：如一日游或者短期的周边游活动，在社区的教室里定期有类似老年课堂，你可以选择感兴趣的科目上课，丰富老年生活。Tommy 卖掉自己的房子，搬到这里来，应该就是要安顿晚年了，我心里想。

回来的时候，经过哥伦比亚当地医院，Tommy 天真无邪地说："我就是出生在这个医院的哦，我可是地地道道的哥伦比亚人。"我在想："这一辈子 Tommy 或许都会待在哥伦比亚了，希望有一天他年老的时候，我还能再来看看他，陪他说话，看他兴奋地给我讲他最近的生活，陪他一起笑。"

还记得和 Tommy 去逛 Stephen Lake Park 的那个黄昏，正值落日，三个热气球在天空中点缀着，路过秋千，我们一人一个开心地坐了上去。我比较笨，不懂怎么通过身体的运动让秋千自己荡起来，他在一边看着，说："LING，我小时候就会荡秋千了，让我来教你吧。"于是开始为我示范，只见他高高地绷紧了双腿，秋千一上一下，越来越高，越来越快，我们都裂开嘴大笑起来，像是回到童年的两个孩子。

跨越年龄分享彼此的世界，真希望他能够一直这样开心下去。

"一个像秋天,一个像夏天"

在哥村短暂停留期间,我寄宿在好朋友王欣慧家里。我俩是在学校健身房的 Tiger Tease(密苏里大学自创的热舞课程)认识的,她后来回忆说和我打招呼是因为看到我在等课时玩手机,里面是中文,确定我是中国女孩,而在那个热舞班里基本上都是白人女孩,她觉得我们是同类,之后我们就成为了"一个像夏天,一个像秋天"的好闺蜜。我知道她所有的秘密,她也知道我的。

"秋天"的欣慧,出生在秋天,外冷内热型,放在人群里不愿多说话的那种。而我是七月出生的狮子座,爱热闹,热情爽快,自然就是"夏天"了。

欣慧来自上海,娇滴滴的白色皮肤,高挑的个头,1988 年出生,药学博士。

"你想找一个什么样的男朋友啊?富二代?"

"我的目标不是找一个富二代,而是把我爱的人培养成一个有钱人。"她笑着对我说。

今年再见时,欣慧姑娘已经剪了利落的短发,男朋友很有才华和抱负,他们在一起学习西班牙语,一起上图书馆,一起下厨做中餐。

在美国的四年经历，让欣慧越来越自信和洒脱，"做自己想做的事情，要不怎么会开心？"

来美国的前夕，她告诉我已放弃了博士毕业后两年的 OPT（美国移民局给在美国拿学位的留学生可合法留在美国找工作等待工作签证的两年身份），重新申请了商学的硕士。

"我觉得我的兴趣在从商，如果只有一个药学的博士学位，以后多半还是在药企或者研究机构，再读一个学位，把两个专业结合起来，才是我的梦想。"

"家里人支持吗？"

"不支持，爸妈希望我赶紧毕业工作。但我觉得自己还没有完全准备好工作。"

"那还犹豫什么？"

"钱啊亲，这一年我至少还需要二十万，虽然拿了全奖免了学费，可生活费我需要自己挣的，博士期间我是有工资，已经'断奶'几年了，可现在得自己想办法了。我也不知道这样选择是不是正确的。"

晚上睡觉，看到欣慧在 Facebook 上发的状态："life is not about finding yourself, life is about creating yourself."（生活不在于发现你自己，生活是创造你自己。）我笑了，人的潜能总是无限的，看来她做到了。

那几日，早上我还在睡觉，就听见从客厅里传出跟读西班牙的咿呀学语，是她在学西语了；我在客厅写作，听见一旁的欣慧在网上看统计的教学视频,一看就是一天,动也不动;最后快走的那一天,是她们商学院的开学典礼,前一日她给我看邮件,"明天的开学典礼要求穿随意的正装,你看我这样穿好不好?"黑色紧身过膝连衣裙加白色西装短外套,"妞,你太美了,比那些大白妞美了去了。"

欣慧门门课都拿A,全额奖学金,系里的学生会主席,杰出毕业生,活跃的志愿者,跳芭蕾,弹吉他,摄影,画画,滑雪,自驾旅行。最近欣慧又迷上了钢管舞,这个在国内令人质疑,但在美国受到年轻人热衷的舞蹈项目。

"你的人生可真是丰富多彩啊。"

"我喜欢尝试新事物,人的潜能总是无限的,不是吗?"

她经常提醒我:"你们文科生,有的时候太感性了,爱钻牛角尖,走极端,欠逻辑思维与推理,不靠谱啊。"

我喜欢听她这么直截了当的批评,因为她说的没错。

我们有一个特别能排解忧愁的方式——外出拍照。一旦对方有不开心的事儿,另外一方就拉上对方去户外拍照,去公园,去草地,换上漂亮的衣服,自拍,互拍,合影,在大自然的怀抱里尽情摆造型,躺,跳,趴,一个一个动作做下来,负面的情绪也随之散去。去年暑假我们自拍的身影遍布整个哥伦比亚,从校园的体育场、健身房、游泳池、老虎雕像、图书馆、主干道到哥伦比亚市政厅、百老汇大街、Stephen Lake 公园。

"再这样下去,我们快成哥伦比亚的亚洲代言人啦。"

在哥伦比亚我们有一个私密的约会地点,位于 Capen Rock Park 攀岩公园的半山腰一块平地,需要翻几分钟的山才能到达的半山腰岩石,能看到一整片的森林一样的树梢,视野非常开阔。在干净的岩石上躺下,看着天空中的云朵慢慢移动,夏天的微风袭来,我转头看着旁边的她,对她说。

"I feel my life fulfilled right now."(这一刻,我觉得我的生命完整了。)

02 "Show Me" 密苏里州

再别"哥村"

谈天说地，叙旧感怀，感伤之余，一个人的旅行还是要继续的。

离开哥村的清晨，我决定以自己的方式和它告别。

因为这几天用的克莱斯勒是借用朋友的，所以早起先去把朋友的车加满油，然后和最近几天一样，把车停在新闻学院图书馆门口，带上相机再最后拍几张照片，分别在新闻学院和六根柱子，代表新闻学院和密苏里大学的两个点留恋。之后去了 Jessey Hall（杰西楼），这个大学的心脏地所在的行政楼，再取了一份学校的地图和介绍，一份《密苏里人》报作为纪念。

回到图书馆里，在新闻学院图书馆的最后半个小时，我俯身从放在地板上的书包里面掏出 iPad，余光又停留在这猩红的地毯，整齐的藏书，仿佛我就生活在这里，我并不是今天就要离开，我也不是过客，即将的离去顿时让呼吸变得疼痛，眼睛一酸，我是有多爱美国吗？并不是，我爱的是在这片土地上我重新找回的自己，带着这样的自己，不管在哪里，生活都应该继续精彩下去。

回到路边的车旁，计时器显示还有最后一分钟过期，一切刚刚好。开车向前时，再次遇到了我生日那天，因为我停车超时，但在我的哀求下没有给我开罚单的警察帅哥，我对他笑了笑，他似乎也认出了我，向我点头致意。

131

路过百老汇街，再次碰见两个小时前就在街头乞讨的流浪汉，他还拿着早上那张牛皮纸板在街头乞讨。因为已经是第二次路过，看到他眼神里的空洞，白花花的太阳下晒了两个小时也挺不容易的，原本我有想要施舍的念头，可惜在我大脑思考的时候。已经把车开过了，身后也跟着别的车，没办法，于是我向左走，再次绕了一个街区，左拐再右拐，终于第三次经过开到他的身边的时候，我摇下窗户，将车缓缓停靠在他身旁，向他示意靠近，从副驾窗户递给他五美元，在他一脸的惊讶下说："You have a good day!"（祝你有美好的一天）

再往前走，我绕去了第十街的 Café Berlin，在车上用手机拍了一张照，心中默念，再见了 Graham；绕过 Room 38，再见了帅帅的酒保；绕去了市政厅，心中默念，再见了哥伦比亚。开车途径每一处曾经带给我回忆的地方，只留下美好，面带微笑，心中默默告别，用这样的方式和我爱的这座城市说再见。

在 Hertz 重新租了一辆红色的 Toyto，继续堆满行李，走吧，在路上才是最充实的常态。

密苏里州春田市，有 66 号公路的路标，这个市比林肯故乡那个小多了，市中心的广场边有人在抗议，有人在采访，我走进对面的一家咖啡馆，连接着市公共图书馆，站在路边喝咖啡。

"这座城市的人都特别冷漠。"一个声音从我左边传来。

扭头一看，一个中年男子，"为什么这么说？"

"我在美国很多不同的地方都生活过，在别的城市，大街上你对着对方微笑点头打招呼，对方是一定有回应的，甚至很多时候对方会在和你眼神交流前就向你微笑，只有这座城市不一样，你很难和路人有所沟通，大家脸上都挂着冷漠。"

"但愿他们只是忙碌罢了。"我对他说。

天气开始阴了起来，今晚不如住这里吧。

走进一家 Hooka Bar（水烟吧），店主来自叙利亚，舞台上有一只乐队在表演。我选择在一个角落里坐了下来。

02 "Show Me" 密苏里州

"我的梦想是做美国总统"

"你的梦想是什么？"

"我想当科学家。"

"我想当一名老师。"

"我想当医生。"

我们这代人小时候的记忆里似乎都有这么一段场景。

但是似乎没有任何一个孩子有说过"我要当国家主席"。这样的言论在内敛的中国传统中似乎太过狂妄。自古以来有想当皇上的心那可是造反呐。

情况在美国却完全不同。

水果味道混合了现场乐队的节拍声，萦绕的烟雾，我环视四周，懒懒散散地坐着好几桌子俊男靓女。

"一个人？"

"对。"

一个蓝眼睛帅哥凑了过来，典型的美国男生装扮，T恤球裤，笑上去傻乎乎慢半拍的样子。

"我叫 Dainec，很高兴认识你。"

一番交谈下来，才知道原来他也是密苏里大学的，学政治学的大四学生，美国空军，今晚返校刚好路过此地，于是我们开心地打开了话匣子。

来自"Home School"的美国空军

Dainec 出生于密苏里州一个小镇上，来自一个非常虔诚的基督教家庭，有两个哥哥，一个姐姐，两个妹妹，一个弟弟。一家 7 个孩子，加上父母 9 个人。他的哥哥是陆军。另一个哥哥念本科时和一个中国女博士在一起，他们后来结了婚，那个女生来自中国的小城市，念生物博士，在印第安纳州。另一个姐姐和一个比自己小两岁的男生，而且是自己的第一个男朋友结了婚，生了 3 个小孩，他开心地说每次见到她，她的第一句话总是，"啊哈，我怀孕了。"他的妹妹今年 13 岁了，和他一直互相称为"朋友"，朋友相称，他说她很甜，是他最喜欢的妹妹。

他家一共有 7 个小孩，竟然没有一个小孩上过正式的学校，而是妈妈亲自辅导的所谓的 Home School（在家自学）。

"为什么不去上学，美国大学以前的教育不都是免费的吗？如果钱是问题的话？"

"因为我的父母很虔诚，担心我在公共学校会沾染不好的社会习气，所以决定让我在家学习。"

"What？"

Dainec 笑着风趣地对我说："我每天自己看书学习各个科目，自己给自己考试，自己给自己颁发学位。"

我诧异地盯着眼前的他，本科政治学，硕士法律，谈吐儒雅，性格温和，风趣幽默，竟然在大学以前都没有上过学！这也可以？在美国难道真的

02 "Show Me" 密苏里州

没有什么是不可以的？社会包容一切，彼此互相尊重，自我是放在第一的，你可以选择你的生活，成为你想要成为的人。

"你怎么理解美国梦？"

"美国梦的核心是自我价值的实现。"Dainec 不假思索地回答我。

"美国文化的核心是对个人的尊重和肯定。就像在我们的独立日欢庆会上，主题并不是教大家怎么去爱美国，而是宣扬怎么去爱自己，做好自己。我想当你把自己做到最好了，对社会有用了，这个国家才能健康持续地好好发展下去。这与美国梦和美国文化的核心是一致的。"

放弃宗教信仰

进一步交谈，又让我惊呆了。

Dainec 虽然来自非常虔诚的基督教徒家庭，可他本人却在去年宣布放弃自己的信仰，我心里一愣，这孩子是要闹哪出？

"在我开始读哲学后，会觉得圣经里面的很多地方都是谬论，比如：反对同性恋，反对堕胎，认为人们生下来就是有罪的，这都是完全没有任何根据的，而且很不合理。"[①]

"那你活了 20 年，这 20 年你不都白信仰了？"我心里嘀咕，在如此虔诚的基督教家庭放弃信仰，在某种意义上不就是背叛了自己的整个家庭，背叛了自己的过去，背叛了爱自己的父母吗？这需要太多勇气了吧。

Dainec 一脸无奈："我很爱我的父母，他们一定很难过，但我必须坚持自己，因为我只能忠于自己。"对于任何阻挠我去做自己的人和事，你只需要对他们说："Fuck the bullshit"，他一边竖起了中指在我面前晃荡，一边不停地撅起嘴唇夸张地嚷嚷："Fuck the bullshit"、"Fuck the bullshit"！

---

① 此对话谨代表受访者观点。

"你是怎么告诉你爸妈的?"

"·年前我和几个朋友在酒吧喝酒和一个陌生人争吵了起来,结果对方突然对我大打出手,打掉我两颗门牙,我身上没有钱,不得不打电话告诉父母,寻求紧急救援和帮助。你知道严格意义上基督教徒是不能喝酒的,我觉得就一刻吧,我索性就向爸妈摊牌了,我说我已经不再信仰基督了。"

"他们一定很难过?"

"是的,只是他们并没有表现得特别明显。"

野心和青春,不可复制

"LING,my dream is become the president of United State(我的梦想是当美国总统)。"Dainec 突然严肃地对我说。

这一幕不应该是在电影场景中出现吗?尽管我在去美国前,就经常听说这样的事情,如果说这个想法只是停留在想法层面还是能够接受的,可突然间碰到一个还是觉得很震撼。我转头看着 Dainec,93 年出生,清澈湖水般的眼神,稚气未脱的笑,就他!凭什么?

"How?"

"为什么不可以?我今年大四,我从大一开始就服役于美国空军,今年夏天被授予二级中尉军衔,秋天我将入学成为密苏里法学院的硕士新生,同时还继续在美国空军服役,研究国际法,毕业后我会在美国空军里从事国际法领域的工作,我想按照我的规划,若不能成为美国总统,我也会是一个伟大的政客。"Dainec 很清醒地告诉我他的计划。

"我很爱哲学,从高中开始我就念很多哲学书,我也很喜欢政治,我希望能帮助身边的人,相信在未来的某一天,整个世界将消除国界的概念,成为一个国家,我们自由而平等地往来,彼此都像兄弟姐妹一样。"

野心和青春，不可复制，弥足珍贵。

Dainec 翻出他手机上的照片，他卧室墙上有一句话，用玻璃框裱了起来："Intelligence without ambition is a bird without wings——Salvador Dali"（聪明但没有抱负，犹如没有翅膀的鸟——萨尔瓦多·达利）。

Ambition！这个词就那么露骨地展现在那里。联想起黑人 HIP-HOP 歌手 Wale 的一首单曲《野心是无价的》(*Ambition is priceless*）。"野心"这个词，本是个褒义词。可在中国的传统保守中庸谦逊的文化氛围下，在枪打出头鸟的低调环境下，被谈及难免有些赤裸裸，在习惯了被"呵呵"、"还好"夹击的中国语境下，"野心"是需要藏起来的。

而在美国，野心是随处可见的。但我相信不是所有的野心都是值得尊重的。而那些值得尊重的野心，我们是需要用一副玻璃框将它裱起来的，这不仅仅是一种形式，更是一种内心的朝拜，挂在墙头，每天打量，不时哈上两口气，拭去灰尘，仔细读一遍，嘴角上扬，体会内心这一刻的美妙。野心是用来激发年轻人战斗的利器，可是年轻人需要善待和善用自己的野心，若只依靠野心做事，只会毁灭和被利用，或被比你更有野心的人利用。知道自己的位置和角色，适度自信，独善其身，兼济他人。

透过 Dainec 那坚定而自信的眼神和笑容，我清楚地看到了他想要的未来。

今年年底，看到 Dainec 在 Facebook 上公布自己即将转学去全美国际法排名第一的纽约大学学习时，我发信息祝贺他。

"这的确是我的目标，能够去纽约大学，机会就更多了，实习也很方便，我感到离我的梦想又近了一步。"

"你的梦想未改变吧？"

"当然，永远不会。"

下一站卓普林（Joplin），66 号公路在密苏里的最后城市。1873 年，由于锌矿的开采而立成,"二战"后衰落。

黑云开始翻滚、漫涨,在远方的空中形成一堵墙,就像灾难片里海洋上突然刮来气势汹涌的巨浪,徐徐逼近,我不敢再往前行,打开广播调到当地的频道,收听是否有恶劣天气的警报,心里咯噔一下,马上就要进入堪萨斯州了。那是一个龙卷风频发的地方,祝我好运!千万别碰上,因为两月前,龙卷风刚袭击过这里。

03

"龙卷风频发之地"
堪萨斯州

GALENA
RIVERTON
BAXTER SPRINGS

| 穿越 66 号公路 |

堪萨斯州是一个龙卷风灾害频发的地方。在童话《绿野仙踪》里，住在堪萨斯农场的多萝茜就是被龙卷风带到了奥兹国。2014 年 5 月 4 日布朗县一辆行驶中的运煤列车遭龙卷风袭击，致 52 节车厢脱轨。2015 年 5 月 6 日，美国堪萨斯州本特利遭遇龙卷风袭击，当地居民房屋与附近树木遭到严重破坏。

03 "龙卷风频发之地"堪萨斯州

去年在密苏里学习时认识了一位来自堪萨斯州的海军同学，因为他在学汉语，我永远都忘不了他在得知我来自中国后，用中文告诉我："龙卷风毁了我的家乡。"然后扮可怜状看着我的眼睛。

母亲路在龙卷风肆虐的堪萨斯州境内长度仅为 13 英里（不及全长的 1%），但政府对它的重视程度一点也不比其他州差，从州界就看出来了，还专门做了 End of History 66 的标牌，并画上向日葵和牛仔。跨过州界就是俄克拉荷马州的标牌，标牌配有一个骑马的印第安人图案，不言而喻，这里有美国最大的印第安人原住民区。

| 穿越 66 号公路 |

"在 66 号公路上找乐子"

穿过遍布矿坑的 Galena（加利纳），一辆马车穿梭而过。沿着 Front 大街行走，左拐后是一座老式加油站，取名为：4 Women on the Route，这座加油站建立于 2008 年，同时也提供纪念品、食物和休息，因为门口时常有大货车停留，这为皮克斯工作室的动画片《汽车总动员》绘制者们提供了灵感，可以看到"拖车板牙"、"哈德森博士"和"消防车小红"，镇上很多街道和店铺都被改造成了一百多年前的样子。

继续往前几英里，在红砖的艾斯勒兄弟老里弗顿商店，可以采购电池、火鸡三明治以及 66 号公路纪念品。现在这家店的样子跟它 1925 年刚建成的时候没什么两样，锡膜天花板和户外卫生间，这家店已经被列入国家史迹名录。

穿过 HWY400，继续向前行至 1923 马什彩虹拱桥，再往北走三英里就是巴克斯特斯普林斯，这里是南北战争中大屠杀和诸多银行抢劫案的发生地。

马路边停留，摇下窗户，路边酒吧门开了，走出一位牛仔，里面传来歌声：

03 "龙卷风频发之地"堪萨斯州

"如果你曾计划开车西行,跟从我的路,走这条最好的高速。在66号公路上找乐子。它从芝加哥到洛杉矶,全程超过两千英里。"

Get your kicks on Route six-six.
Now you go through Saint Louis,
Joplin, Missouri,
and Oklahoma City is mighty pretty.

在66号公路上找乐子。
现在你穿过了圣路易斯,
密苏里的卓普林,
俄克拉荷马城非常美。

1946年,爵士作曲家兼演员鲍比特鲁普(Bobby Troup),在66号公路上奔驰,一路前往加州之后,写下毕生最有名的这首歌曲,他的妻子为这支蓝调起了歌名:《在66号公路上找乐子》(*Get Your Kicks on Route 66*)。后来这首歌通过知名歌手纳金高(Nat King Cole)录音、发行,成为当时红极一时的热门歌曲,这首歌的歌名也当之无愧地成为了反复出现在这条路上最流行的口号。

牛仔掐灭烟头,转身回到酒吧,将门关上。

下一站:非常美的俄克拉荷马州。

| 穿越 66 号公路 |

TIPS

Galena Mining and Historical Museum: 319 W. 7th Street, Galena.
加利纳矿业历史博物馆：第七大街西 319 号，加利纳。

Schermerhorn Park: Take Kansas Highway 26 south two miles from downtown Galena
舍默霍恩公园：从加利纳城中心沿着堪萨斯 26 号高速，向南行驶两迈。

Clock Tower: 101 W. Maple Ave, Columbus
钟楼：枫叶大道西 101 号，哥伦布。

Columbus Museum: 100 S. Tennessee Avenue, Columbus
哥伦布博物馆：田纳西大道南 100 号，哥伦布。

Carona Depot & Railroad Museum: 6769 Northwest 20th, Scammon, north from Columbus.
卡罗纳站及铁路博物馆：第 20 街西北 6769 号，斯卡蒙，哥伦布往北。
Big Brutus（巨型电挖掘机）: 6509 NW 60th Street，位于 60 街西北 6509 号，在这里你能看到世界上第二大的挖掘机（比塞洛斯 1850B 型电铲），有 16 层楼高，在这里每年 6 月都会举行大型的 Miners' day reunion（矿工团聚活动），提供包括房车和野营设施。

04

"红种人的土地"
俄克拉荷马州

ELK CITY

OKLAHOMA CITY

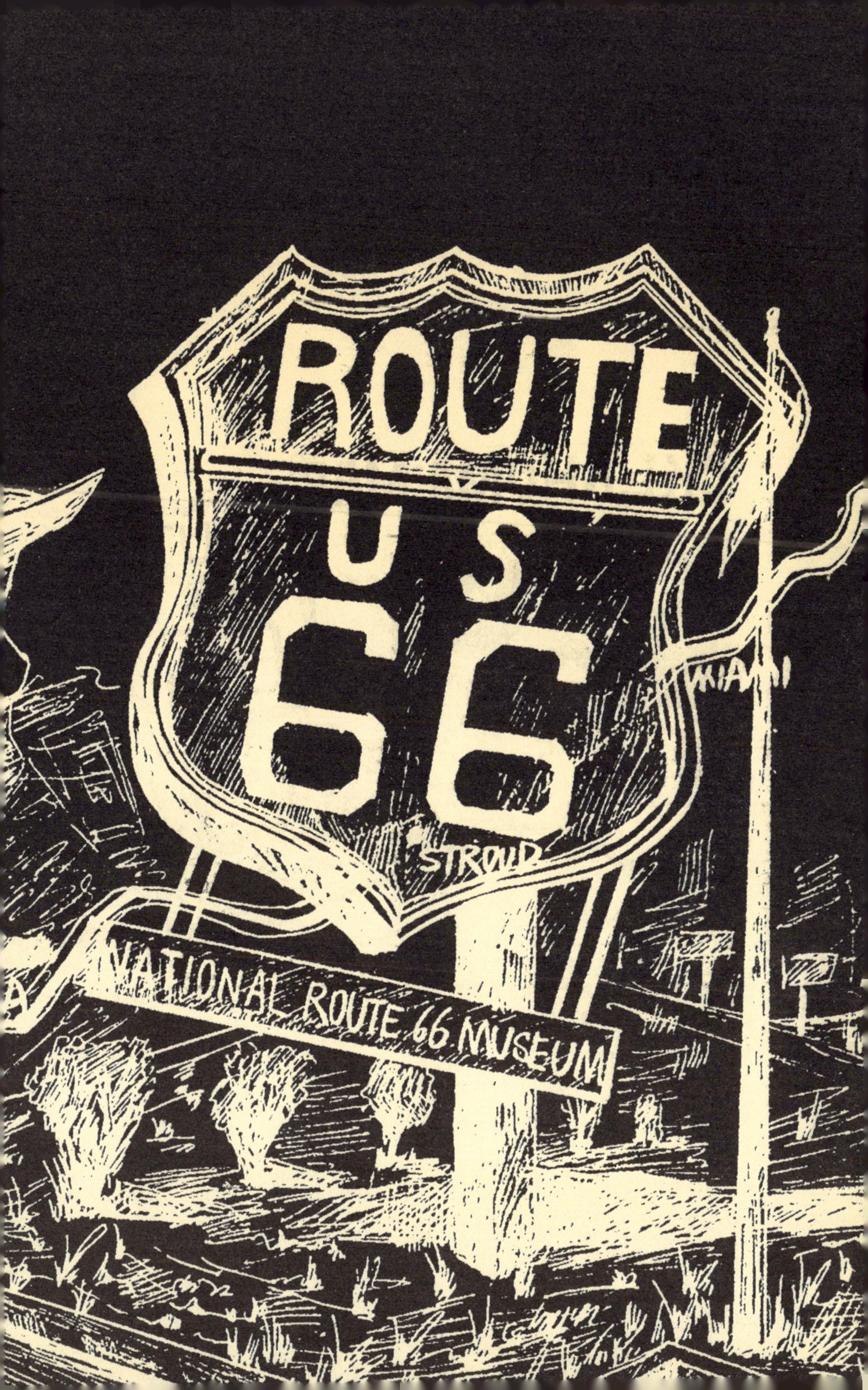
ROUTE
US
66
STROUD
MIAMI
NATIONAL ROUTE 66 MUSEUM

| 穿越 66 号公路 |

"人们在 66 号公路上逃荒。水泥路面晒在太阳下,光亮得像一面镜子。远处的路面在极热的天气下,显得像一塘寒凉的池水。"

——约翰·斯坦贝克《愤怒的葡萄》

04 "红种人的土地"俄克拉荷马州

"俄克拉荷马"意为"红人",原为印第安人的地盘,公元500~1300年间,印第安人开始在该地区创造独特的文化,制造出精美的陶器、纺织品、雕刻品和金属器皿。西班牙与法国争夺该地数十年,1800年该地归法国所有。1803年根据购买路易斯安那协议,该地区归美国所有。1830年,印第安人移民法的通过,东部的印第安人开始迁移到这里,建立了印第安地区。1889年,美国联邦政府决定将这片印第安地区向白人开放,成千上万的人守在边界,等信号一发出,争先涌入抢夺土地,因此俄克拉荷马又有Sooner State(抢先之州)的绰号。

克蓝顿咖啡馆

从阿夫顿（Afton）开始，66号公路与I-44州际公路并行穿过维尼塔（Vinita）。"吃（EAT）"。红底白字的照片吸引了我，我喜欢这样的简单直接，像摇滚，给人以力量。一栋绿色的房子，墙上写着："克蓝顿咖啡馆"（Clantons Café）。

小店1927年开业，经营四代至今，这也是本地最老的家庭饭馆。咖啡混杂着饭味，扑面而来。房间的墙上挂着鹿头，旧报纸，照片。空位子很多，推门而入，迎来不少目光，应该很少看到一个亚洲女孩独自前来吧。正值周六早上，看得出来每一桌子都是一家人，有的带着小孩子，有的带着老人，可惜热闹都是他们的，我还是先填饱肚子吧，打开菜单。

"Calf Fries 是什么？"我问倒咖啡的男子。

"嗯，这个嘛。"

周围有窃笑声。

"油炸牛睾丸，这里的特色。"邻桌一位大大咧咧的当地人插嘴进来。

"还有这个菜，那我还是算了吧。"我笑笑。

04 "红种人的土地"俄克拉荷马州

"我们这里每年还有全世界最大的'牛睾丸节'。"

"怎么过呢?"

"从1979年开始,附近农场主发起了这个节日,之后每年八月份都会举行,就是当地的人们各自用不同的配方来做一道牛睾丸菜,一起分享,评委打分,最厉害的那一道菜会被评为'人民的选择'。"

我点了一份牛排,鲜嫩多汁,喝饱了咖啡。

别了"人民的选择",让我先去完成自己的选择吧。

> **TIPS**
>
> 克蓝顿咖啡馆(Clantons Café)地址:319 E. Illinois.Vinita. 伊利诺伊街东319号,维尼塔。克蓝顿咖啡馆是一家超过80年的老咖啡馆,试想一下这样的一幅画面:你左手端着一杯咖啡,嘴里正咬着一个油炸牛睾丸,站在一面贴满老照片的墙壁前,回味这里的历史和故事,是不是别有一番风味?

| 穿越 66 号公路 |

Catoosa 温情大蓝鲸

在 Cherokee Street 的高速路面远远看见了 Blue Whale（大蓝鲸），这是 66 号上的招牌景点：一只咧着嘴巴冲你笑的蓝鲸躺在池塘的水面上，游客可以穿过蓝鲸两排白色牙齿，通过蓝鲸的嘴走进鲸身，然后从双鳍处的位置，顺着通向池水的滑梯，落进池塘里。

"这样充满童趣和美好的设计，是出自小朋友吗？还是慈父之手？"我走近池塘，询问正在一旁发呆的年轻女子。

"不，都不是，它跟爱情有关。"

"这是休戴维斯先生，一位动物学家送给研究鲸鱼的妻子 34 周年的结婚礼物，他从 1970 年开始动工，用了两年时间终于完成了 80 英尺的蓝鲸，花掉十五吨沙子和两万磅碎石。"

"他妻子可真幸福。"

"1988 年戴维斯先生因病关闭了池塘，1990 年去世，2001 年他妻子也随他而去，2002 年这里重新修整后重新向孩子们开放。"

不知道这对戴维斯夫妇是否有小孩，但闭上眼，我似乎能看见他们一家人在池塘边嬉戏的场景。池塘边设置了木头的桌椅，供前来游玩的孩子们野

04 "红种人的土地"俄克拉荷马州

餐，我在心中不禁感谢起戴维斯夫妇，谢谢他们把池塘和蓝鲸永远地留给了孩子们。

驾车经过一座陈旧铁桥，进入 Catoosa，这里在 19 世纪是切诺基部落的地盘，连接图尔萨，阿肯色河、密西西比河，注入墨西哥湾。

| 穿越 66 号公路 |

"66 号公路之父"的家乡——图尔萨

离开大蓝鲸，左拐到南 193 东大街，进入右边的 11 街，便进入以石油产业而闻名的图尔萨。

图尔萨在印第安语里是"老城"的意思，这里是俄克拉荷马第二大城市，曾因"世界石油之都"美誉天下。这里也是 66 号公路修建的倡议者，被后人尊称为"66 号公路之父"的塞鲁斯·阿沃瑞（Cyrus Avery）的家乡。

1925 年本地商人塞鲁斯·阿沃瑞开始推动铺建这条从芝加哥到洛杉矶的公路，并取名为 66 号。1927 年，在他的推动下创立了"美国 66 号高速公路联合会（US Hightway 66 Association），致力于将这条路全程修完并促进通商旅行。

可惜，在 1963 年，66 号公路正处于车水马龙的黄金年代，阿沃瑞却去世了，遗憾之余，又感叹他不必再经历 66 号公路之后的衰败，这样未必不是个好结果。

从图尔萨（Tulsa）到俄克拉荷马是母亲路连续直行最长的一段（110 迈）。从这里 66 号公路与 I-40 州际公路汇合，20 迈后到达埃尔里诺（El

04 "红种人的土地"俄克拉荷马州

| 穿越 66 号公路 |

Reno），随后与 I-40 州际公路并行至克林顿（Clinton）。

斯托德（Stroud）成立于 1892 年，那个时代的斯托德以"粗野"立名。饥渴的牛仔和身份不明的旅行者流连在小酒馆和客栈，暴力盛行。最著名的事件无疑是 1915 年，臭名昭著的强盗亨利斯达企图抢劫小城的两家银行，引发居民与盗贼的激烈枪战，最终负伤而逃。

66 号开通后，小城恢复了原本的平静。石头咖啡馆（Rock Café）是这里最大的亮点，这座咖啡馆曾经在 2008 年 5 月遭遇了一场严重的大火，当

04 "红种人的土地"俄克拉荷马州

时的老板 Dawn Welch 决心重建,在一年后重新开业,红色的招牌在阳光下很是招摇,西方好莱坞经典广告的设计,几辆纸片的卡通车竖在门外,均来自《汽车总动员》。而《汽车总动员》里水箱温泉镇的保时捷 911 律师莎莉的原形,一辆蓝色的小轿车,就是这里的老板邓恩。两个欧洲美妞在一旁停车抽烟,看到我打开车门,对我微笑。

左手POP 右手谷仓

向南，穿越旷野与小城，黄昏时分来到Arcadia（阿卡迪亚），阿卡迪亚是圆形谷仓（Round Barn）的家乡，也是66号的著名景点，在小城的东郊。

金色的落日下，红色的谷仓显得更加温暖了，有些梦幻般的色彩。谷仓建立于1898年，谷仓在几年前重新修复过，现在是一个对游客开放的纪念品店，谷仓的上层对外出租，可用于一些特别活动。

离开谷仓不远处马路的对面是一座现代玻璃与钢的建筑。一块红色招牌上写着"POPS"，"Food、Fuel、Fizz"，一座66英尺高的镂空饮料瓶树立在建筑外，里面插了一支大"吸管"，这是2007年66号上的一个新景点，由Rand Elliott设计，据说每天晚上七点后，瓶体会有不断变幻颜色的LED灯光，造成液体不断注入的视觉，别有一番风情。长久行驶在荒芜人烟的历史小镇和风尘仆仆的老路上，眼前突然出现这样一个现代气息浓厚的设计，有些又把我拉回到现实生活中的感觉。

走进店里，玻璃墙壁整整齐齐地摆着各种口味的汽水和啤酒，据说有超过四百多种口味的苏打，颜色古灵精怪，瓶身的标签也让人大开眼

04 "红种人的土地"俄克拉荷马州

界：美女蛇蝎，狂野牛仔，卡通动漫，荒原机车，夸张的英文字体和绚丽色彩让人目不暇接，那一刻我只想许一个愿望：让我在此停留，各种口味的来一瓶。

选来选去，选中了一瓶 Route 66 香草苏打，在门口草地台阶上坐下来打开，金黄色带着冷气气泡翻滚入喉，和眼前装满夕阳的空瓶子碰一个。

我干了，你随意。

| 穿越 66 号公路 |

04 "红种人的土地"俄克拉荷马州

生活就是一场越狱

俄克拉荷马城建于 1889 年，是州府所在地和本州的第一大都市，也是世界上最大的牲畜市场所在地之一，以石油和天然气储量丰富为傲。

往西，进入艾尔雷诺（El Reno），这里在 1874 年是军事城堡，也是"二战"期间关押德意战俘的地方，今天是联邦监狱所在地。因为没有办法进入监狱参观，我只能在路边休息停留，这却让我回忆起了我在美国参观的另一座更出名的监狱——费城东州监狱，以及晃荡于监狱的那个夏日午后。每每想起那个午后，时光便倒退回到我驻足于囚房中央，透过牢房上方一道长方形的狭小口子，仰望外面蓝天白云的瞬间。刺眼的烈日从那小口投射下来，穿过漂浮的空气，安静地落于地面尘土之上，空气中充满了奇怪的味道，有腐朽的灰尘，也有干净的阳光，死亡与希望矛盾交织，还有一种看不见却隐约存在的穿越感。

东州监狱被评为美国最令人毛骨悚然的景点之一，也是美国历史上的第一座监狱。怀着对《肖申克的救赎》、《越狱》、《女子监狱》（*Orange Is The New Black*）等系列监狱题材美剧的强烈兴趣，东州监狱向我散发出诡异而幽灵般的吸引力，正如攻略里所写："那是所有囚犯的恶梦，迄今这座建筑物还笼罩着寂寞、痛苦和一股绝望的气味。"

东州监狱的特别之处在于它是世界上第一所采取单独监禁措施的监狱，绝对的安静和孤独是这里永恒的主题：监狱禁止所有可以让人快乐的行为，犯人讲话、歌唱甚或叙谈都会被断粮惩罚。这里的囚犯一个人住、一个人吃，每个犯人单独一间，放风都是在牢房后面的小院里单人放风，除了读圣经和与牧师交谈外不许说话，当囚犯离开他的牢房时，狱卒会用头罩罩住他的脑袋，让他仍处在与其他犯人"隔绝"的状态。这和我们在美剧里看到的充满监狱风云斗争和打闹叫嚣的情形完全不一样，彻头彻尾的隔绝。

印象深刻的是，囚房顶部呈拱形，最中间开了一条长方形的天窗口，人爬不出去，阳光却刚好从这里照射下来。正值夏日炎热，我伸手刚好接住那阳光，看着光束里混着空气中漂浮的尘土，或上扬，或停止，被固定在半空，仿佛让时间更慢了。囚犯们每天应该会等着阳光从这狭小的口子照进来吧，从这里去看外面的蓝天白云，体会冷暖，猜测大概的时间，待这光慢

04 "红种人的土地"俄克拉荷马州

慢移向墙脚,一天才结束。大把时间像是静止了,在这样静止的时间,空间里,囚犯又能做什么呢?无聊了大致就会抬头看天吧,用手去触碰阳光,这或许成为狱中囚犯们朝圣自由的仪式。

我走累了,天气也热得有些犯困。于是坐在布满爬山虎的院子里的墙角休息,静静晒着太阳放空,突然觉得自己仿佛就是正在放风的囚犯。对,如果我是囚犯,我此刻会想什么呢?思念?忏悔?对牢狱生活绝望后深深的麻木与逃避?也有可能什么都不想,享受这阳光下的平静。

或许,作为一个游客,能自如穿梭于东州监狱的各个角落,是囚犯们无法奢望的自由;作为一个热爱生活的普通人,追求自己想要的生活方式和内心的快乐,是人最基本的自由。沐浴阳光、撒开腿儿的奔跑、放声大笑,这些与自由联系在一起的词汇听上去是那么美,而真相却是困顿的,受困于长久以来的认识标准,行为界限,生活圈子,思考方式,"囚笼"式的生活模糊了我们对自由的定义。我们受羁于生活的种种,小心翼翼,瞻前顾后,费尽心机,却毫无头绪。

"世界上有一种鸟是永远也关不住的,因为他的每片羽翼都沾满了自由的光辉。"我在本科期间第一次看了《肖申克的救赎》,便爱上了这部电影,尤其主人公成功越狱,由下水道钻出地面,在大雨里拥抱自由的一幕给我留下深刻印象。冲破自身和外界的束缚,开拓更广阔的生活空间,生活的本质就是越狱。越狱的本质,或许是变强大,在披荆斩棘的路上,修炼智慧与勇气。

道理往往说来简单,失败的案例却不少。

电影肖申克的原型,其实就在东州监狱:1945年,一个在米腿上的囚犯用一年多的时间,终于挖通了地道,最后12个人跑了出去。结果呢?2小时后全部被抓了回来,还加了7年刑。

我在想,如果这位囚犯越狱成功了,我相信他会重新做回好人。

"上帝保佑美利坚"

牧场，长路。

庞大的金属叶片缓慢转动，一阵阵清风混着干燥的阳光，超现实的感觉，空中有灰尘停留，一伸手接住，再放手。

Clinton，俄克拉荷马州66号公路博物馆坐落与此，这座博物馆成立于1995年，他的设计者也是上述的 Rand Elliott。博物馆收集了八大州的66号地图和旧海报，废弃的加油站、修车行、汽车旅馆。一张张海报介绍着不同路段在不同时期留下的故事与影像。一位全身文满了66号公路符号，裸露着上身的男子的照片吸引了我，据介绍他是鲍勃的发小。照片里这位男子在一块印有俄克拉荷马66号盾牌的墙画前举着左手胳膊，身上有《在66号公路上找乐子》(Get you kicks on Route 66)的五线谱，德州的66号盾形标，Rock Café 的红色招牌，头戴牛仔帽别着手枪的男子，不同的66号印记在他身上层层叠叠地铺开。

埃尔克城（Elk City）在东行的边上，国家66号公路博物馆（National Route 66 Museum）印入眼帘，门口竖立着一块巨大的66号盾形标牌，下方是博物馆的名称，对面是一个卡通骑士雕像，右手紧握着一把叉子，双手背

04 "红种人的土地"俄克拉荷马州

在后腰，像博物馆的小门神一样昂首傲视着来往穿梭的车流。

所有的建筑群均是开放式的。我徜徉在仿造的迷你市政厅、警察局、铁匠铺、监狱、药铺、邮局、旅馆、教堂、加油站、冰淇淋店、印第安人的帐篷等建筑之间，回顾66号公路的历史。各种旧物努力呈现这里的故事，连售票的老奶奶看着都像是从那个时代穿越回来的样子，穿着缀有流苏的白色围裙，一双眼睛在眼镜后面对着我微笑。

穿过边界，干燥的农场，反光强烈的长路。

德克萨斯州小镇夏洛克（Shamrock），始于1890年的爱尔兰移民小城，夜色袭来，安静的小镇一个人也没有，偶尔经过一个有路灯的加油站，最后在一个印度人的小店住下，干净的被子，打开床头抽屉，是一本破旧的《圣经》，红棕色的封皮，安静地躺在那里，扉页上有手写的："上帝保佑美利坚"。

洗个热水澡，进入梦乡。

TIPS

The Oklahoma Route 66 Museum:2229 W.Gary Blvd, Clinton.
俄克拉荷马州66号公路博物馆：加里大道西2229号，克林顿。

National Route 66 Museum : 2717 W. Highway 66, Elk City.
国家66号公路博物馆:66号高速西2717号，埃尔克市。

| 穿越 66 号公路 |

...sh from Illinois is Tatoo Man, an enthusiast ...as iconic images of Route 66 tatooed over ...ire body, ca. 2011

04 "红种人的土地"俄克拉荷马州

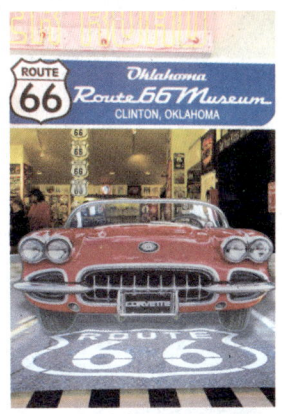

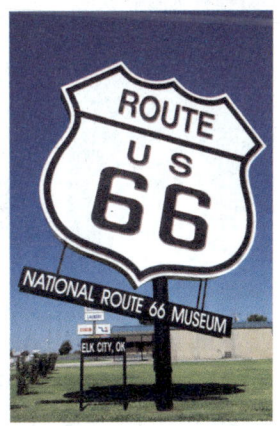

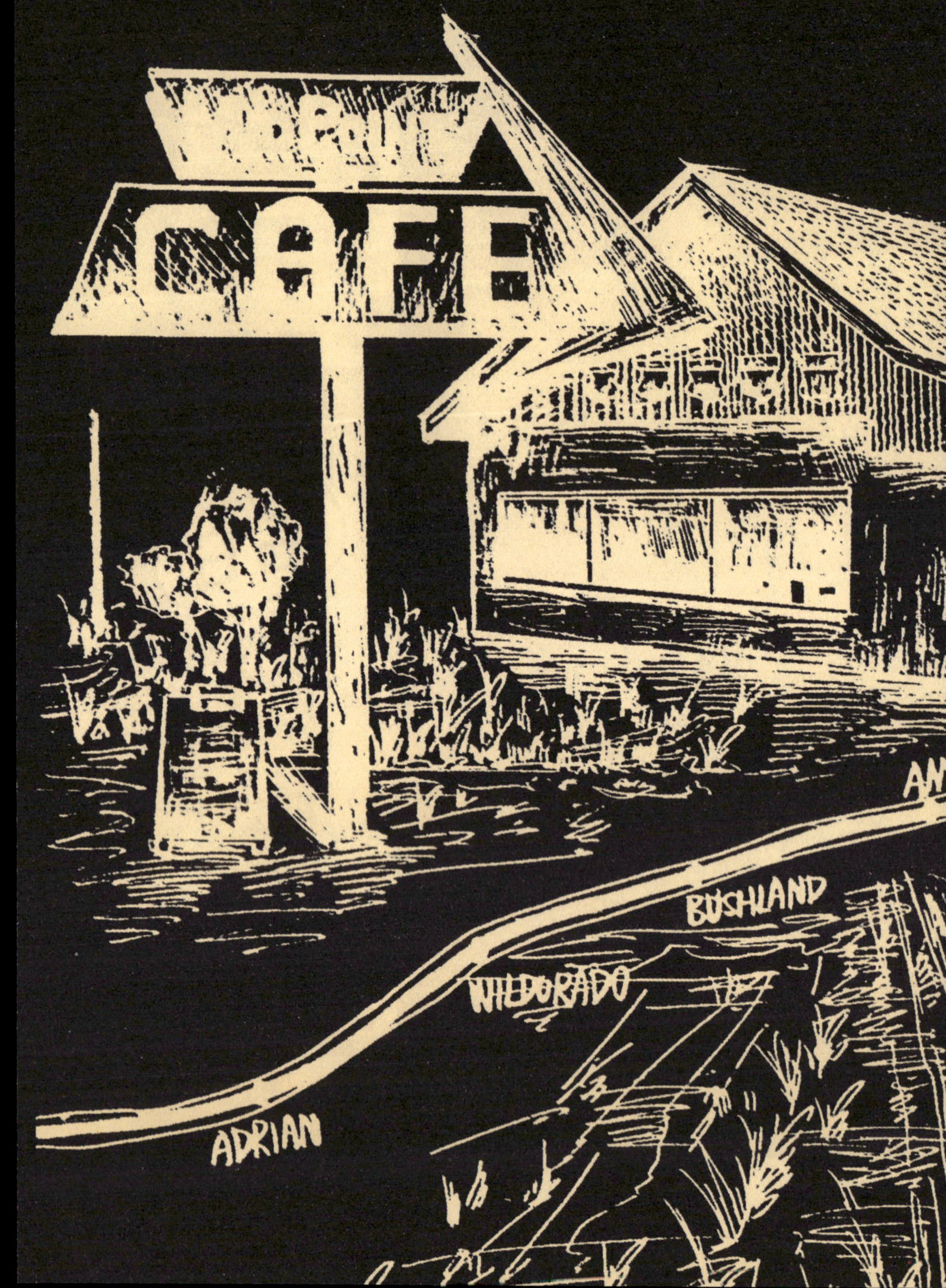
CAFE
BUSHLAND
WILDORADO
ADRIAN

05

"孤星之州"
德克萨斯州

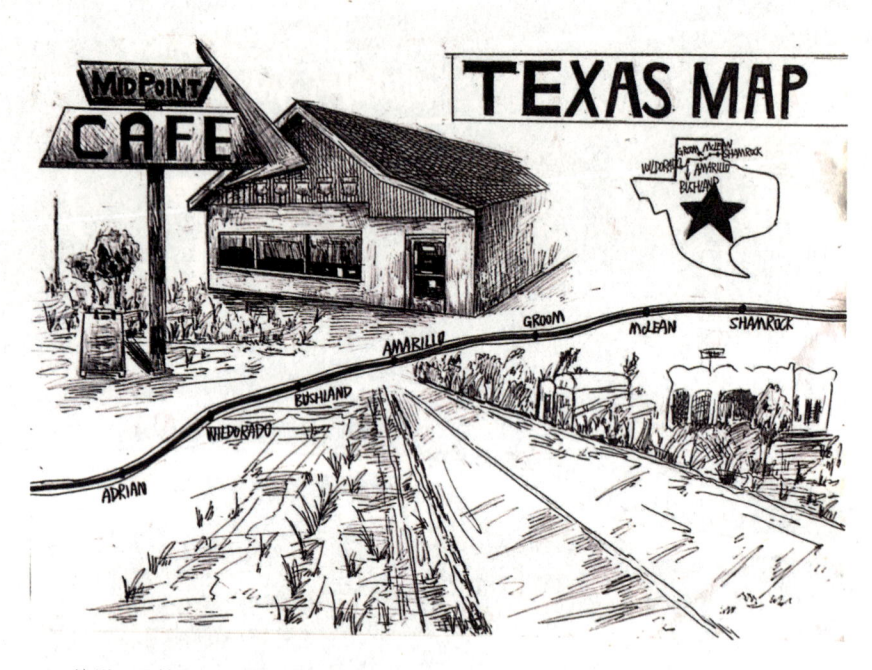

德州，是美国南方最大的州，因为它也是美国最后一个独立于墨西哥的州，在德州的车牌下你会发现这样一行有趣的字："the Lone Star State"（孤星之州），因此德州的昵称还为："孤星共和国"。

路边两位带牛仔帽的当地男子经过，一高一矮，一胖一瘦，一前一后，胖子拿着汉堡，两人不时对话。

"Where are you from？"（你来自哪个国家？）

"Texas。"（德克萨斯。）

　　似乎德州是一个代表了美利坚精神的"内陆国"，和美国关系并不大，很多德州人至今都不承认自己是美国人，而是德州人。

　　"孤星之州"的说法并不是毫无来由：19世纪初还属于墨西哥时，德州就吸引了大批充满希望与斗志的美国人来此开垦。和墨西哥政府决裂后，一场小城阿拉莫的血战激起了德克萨斯人的斗志，便自行脱离了墨西哥，独自建立了德克萨斯共和国，同时也有"孤星共和国"的昵称。不过十年之后，德州还是被并入了美国。

　　土地辽阔，颠沛历史，民风彪悍是德州的关键词。从66号公路全路段绝无仅有，直逼高速公路的七十英里限速标准，就可以看出德州的豪迈与大气。德州很多人的车都只上一个车牌，只上前面不上后面，据说这样的出发点是考虑到如果临时两个人在路边飙车或者打起来，后面的车上去干掉前面的那个车的时候，方便事后逃跑。今年5月，就在德州Waco市的Twins Peaks Restaurant餐馆，Bandidos（恶魔摩托车俱乐部）、Cossacks和Scimitars等五个帮派因争议，在街头上演了震惊美国的机车党枪战火拼，造成9人死亡，18人重伤送医，192名涉案人员被捕，涉及30多只枪支，各方共互射了100多发子弹。

　　德州人有着战胜孤独的力量，这里也是牛仔的故乡。行驶在路上，除了玉米地，就是私人农场，成群的牛马，谷仓，巨大的农用耕作工具，代表美国乡间农场的太阳能铁片小风车随风滚动，还有时不时看见一团团堆在农场里被卷成一团的枯草垛，独有一番德州风情。

恶魔的绳子

德克萨斯州66号公路博物馆（McLean，Texas Route 66 Museum）门死死锁着，又错过了参观时间，看来错过是人生的常态，不按理出牌，或悲或喜，都需要去适应。

向西。

大地更加干燥，带刺植物与荒草。

侵蚀的沟壑交错。

私人农场和它漫长的铁丝网。

"恶魔的绳子博物馆"（Devil's Rope Museum），门前两大团反复缠裹的

> **TIPS**
>
> Devil's Rope Museum & Texas Route 66 Museum :100 Kingsley Street, McLean. Texas
> 恶魔的绳子博物馆：金斯利街100号，麦克莱恩。（德克萨斯州66号公路博物馆共用该地址）

05 "孤星之州"德克萨斯州

铁丝网，翻滚着。带刺的铁丝，锋利的尖儿，让人畏惧。门口橱窗，有牛仔在编织新的铁丝，不同的尺寸和形状，纵横分布，用铁丝网做成的鸟、仙人掌、沙漠动物，漆着强烈色彩的抽象画，让人再次脱离现实。

"恶魔的绳子？"我在心中嘀咕。

"德克萨斯是多么荒凉的地方，少不了铁丝网，它表明土地的归属、占有和防范。"

所以绳子是恶意的！我恍然大悟。

"格鲁姆"的救赎

格鲁姆（Groom）小镇，看见一座倾斜的水塔，应该是故意的设计，以吸引旅行者。远处一个宏大的白色十字架伫立在荒原之上。我走进，仰望，眩晕。这个十字架据说是西半球最大的十字架，1995年建造，高190英尺（58米），约摸五层楼高，重1250吨，金属构架由100多名焊工完成。十字架由一组"苦路"（Stations of Cross）雕像围绕，重现了耶稣基督被钉上十字架的受难过程，一侧是"最后的晚餐"场景。

怎样的灵魂，才能永生呢？

康德曾发问："我是谁？我从哪里来？我将要去哪里？我来做什么？"

没有宗教信仰的人，或许是可悲的。

你去问放羊的小孩，为什么放羊，他会告诉你放羊是为了赚钱娶媳妇，娶媳妇是为了生小孩，那么生了小孩以后，小孩做什么呢？还是继续放羊？那么人生的意义在哪里？不放羊了，我们去读书吧，那读书的目的又是什么？

《圣经》里说，人是有罪的。如电影：《七宗罪》里讲到的暴食、贪婪、懒惰、愤怒、骄傲、淫欲和嫉妒。我们能做的是承认自己有罪，接受真实的自己，忏悔，向善，每个人生下来都有灵存在于自己的身体。

"什么是自由？"

"不受罪的捆绑释放出来的能力。"

"什么是信？"

"所望之事的实底，是未见之事的确据。"（希伯来书 11:1）

信，具有将一切更新的神奇力量！因这信，不是源于自己或他人，而是，来自生命之源——那统管万有、自有永有、全能无限、创意智慧的造物主。

仔细想想，我们每天所做的每一件事情，实际上都是植根于信心。事情的成败，也往往取决于我们信心的大小。信心大，则踌躇满志；信心小，则忐忑不安。

我们，知道自己的信念是什么吗？

| 穿越 66 号公路 |

凯迪拉克农场

阿马里洛（Amarillo）郊外的天空蓝的像是假的，天空一丝风也没有，轮胎带动着尘土，孤单的马路上只有我一辆车在行驶。

凯迪拉克农场（Cadillac Ranch）在左手边，一个再度体会德州狂野气息的地方，长长的铁丝网背后，远远看见十辆彩色的凯迪拉克车体被插入泥土，一半在泥土里，一半朝向天空，像是十支钢铁作物，倔强而安静。

1974 年，三个来自"蚂蚁农场"（Ant Farm，1968 年成立于旧金山）的前卫艺术家把十辆报废的凯迪拉克车埋在地里。这些车款从 1949 到 1963 年，表现出凯迪拉克车最有特点的尾翼设计从出现到消失的演进过程。

一群孩童和像孩童一样的大人兴奋地在车身上喷漆、涂鸦，正面反面，车体内部，寻找一个特别的角落，能够安放下自己的大名。我也随地捡起地上的一瓶油漆，银色喷雾，覆盖掉前人留下的痕迹，在上面落上自己的签名和涂鸦，拍了张照片，退后几步，再次打量，也不知道它能存在多久，等待被下一个人无情地抹去。

或许下次再来到这里，你会发现不一样的颜色。

暮色升起，大人拉着小孩离去，我拉着我离去。

05 "孤星之州"德克萨斯州

Tips

更多乐子：凯迪拉克农场（Cadillac Ranch）位于 Amarillo（阿马里洛）I-40 高速路旁，而在农场的不远处就是传说中的 Big Texan Steak Ranch（大牧场德克萨斯牛排），正如农场餐厅户外霸气的广告词："The public is invited——come one, come all."有兴趣的"大胃王"朋友可前来挑战这里传统的娱乐项目——如果你能在一小时以内吃完 72 盎司（4 斤）的牛排，将会被免单哦。

| 穿越 66 号公路 |

05 "孤星之州"德克萨斯州

Adrian 的 Flo 与 Midpoint Coffee

继续前行。

不知不觉来到了阿德里安（Adrian），66号公路的中点。

"When You're here, You're Halfway There." 心中尽是悲伤的，这路我已经开了一半了？可是我还不想告别。

在2008年美国的人口普查中，阿德里安只有149个居民。路边的红色招牌上写着："Midpoint Cafe（中点咖啡）。顺着招牌上黄色箭头所指，一座干净整洁的白色房子，可惜咖啡馆今日休息。

马路对面，一块白色的标牌上记录着中点的标志："66号公路中点，'离洛杉矶1139英里，离芝加哥1139英里'。"

中点的荒芜让我突然心生落寞，头顶烈日，除了这荒芜的静物，故事，故事在哪里？

一座布置漂亮的庭院紧挨着中点咖啡馆，院子里有白色的木头座椅，黄色的向日葵竞相开放，"Sunflower Station"招牌挂在门的上方，"向日葵站"，我心中翻译着，犹如一束阳光照进心里，抒发着欣欣向荣的张力，一位上了年纪的老太太拖着橡皮管子在院子里给花浇水。

| 穿越 66 号公路 |

"我们快进去吧,外面可真是热坏了。"老太太对我说,她身旁一条狗狗也跟着她,我们前后脚走进了店里。

"这是我的狗狗 Brodie,我是 Flo",老太太很精神,一件黄色纯棉 T 恤,不胖也不瘦,她自豪的告诉我自己就是饰演《汽车总动员》里羞涩的 Fro 的原型。

"看到门口那辆车了吗?那就是电影里面的我。"

她一边向我们介绍她的故事,一边麻利地从柜台下面掏出一张明信片,一辆绿色的汽车咧着嘴呵呵笑,背后是 Flo's Café,大背景是红色岩石的峡谷,她纤细的手指在柜台上的笔筒里打转,捏出一支黑色中性笔,在明信片背后写下"Thanks for the Memories",然后递给我。

"送给你做个纪念吧。"老太太对我笑。

Flo 来自马塞诸塞州的南方小城,她经营中点咖啡已经 23 年了,"两年

前我将咖啡店卖给了一位男士，自己将咖啡店旁边的汽车库改装成了现在你看到的礼品店。"

"哇，那真厉害，这里每天有多少游客？"

"这个我可记不清楚，"她指指收银台旁的签名册说："反正过去的两年，用掉了10本这样的签名册"。

我数了数，一页签名册有50行，一本大约有300页，那真是一个不少的数目啊。

Flo告诉我说："根据两次Geomathatic Centre的测量，这个小镇刚好是Route 66的中点位置。之前我经营中点咖啡的时候，每天从早上七点开到晚上十点，在夏天的时候就更晚了。"

"你知道Snow Bird吗？"

我一脸疑惑。

"在20多年前的那段时期，每年三月份到十一月份，不少来自北方的家庭会开车到亚利桑那州过冬，我们把他们称为Snow Bird。他们每年都会经过我的店两次，一次来，一次回。"

"我还以为他们都会去弗罗里达州呢？"

"一般东海岸的人过冬喜欢去弗罗里达州，而Middle East的美国人会选择去亚利桑那州。"

"你觉得在66号上开店最有趣的地方是什么？"

"对于我来说，Route 66最有趣的是那段历史，来往于老公路上的美国移民，带着自己的家当开车前往，那个辉煌的时代让我难忘。"

23年前Flo来到Adrian是因为和前夫，一个农场主（Ranch Guy）离婚了，她的女儿在Adrian附近上学，于是她搬来陪女儿，那时的中点咖啡还是一家古玩店，她看上了这家店，于是重新改装经营，开始了离婚后的新生活。

| 穿越 66 号公路 |

05 "孤星之州"德克萨斯州

空运哈雷车自驾的瑞士游客

门突然吱嘎一声,我和Flo抬头一看,两位头戴红色花发巾,雷朋墨镜,身穿黑色T恤,黑色靴子,文身胳膊的机车男走了进来,Flo和他们Say Hi。

"Where you guys from？"（你们两个家伙从哪里来的？）

Flo指着我说,"这位朋友来自中国。"

"我们来自瑞士"。

我和瑞士机车男开始打起了招呼。突然间,房门再次被推来,一位黄色衬衫的哥们也推门而入,看见大家正在聊天,他打断道:"我来自沙特阿拉伯。"

Flo站在一边,看着来自世界不同地区的游客相互搭讪,已经把她遗忘,开玩笑地打断我们说道:"打扰了,大家好,我来自美国。"

我们五个人在Flo的幽默下顿时哈哈大笑了起来。

回到户外的庭院休息,看见瑞士男坐在木椅上抽烟,我在他对面坐下。

"为什么想要来66号公路自驾呢？"

"这是我送给自己50岁的生日礼物,很早以前我就在Youtube上看到了关于66号公路的介绍和纪录片,自驾66号公路是我的Dream Road。"

"真的？这也是我送给自己的30岁生日礼物。"

185

坐在一边他的朋友打断进来:"我们认识27年了,早就想来了,这次终于在暑假抽出了时间。"

"那是你的机车?"我指着马路边上不远处的那辆黑色哈雷,阳光下闪闪发光,像一只猎豹。

"是的,左边那辆是我的,我从瑞士空运到芝加哥,右边那辆是他在芝加哥临时租的。今天是我们在路上的第16天了,我们每天大约开五小时,一天两百迈左右,准备在8月15日离开,也就是慢慢地用六周的时间开完这条Dream Road。"

"目前最喜欢哪里?"

"芝加哥。"

"66号公路和你之前看记录片里,想象中的一样吗?"

"开过一半以后,我觉得现实中的66号公路比纪录片更有趣。感觉美国好大啊,人也很好,自然景观出乎我的意料,比我想象的美多了。"

"你们这样每天暴晒,不会觉得很热?"

"瑞士的夏天也是这么热,我觉得这是刚刚好的温度,I enjoy this heat(我享受这样的热度)。"

灰飞烟灭,机车男整装待发。

"对了你叫什么?"

"Claude Tissot。"

"提前祝你生日快乐。"

"你也生日快乐。"

"圣塔莫尼卡见。"

"圣塔莫尼卡见。"

进入下一个服务站,天气实在热到不像话,我只想找一些冒着冷气儿的东西往喉咙里灌,在油泵前喝着可乐,又一位全副武装的机车男向我驶来,待车停稳后,他摘下双耳的隔音耳塞,一边加油,一边用极度嘶哑、干裂,好像生命垂危般的声音和我说话,以至于我第一反应是他应该是装成这样与我开玩笑的吧。

"你—从—哪—里—来—啊?"我也开玩笑地压低嗓子,嘶哑着悄悄问他。

"我从芝加哥来,已经出发了十天了。"

"每天走多远呢?"

"每天八小时的路程,每两个小时休息一次,晚上住 Motel,机车的时速约 80 到 90 每小时。"

取下墨镜,明显看到他脸上黑白分明的晒痕,像喜剧片里的煤炭工人,脖子、手臂和手臂上的文身全都泛着红光。

"晒成这样不痛吗?"

"不痛,早就已经习惯了。"

"圣塔莫尼卡见。"

"一言为定,看谁走得更快。"

此时,红色的太阳挂在空中,像是一枚糖果。

我们各自继续西行。

Tips

Sunflower Station: Route 66 Exit 22, I-40, Adrian.
太阳花驿站:66 号公路 22 号出口,靠近 1-40 高速,阿德里安。

GALLUP
GRANTS
ALBUQUERQUE

06

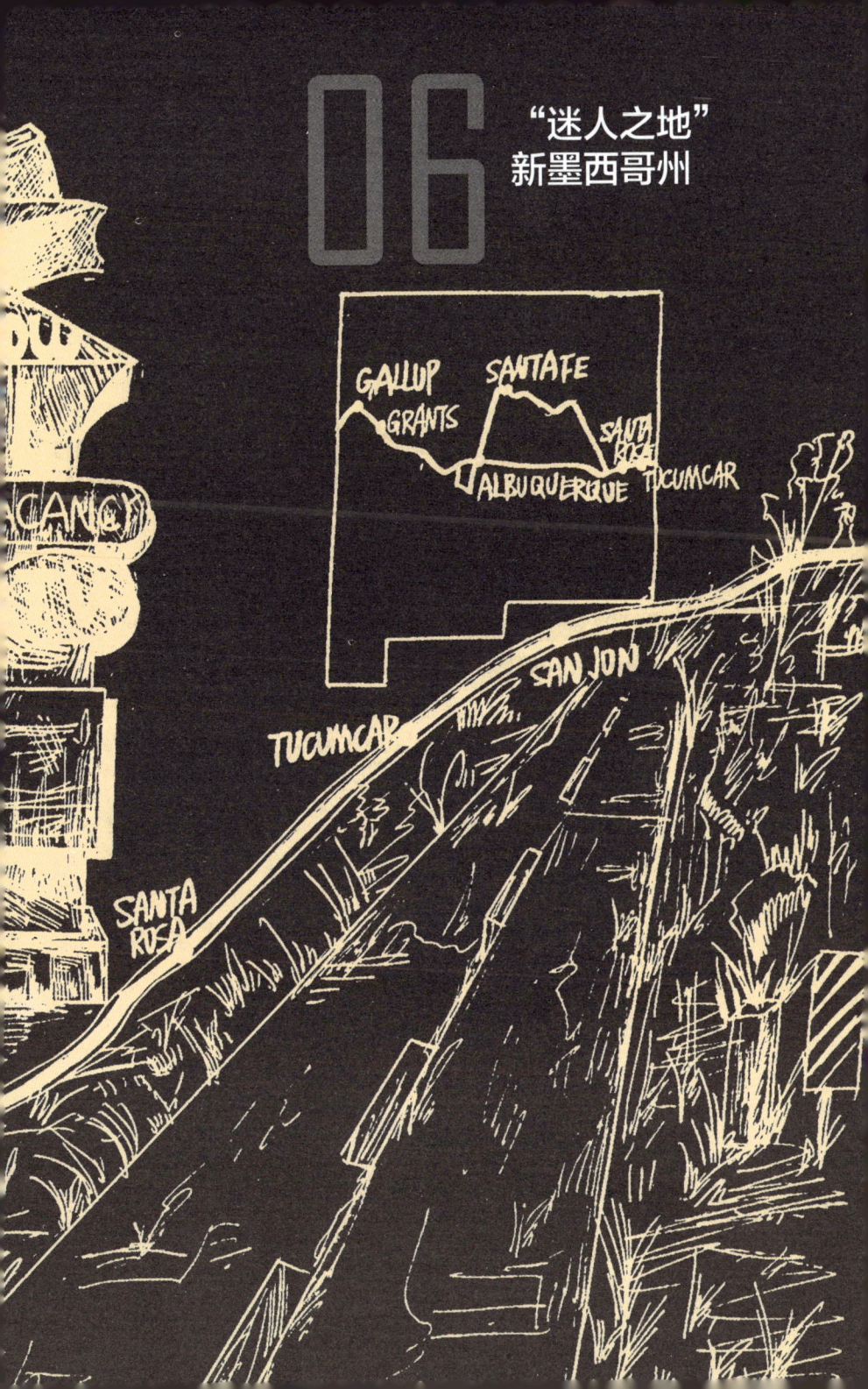

"迷人之地"
新墨西哥州

| 穿越 66 号公路 |

我的眼睛扫过浩瀚的苍穹,天上的星星在快乐地闪烁着,好像在回答我内心深处的问题:"这一切值得吗?"回答是肯定的。

——《摩托日记》

06 "迷人之地"新墨西哥州

"新墨西哥"在印地安语里的意义是"战神"（War God）。这里早期为印第安人的居住地。1540年，西班牙探险家科罗拉多为寻找传说中的七座"黄金城"而到达这里，起名"新墨西哥"。1610年，西班牙人在圣塔菲建立了第一个白人居民点，1706年阿尔伯克基城建立。1821年，墨西哥发动反西班牙起义，宣布独立，新墨西哥成为墨西哥的一州。在1846年至1848年的美墨战争后，新墨西哥重归美国。在1912年，新墨西哥终于成为了美国的第47州。

新墨西哥州是全美唯一以英西双语为官方语言的州，在这里，你能感受到印第安土著文化、西班牙文化、墨西哥文化、美国白人文化，多元的文化混杂，生动地诠释了该州汽车牌照上的那句："Land of Enchantment"（迷人之地）。

| 穿越 66 号公路 |

"今夜,在土坎姆凯瑞"

猛踩油门,抵达新墨西哥的第一座城市:土坎姆凯瑞(Tucumcari),正值中午时分,太阳大得出奇,阳光强烈,整个街道明晃晃,路上没有行人,只听见自己在炎热中的阵阵呼吸。

1901 年,太平洋铁路修到这里,这座修筑营地枪战频繁。1908 年,这里改名为土坎姆凯瑞,意为"夜晚的房子"。电影《黄昏双镖客》就取景于此。片中克林特伊斯特伍德拔快枪,连续射击帽子不落地的场景成为西部片的经典一幕,马蹄,黄沙,喋血四起。一个个惊险镜头,好似就在昨天。

一路穿过无数废弃的汽车旅馆,"今夜最低 29.95 美元,HBO 免费看。Tucumcari Tonite! 今夜,在土坎姆凯瑞"。

06 "迷人之地"新墨西哥州

白底黑字 Outlaw Tattoo（逃犯刺青）招牌，逼真的弹孔围绕着这个店名，充满了匪气。文身店的墙体是一副涂鸦：夜晚的亚利桑那州与犹他州边境处的 Monument Valley（纪念碑谷），深蓝色的夜空漫天繁星，地面泛着金黄色的光芒。一条黑色的道路笔直向前，通向纪念碑谷，道路的两边是粉红色的荒原，右侧插着一块 66 号公路白底黑字的盾形路标。

路标前，一个丰胸肥臀的长发女裸露着胸口，黑色齐膝的皮靴，覆盖手臂的黑色皮手套，臀部以上的短裙，肉粉色内衣暴露着胸部曲线，鲜血一样的大红色口红，正回头看着你，她上了些年纪，眼神肤浅、焦虑、狂野、挑衅，写着不安与征服。道路左边是埋在荒原里的牛头骨，落地的红蔷薇，两支还冒着烟的毛瑟枪，一只灰色惊恐的骷髅头。

一只眼睛，布满血丝，带着一对蓝色的翅膀，盘旋在道路上空。

"今夜，在土坎姆凯瑞。"

| 穿越 66 号公路 |

骆驼骑行的狩猎旅行队（Motel Safari）招牌上："这里有全镇最好的床，32 英寸大彩电，免费上网"。小院里零星放着几张座椅与圆形桌。半米高的围墙，湖蓝色的背景，几个彩色方块的标语广告，其中一个是骆驼香烟："More Doctors Smoke CAMELS than any other cigarette! I'd walk a mile for a camel."（医生们都抽骆驼，步行一英里，我只为一包骆驼。）右边是一个穿着白大褂的男子在抽一支骆驼，一包骆驼香烟放在手边。

一个黑色的骆驼骑行者。

"今夜，在土坎姆凯瑞。"

| 穿越 66 号公路 |

蓝燕子

在主干道上远远看到一只蓝色的燕子映衬着汽车旅馆的字样,又一个著名的景点 Blue Swallow(蓝燕子汽车旅馆)到啦。

有一男一女已经架上了摄像机和话筒,以汽车旅馆为背景,正在录制 Vedio。他们身穿一样的黑色和红色相间的机车装,两人都是瘦高的个子,男人似乎在发火,一脸不悦。女子有点胆怯地放下了话筒。

"怎么了?"

"天气太热,噪音也大,我们录制的不是很顺利。"

"你是从哪里来?"

"意大利,我们是意大利国家公共电视台的记者。"

"没关系的,休息一下再继续吧。"

"我老是说错词。"

我递给她一瓶冰可乐。

"男人都没什么耐性。"

蓝燕汽车旅馆开于 1939 年,是 66 号公路上最出名的一家至今生意仍然火爆的汽车旅馆,需要提前几天在网上预约才能入住。走进旅馆才发现,在

06 "迷人之地" 新墨西哥州

Check in 的玻璃门上，贴了一张 A4 白纸，"Sell Out，Closed"（客满，休息）的标志。

还好旅馆是开放式的，所有的房间就在背后的院子里，虽然不能入住，也还是可以步行转一圈，参观一下。

"听说该旅馆的老板夫妇叫 Kevin 和 Nancy，由于美国经济危机，失去了工作，于是和丈夫一起沿着 66 号公路旅行，走完之后，决定经营这家汽车旅馆。"旁边正在拍照的陌生男子告诉我，他来自澳大利亚，从洛杉矶过来，已经走了两周。

绕道前台后方的小院子里，一圈房间围绕而成的正方形小院。每个房间的门是天蓝色的，门口摆放着两对木头椅子，墨绿、明黄、浅蓝、白色，中间是一只矮矮的圆形红色小茶几。每个房间中间隔着一个空的车库，三面墙体上充满张力，色彩浓烟的涂鸦壁画。

一条笔直向前延伸的公路在日落下铺上一层古铜色，远方是红色岩石的地貌，一位美国姑娘站在一辆黑色的重型机车前，对着镜头扭动翘臀，慵懒、空洞、诱惑。

Tips

Blue Swallow: 815 E. Route 66 Blvd, Tucumcari.
蓝燕子汽车旅馆：66号大道东815号，土坎姆凯瑞。

197

| 穿越 66 号公路 |

"66号上的蜜月夫妻"
—— Heidi 和她的 Teepee Curios

"蓝燕"对面是 Teepee Curios（梯皮珍品店），一座白色的印第安尖顶帐篷形状的商店，也是66号上的一个经典。梯皮（Teepee）意为"住所"，是大平原印第安人的帐篷，圆锥体，以桦树皮或兽皮建造，我和老板娘 Heidi Engman 攀谈了起来。

Teepee Curios 是20世纪40年代由一家废弃的加油站改建而成，前门进口做成梯皮形态，白灰泥墙画着印第安人的太阳标记。Heidi 来自爱荷华州，之前一直为政府工作，因为日渐失去兴趣，想要改变生活，在两年前买下了这家店，经营至今。66号T恤、杯子、摩托头巾、绿松石戒指、墨西哥宽边草帽、冰箱贴、色彩鲜艳的纸人，正对着收银柜台的是一个印第安人的木头雕像，坐在墙上，深色严肃而神秘。

"为什么会选择在66号公路开店？"

"我走过三次66号公路，三年前和现在的丈夫的新婚之夜就是在 Blue Swallow 度过的，新婚之后就去了亚利桑那州，沿着66号公路，算是度蜜月了。婚后一年，我和丈夫一起决定买下 Teepee Curios，搬到66号公路上生活。"

"最喜欢66号公路上的什么地方？"

"Oat man。"

"就是那个驴子满街走，一条街就走完整个小镇的地方？"

"是的，It's so neat！"。

我留意到Heidi用了"Neat"这个词，我第一次接触这个词是在 *The Affair*（美剧《婚外情事》）里，男主人公无法专心创作小说，渴望从沉重的婚姻生活中透透气，于是经常晃荡在街头的酒吧，他点威士忌时向酒保说的一个词就是："Whisky，neat"（一杯不加冰的纯威士忌），Neat的原意是形容非常体面，干净整洁，是一个高大上的词汇。可当Heidi用这个高大上的词汇来形容Oat man，一个一条街都充满了驴粪气息，马路中间尽是笨笨的看到汽车不知道避让的驴子，还对着游客随意大小便的Oat man，我还是有些被颠覆。对英语词汇的选择，和人想要表达的情感是分不开的，我开始理解到，或许在Heidi的心中，纯朴而简陋，自然和古老的Oat man就是她心中66号公路上最高大上的一站，它的古老还原了上世纪美国第一条高速公路的质朴，那个时代，那条公路，是永远无法抹去的美好记忆。

和Heidi一起搬到66号公路上生活的还有她正在上高中的女儿以及九岁的儿子，他们就在附近的地方上学，偶尔也会来店里帮忙。

"我每天过来打理小店，从早上八点到晚上，有的时候甚至开到晚上九点，看店并不是一件轻松的事儿。"

"在66号公路上开店最大的乐趣是什么？"

"路就是路，山就是山，而生活在其间的人，才是最值得纪念的风景。我最享受的一点就是，开这家店可以和来自世界各地的人交流，知道他们的故事，了解到他们的生活是什么样子，这是最有趣的地方。尽管工作很辛苦，但我会坚持下去。去年一年，通过游客的签名册，有来自50个国家的

06 "迷人之地"新墨西哥州

| 穿越 66 号公路 |

游客来到我的店里，而每天的游客也有约 100 个左右。感谢当初的这个决定，实现了我 Change the way of life（改变生活）的目标。"

"可是越来越多的人现在选择走高速，而不再来 66 号公路了，现在的 66 号不是萧条了吗？"

Heidi 的眼神霎那间哀伤了起来，我知道那是一种苍凉的难过，就像自己心爱的孩子因为表现不佳，被迫退学一样。

"我很难过，我们周围很多的小城市和汽车旅馆都因此无法存活，也出现了很多 Ghost Town（废弃的小镇）。66 号公路记录着美国公路史上最黄金的时期，车水马龙，喧哗浪漫，它代表的是那一段鼎盛的历史，它在我们心中的地位是无法取代的。"

此话让我感受到 66 号公路和 Heidi Engman 的生命早已紧密相连，绵长的公路犹如他们身上的血管，生生不息地流动着鲜活的血液。

这番话让我感觉 66 号公路就像血管一样，生生不息的在流动，66 号公路是这些小人物的妈妈，所有美国人都是在这种精神背景下长大的孩子，永远没有老去，而是时刻新生。

"希望下次我来的时候，还能再见到您。"

"Sure（那必须的）。"

出门时，我留意到左手边的一面墙上各种66号相关的路牌、地图、旧剪报、杂志插页、Bob的铅笔手绘以及无数的照片：嬉皮士、机车男、经典轿车、Motel建筑、荒漠、大马路、大头照……就这样被钉在墙上，热闹的记忆与历史。

"这些照片都是从哪里来的？"

"这家店之前的老板和老板的朋友，以及一些游客留下的。"

说话间她从墙上取下来一个小维尼熊，说："你看，这是一位澳大利亚的客人留下的，还有这双荷兰木屐。"这个黑色机车前的男子"这就是最初的老板，他现在已经很老了。"

"下次我也一定要带一点东西过来，放在这面墙上作为纪念。"我心里暗自承诺。

> **TIPS**
>
> Teepee Curios:924 E. Route 66 Blvd, Tucumcari.
> 梯皮珍品店：66号大道东924号，土坎姆凯瑞。
> 网页访问链接：Facebook.com/teepeecurios

逝

在 Santa Rosa（圣塔玫瑰）游荡，一座墓地出现在前方视线，残破的十字架与半堵墙仿佛诉说着什么，我走进，一块块墓碑上记录着逝者的生平姓名，花束静靠在墓碑边上，安息着逝去的灵魂。

触景生情，我想起了我逝去的小舅舅。那是我博士入学笔试前的一周，那段时间我正准备从西昌回成都备考，最后一次去医院看已患胰腺癌的小舅舅。从寒假到家他的情况就与日惧下，第一次去外公家看见他的时候吓了一跳，他整个人脸色发青，骨瘦如柴，只有在电视上看到吸毒人员会在短期内变成这般光景，胰腺癌究竟是有多么的可怕，小舅舅对我笑，还掀起上衣让我看他腹部的伤口，他说他刚做完手术，正在恢复调离，感觉越来越好了。后来我才知道，他那个时候还不知道自己真实的情况。

好景不长，腹部的肿胀让他行走困难，莫名痛苦，一向乐观坚信能够痊愈的他在病痛的折磨下，主动要求妈妈和小姨帮忙问问有什么民间偏方能治愈他的病。而我们都知道一旦患了胰腺癌，不会有多长光景。

那段时间我在准备考博，每天的生活很简单，除了在家看书，就是偶尔去医院看一看小舅舅，总想着等他好一点，就陪他再多说说话，开车带他出去兜兜风。我总是怀着一种信念,"小舅舅不会就那么走的,他的病是能治好的,因为他是个好人。"现在想想,任何事情都不以你的意志为转移,上帝身边也全是好人。

去成都临走前的上午,我最后一次去病房探望小舅舅,没想到那就成了我和他的最后一别。

那是一个特别阴郁的早上,天空灰蒙蒙下起了小雨,小舅舅已经拔了输液的针头,小舅妈、外公外婆都站在病房里,除了裹着他的那床被子,其他东西都已经打包好了。我才知道小舅舅已决定转院,求生的强大欲望支撑着他的最后一搏。

他安详地闭着眼睛,我走了过去:"小舅舅,我今天要走了哦,你好好治病,我等着你康复。"

他很努力地将双眼微微睁开,无神地望着我,恍惚中确认是我后,痛苦而奋力地勉强挤出一个微笑,喉咙底部颤颤巍巍发出四个字,这是他对我说的最后四个字了:"马到成功。"我一辈子都不会忘记,说完,他又闭上了眼睛。我好伤心,但又怕被一旁的外公外婆看见让他们更难过,只有掉头离去,没想到这成为了我们的阴阳两别。

记得小时候,小舅舅待我特别好,最爱叫我"猪儿虫",夏天里他带我去雷波的湖里游泳,瞒着妈妈给我买我最爱吃的零食。在他心中我就是个永远长不大的孩子,遗憾的是,我还没有作为长大的成人和他好好地对话一场;遗憾的是,我单纯地抱着"好人有好报",单方面地以为他绝对不会就这么去了,想着日后再陪伴他,他就已经走了,我没机会了。在生老病死面前,一切都那么赤裸裸的残酷,你以为的是你以为,老天偏不按你以为的来。

还没踏进考场,就在我离开的第三天晚上,我正在图书馆复习英语,手机收到群发短信,是小舅妈的号码,短信内容让我彻底惊呆了,大脑一片空

| 穿越66号公路 |

06 "迷人之地"新墨西哥州

白。短信里说：宋俊贤同志因医治无效已去世，然后是通知殡仪馆最后送他一程的信息。我泪水哗哗地下来，看了好几遍，都不愿意相信那是事实。

当天晚上，我做了一个梦，梦见我和小舅舅在一个吧台上喝酒，有说有笑，突然他就像太阳下被晒化的冰淇淋一样，越来越矮，缩到了桌子下，变成一团水，然后消失不见了，我惊慌中努力去抓他，却怎么都抓不住。我在梦里哭出声来，抽搐着从泪水中醒来，枕头已经湿了一大片。

你若安好，便是晴天。

双手合十，愿上帝眷顾他。

| 穿越 66 号公路 |

"周末去圣塔菲看画展吧"

　　Santa Fe（圣塔菲），最后一个音节"菲"是降调，美丽的西班牙发音，别致的西班牙小镇。

　　在西班牙语里，圣塔菲是"神圣的信仰"的意思，这里最初是普埃布洛印第安人的村落。1608年，西班牙人在此建造了圣塔菲城，开始殖民。

　　"周末去圣塔菲的博物馆看画展吧？"

　　"那里有什么好看的？"

　　"去了你就知道了。"

　　这是《绝命毒师》里的善良迷失的Pinkman（平克曼，粉先生）与他特立独行的女邻居早上相拥醒来的对话，女邻居后来因他而死，以致原本浪漫的圣塔菲成为粉先生心中永远的痛。

　　深入城市，走在圣塔菲傍晚的街道，狭窄，拥挤，单行道的标志和禁止进入的红色标牌，地上的白色线条与箭头，黄色的"阿道比"西班牙风格的建筑（"泥砖"，一种由沙子、黏土、水、纤维及有机物质混合而成的建筑材料），基本是两层的高度，二楼多为半开放式的阳台，正在微醺或者写作的人，坐在这座坚固的砂砾建筑中。伸手抚摸砂石表面，颗粒感明显，像成年

06 "迷人之地"新墨西哥州

男子的胡茬，有些醉了，质感而坚固。绿色植物爬满墙壁，只露出一个小小的格子窗户，旁边是一道圆弧形的大门，灰色的木门紧锁。再往前，Water 街与 Gaspar 大道的岔路口，窗户上方的墙体整齐伸出木头桩子，一半在阴影里，一半在阳光下，像是等待破解的谜，这里不属于美国，我仿佛穿越到马德里的街头。

街道的尽头是市中心，街道两边的花朵在开放。一座西班牙风格的教堂坐落于此，牌子上写着："The Cathedral Basilica of St. Francis of Assisi"（阿西西的圣弗朗西斯大教堂）别致而简洁。我端着一杯咖啡，在教堂门口的花台上坐了下来，呼吸潮湿的空气，等待教堂里飘出钟声。

对面一个流浪汉也坐着，他冲我微笑。

"第一次来圣塔菲？"

"对的。"

"你也是旅行？今晚住哪里？"

"我最近这一个月都在圣塔菲，今晚不知道住哪里，就这里吧。"

"你做什么的？"

"画画。"

继续漫步城市，这里云集了众多的艺术画廊，也深藏着不少艺术家和作家。路过一个个印第安精品店，橱窗里橘色射灯照耀下精致的陶罐，上面画着带着印第安羽毛帽子弯腰奏乐的男子侧影；墙上挂着带着蓝色松石项链，插着黄色羽毛的大灰熊；裹着彩色麋鹿奔跑毯子的狼；深肤色的印第安人在手工毯上手舞足蹈；牛角、老鹰、珠宝、皮草，价格昂贵，做工精细，带着神圣的符号；波兰的瓷器、木头公鸡，彩色的铁质太阳挂饰，十字架；橱窗里的珍藏让人目不暇接。

一只造型别致的彩色琉璃，五光十色，非常精致，我凑近一看，标价 900 美元。艺术果然是无价的，也应该让人敬畏，至少从价钱上。

06 "迷人之地"新墨西哥州

林肯大道拐弯处，一座漆成白色两层木楼的建筑，抬头张望，二楼阳台上飘出迷人的音乐，一个男人正靠在阳台的柱子上抽着雪茄，路灯刚好照到他的那张脸，深邃的目光凝视着远方。隔壁则是通透的 loft，好似在开 party，路过时有人在上面吹着口哨，呼唤某人的名字。推开沿街的一道玻璃门，进入了一个小型的商场，中间是几株茂盛的植物，两边依次是画廊、精品店，与角落里的咖啡馆、酒吧和餐厅连成了一片。黄色墙壁上一张张蓝色框架的窗户，规则、简单的格子线条，窗户里是红色的蕾丝窗帘，背后隐约看到酒杯的影子。循着现场音乐的声音走过去，竟是一个彩色的阳台，阳台上俯瞰到的是另外一条街，顺着被油漆漆成天蓝色的楼梯重新回到街道，完成了一次小小的穿越。

　　广场区域，像是一个开放的艺术集市。街头艺人就地演奏起音乐来，地上散落着一张张美钞。

06 "迷人之地"新墨西哥州

它的名字叫做"马德里不可思议。"

下一站：阿尔布开克 Albuquerque。

这座 1706 年由西班牙人建立的城市有着奇怪的发音，但我却念得朗朗上口，这都归功于看美剧（*Breaking Bad*）《绝命毒师》。

这部剧讲述了发生在 Albuquerque 的故事：沃尔特·怀特原本是大学研究所的化学高材生，并参与过诺贝尔化学奖的合作，为了过平凡的生活他放弃成为化学家，在一所高中担任化学老师。但是他却被诊断出患了中晚期肺癌，这时他 40 多岁的妻子怀上了第二个小孩，家里还有一个患有轻度脑瘫的儿子。作为家里唯一的经济来源，他铤而走险，与曾经的学生，现在的毒贩子平克曼形成师徒搭档，利用自己超凡的化学知识制造出 99.1% 的高纯度冰毒，杀人、劫火车、威胁，混迹黑帮圈，一步步走向犯罪深渊，欲罢不能。他一边享受自己在制毒事业上的登峰造极，一边在深感罪恶的救赎中苦苦挣扎，在成为世界顶级制毒师和传奇罪犯的同时，被家人抛弃。

我一度为这部美剧所痴迷，为里面人物不同性格之间的碰撞，跌宕起伏的编剧，人性的真实刻画拍案叫好。剧情里多次出现了 66 号公路的痕迹，加油休息站，荒原里作为流动制毒站的房车，汽车旅馆与路边饭店，与 66 号公路平行的火车轨道，贩毒所在的隐蔽的汽车坟场，蓝色天空下车轮加速扬起的尘土和荒漠。

在老城的北边有一座保留相当完好的老教堂——San Felipe De Neri Church（圣菲利普德纳利教堂），它始建于 1793 年，这样的历史对于美国

213

而言可谓历经沧桑了。老城感觉和圣地亚哥的老城很相似,老城入口一面黄色墙上有一块儿写有老城简介的牌子,走进去后,街道两边是林林总总的小店,兜售纪念品或者手工制品,有印第安人的羽毛手工艺品,镶嵌着不同颜色宝石的耳环与戒指,绑着黑色皮绳的项链。老城的建筑风格也都是西班牙风格的"阿道比",黄色颗粒墙面,方方正正的院子,彩色的木头窗户,配上西班牙风情的木饰花边,大面积拼接的颜色。阳光强烈,踩着投射在地上和墙上的影子,我胡乱穿梭。

还在老城的公共停车场里停车的时候我就听见阵阵户外现场音乐演奏的节拍和旋律,寻声而去,老城的圆形广场已经坐满了游客,广场中间是一个半户外、半米高的舞台,一只乐队正在上面演奏,舞台下一圈又一圈地围坐着观众,有的带着户外椅子,有的就坐在草地上,面带微笑很有秩序的坐下来听演唱。主唱是个深肤色的中年男子,激情的嗓音配着吉他演绎,听了半天,我才反应过来他唱的既不是英语,也不是西班牙,而是土耳其语,一点爵士蓝调的风格,加上激情的鼓点,很是热烈。当演唱进入高潮时,全场的人都站了起来跟着一起舞蹈,几位中年妇女还牵起了手,走到了人群前面,围绕着舞台转起了圈。

Tips

Santa Fe 不可错过的景点:Museum Hill(博物馆山),包括 Museum of Spanish Colonial Art(西班牙殖民艺术博物馆),The Museum of International Folk Art(国际民俗艺术博物馆),The Museum of India Arts and Culture(印度艺术博物馆),The Wheelwright Museum of the American Indian(印第安人车匠博物馆),可在 Santa Fe's Central Plaza(圣塔菲中心广场)乘坐 M 线城市巴士直达。

El Rey Inn 汽车旅馆:建立于19世纪30年代,是一家非常经典的汽车旅馆。位于66号公路出城方向的右手边,靠近 Cerillos Road at St' Michaels Drive。

"跟随内心就会快乐"
——Albuquerque 老城街头手工艺人 Rick

广场不远处有一家手工珍品店,门口竖了一块木头牌子,上面用可爱的蓝色字体写着 Old Town(老镇),一位身穿黄色衬衫的中年男士坐在那块牌子下面埋头做石头手工项链,旁边是一张简易的桌子,一个塑料长方形展示盒里是他亲手制作的石头项链,统一都是一根链子加一个黑色石头坠子的设计,坠子像一把匕首,椭圆,末尾带尖,呈一个薄片,上面有用刀子切割出的花纹,远看像一片薄薄的羽毛,近看好似一把尖锐的匕首。

"我叫 Rick,今年 53 岁,后面的这家手工品店是我妹妹开的,我也是偶尔才到这里来卖自己手工的石头项链。"

Rick 从屁股后的袋子里掏出一个深褐色长长的角告诉我说,"你看这是鹿角,只有用鹿角和更尖锐的石头,才能打磨这黑色的石头。"

"这黑色石头是哪里来的?"

"我从附近的山上采来的,是火山石,有空的时候我就喜欢独自去那一片地方采石。"

Rick 告诉我,他最开心的事情就是和石头在一起的时光,14 岁他就开始

| 穿越 66 号公路 |

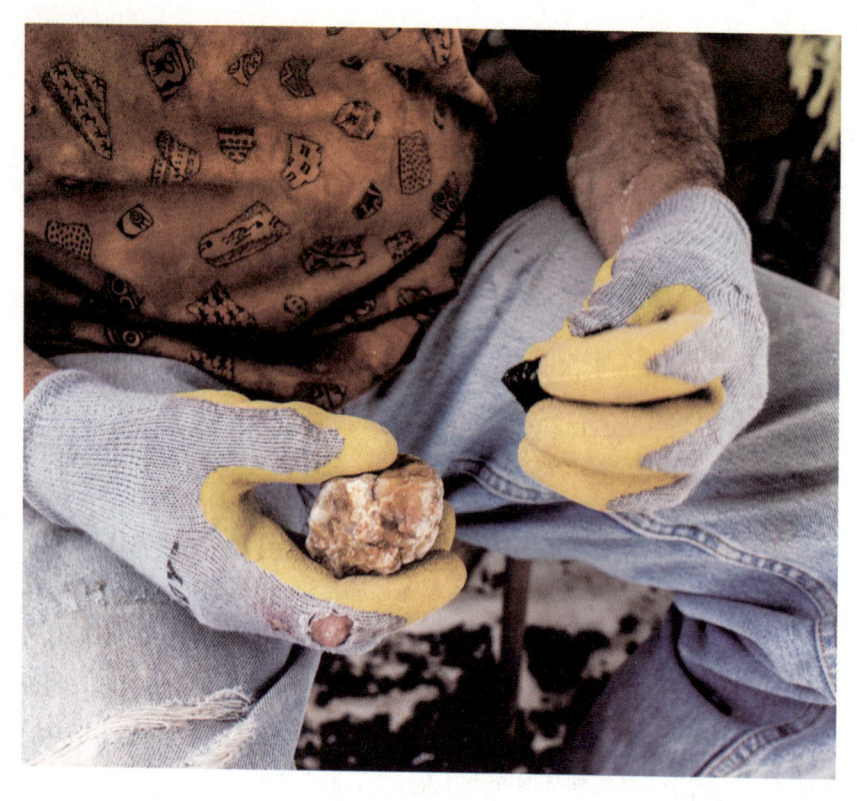

采石头，然后切割，做成好看的工艺品。他的大学硕士专业是建筑学和心理学，在他拿到两个专业的学位后，突然发现自己对于取得学位之后的工作并不热爱，于是放弃了工作，开始做手工，一做就做到了现在。

"人最重要的事情，就是跟随自己的内心，做让自己开心的事情。" Rick 双手插在裤兜里，对我笑而不语，瞪着狡黠的目光。

"除了石头，我还帮人做家具和室内装饰，以维持我的生活，我把它当做我的 Side Work（副业）。走！我带你去看我的卡车吧，很酷哦。"

我跟了过去，Rick 的车就停在工艺品店侧面墙角里，的确是酷毙了，两门的 Toyto，长长的车身，老式的经典款，车身喷满了漂亮的涂鸦，黑色的底色，荧光黄和蓝色的手掌及树叶的涂鸦，不同的色彩层次的映衬下，个性又充满创意。我开心地拍起了照片，他在一边裂开嘴笑，一副很自豪的样子。

这时我突然理解了，因为真心喜欢，放下学历辞职做手工，在别人看来是遗憾的放弃，对于他来说却是快乐的成全。人的一辈子会随着时间的河流一路向前，但绝不是线性的程式，而是主动的、立体的、丰富的，需要去从中挖掘。上帝给每个人的生命都是公平的，而怎么去设计自己的生命，答案只能在我们自己的心里。

临走时，Rick 说你等一等，他拿起刚才做的那个石头项链，塞到我手心，"这个送给你，记得要开心，LING。"

在从 Albuquerque（阿尔布开克）前往 Grants（格兰茨）的路上突然开始下起了大雨，这也是我行驶在 66 号公路上唯一的一次大雨。先是远处的天空出现了乌云，而天空依旧是透着亮的蓝色，两个完全不搭的色彩配在一起，有些别扭。接着，正前方呼啦啦的一道闪电，从天空中垂直划过，直劈到路面。乌云开始翻滚，只一瞬间，雨点便开始打在了挡风玻璃上，由小到大，由慢到快。看着眼前这条和天晴时完全不一样的 66 号公路，近处的阴霾和暴雨，远处的乌云。两边的荒原也变成了泥巴地，这样的景象却让我有些兴奋。

> **TIPS**
>
> KiMo Theater: 423 Central Avenue NW. Albuquerque.
> 科莫剧院：中央大道西北 423 号，阿尔布开克。

终于不再寂寞，我在心中想，除了音乐外，又多了一个临时插进来的旅行伙伴。车开始在一段段沥青补丁和坑洞路面上前行，碎石打到底盘的冲撞

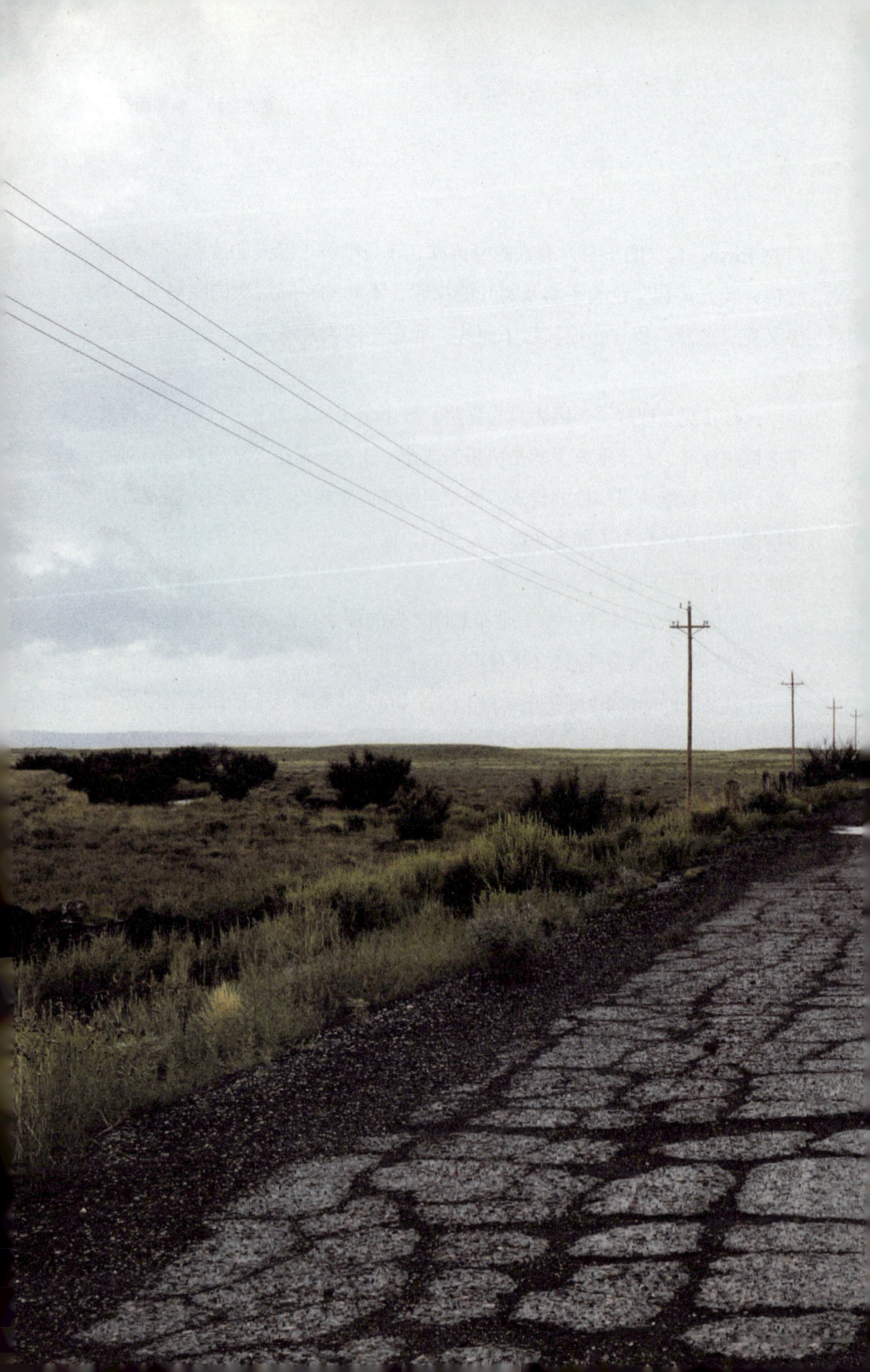

声，两边的农场和田地在车身的颠簸中起起伏伏，一眨眼工夫，雨点开始狂砸在车窗上，一路坑坑洼洼，上上下下，像是《汽车总动员里》带着情绪和脾气别捏地往前开的人物。

　　荒原中的一道农场大门出现在我视线，大门的上方是铁质的拱形，有农场的名字，大门的两端是浅褐色的砖头，两边杂草丛生，门的下方有像车轮一样的镂空装饰，在乌云的衬托下，格外特别。打开车门踩下去，鞋子上全是泥，按下快门，一张阴霾中的66号由此记录下来。

　　回到车里，一边清理着鞋底的淤泥，一边思考着，生活不也都是晴空万里，要做开心的自己，首先要接受真实的自己，接受生活的不完美，比如这暴雨中的66号。一脚下去全是淤泥，你们还爱吗？

慢慢地，远方的天空渐渐变回蓝，白色的云朵重新出现在我们面前，尽管雨点继续在前方唱着歌，雨刮也没停过，可当我将视线投向这条泥泞路的远方，看见的是大晴天。

黄昏中在 Gallup（盖洛普）住下，Gallup 是一个还不算太小的城市，快抵达时，已看见城市的灯火阑珊，连续几天走在荒芜的 66 号上，基本没什么人烟，点点灯火不禁让我有些怀念起地球那端的家，上海和成都，这两座不断在我生命中交替的城市。

本科四年在成都，硕士三年在上海，博士三年回到了成都，现在又在上海工作。可以说这两座城市交替占据了我前三十年的青春时光，念书，实习，工作，恋爱，失恋，离开，又回来。

每次在成都待过超过一周，就会留念那宽窄巷子的盖碗茶，蜀都人民软绵绵的口音，慢悠悠的生活节奏，还有深巷里的老火锅飘香，大半夜觥筹交错烧烤串串兔脑壳儿，还有怎么都晒不黑的昏昏太阳，然后就感叹成都真是一座来了就不想离开的城市。而每次回到上海，又会感叹上海的便捷和国际化，目不暇接地忙碌，让你没有时间去抱怨，吐槽都变成了矫情，只能埋头向前。

Gallup 廉价的 Motel 都在临街的一条道上，与这条街平行约十几米的距离就是火车轨道，来往火车挺频繁，货运火车上有 Swift 的标志，还有一些我也说不出名字的货运公司，会车时发出长长的鸣笛声。

睡到半夜突然醒来，听见来往的火车，由近至远，悠长的记忆，好似一种陪伴，穿越，仿佛是孩童时期的玩伴在隔空呼唤你的名字。

回忆太沉重，打开冰箱，还好还有一罐随身携带的廉价 Stag，猛地拉开，咕噜喝下，重新回到梦里。

07

"大峡谷之州"
亚利桑那州

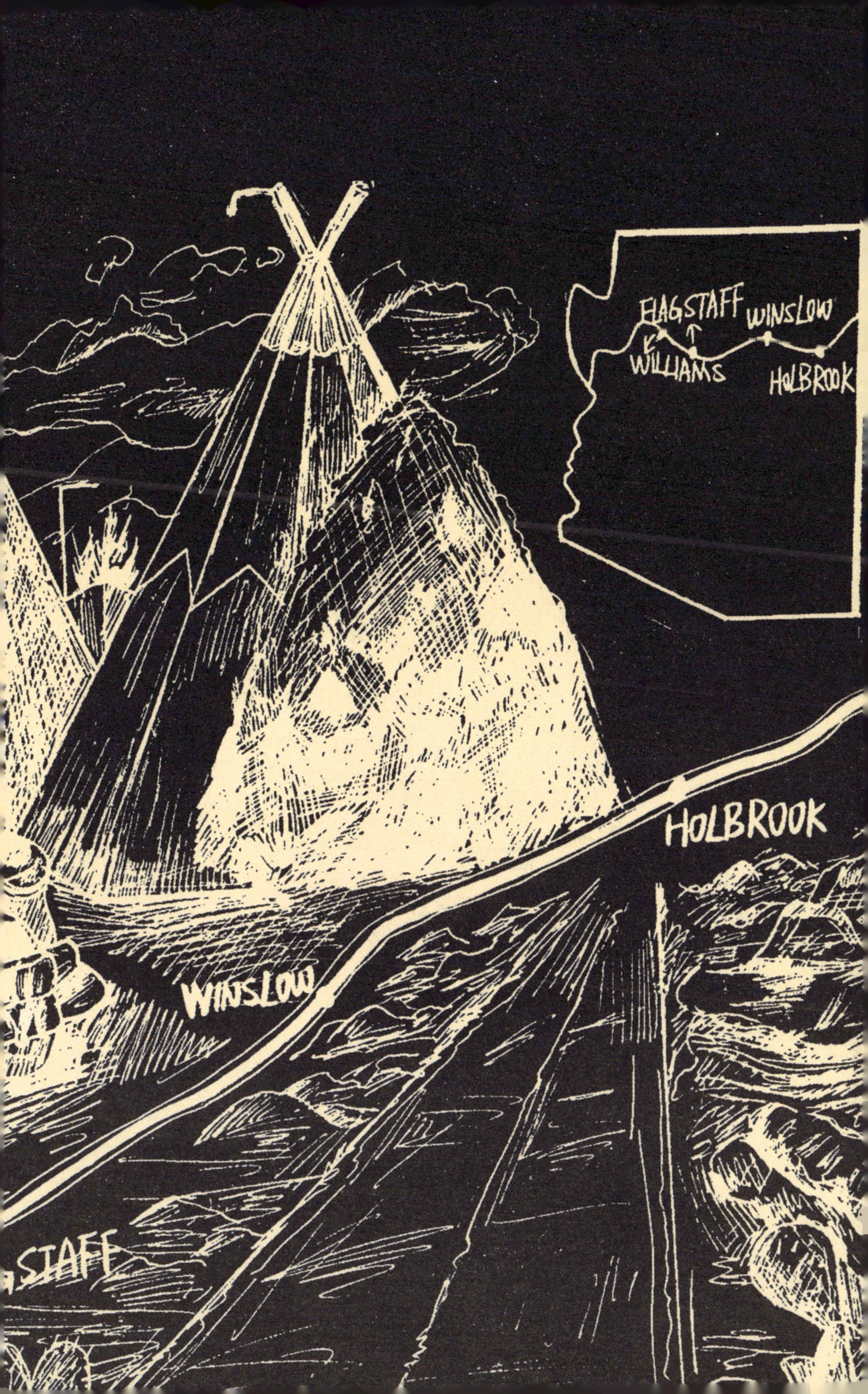
FLAGSTAFF
WINSLOW
WILLIAMS
HOLBROOK
HOLBROOK
WINSLOW

| 穿越 66 号公路 |

逃荒的人如洪水般涌上六十六号公路，有时是单独一辆车子驶过，有时是成群结队地驶过。

——约翰·斯坦贝克《愤怒的葡萄》

07 "大峡谷之州"亚利桑那州

亚利桑那州（Arizona）是第 48 个加入美国联邦的州，面积 29.5 万平方公里，州首府菲尼克斯（Phoenix），该州的别名是"大峡谷之州"（Grand Canyon State）。

| 穿越 66 号公路 |

闯入亚利桑那

炎热，干旱，令人难耐的季节。

之所以选择在最炎热的 8 月初进入这里，我也是固执地想要感受一番亚利桑那州的热量。

平心而论，66 号公路沿途景色最美的一段就是亚利桑那州，也是地貌最丰富、景色最出众的一段。从丹霞地貌的红岩公园，到漫山遍野形态各异的仙人掌；从壮观的陨石坑到日落火山公园；从神秘的世界七大奇迹之一的科罗拉多大峡谷，到变幻多端的树石化公园和"沙漠画布"，亚利桑那州的风景和地貌让人应接不暇，流连忘返，叹为观止。

当我回到上海后，有时候半夜醒来，睡意全无，脑子里只会浮现出亚利桑那的荒原与烈日，我就想着或许有那么一天，我会搬到沙漠里去生活，搭一个帐篷，和动物们生活在一起，早上被峡谷里的日出唤醒，晚上躺在沙漠里看漫天繁星。怀念嬉皮士那个时代的美国，自由自在，做本真的自己，精神上的嬉皮士，心灵永远住着一个乌托邦。

看似不成熟？可什么又是成熟呢？

今天的行程是从凤凰城一路开到树石化公园（Petrified Forest National Park），中午时分抵达 Holbrook（霍尔布鲁克），路过 Rainbow Rock Shop（彩

07 "大峡谷之州" 亚利桑那州

虹岩石商店），几只巨大的恐龙装饰摆放在店门口。

驶进 Holbrook 城 Downtown，路口是一家墨西哥风格的餐厅 JOE & AGGIE'S CAFÉ（乔 & 阿吉的咖啡馆），小店外墙的涂鸦是一对甜美可爱的墨西哥情侣，在招牌上方相视而笑。一家混合了美式和墨西哥的餐厅。进门右手边是纪念品区，玻璃橱窗里摆着无数的书本和纪念册，两面墙上挂满了各种 66 号公路主题的路标、明信片、帽子、杯子，以及游人参观留恋留下的照片和手绘图，直觉告诉我这一定是一家百年老店，不如探究一下它的历史吧。

一位女服务员走过来问我："需要我为你做什么？"

"请问您是老板吗？你家小店看上去很特别，很有历史的样子。"说话间，我眼睛指向厚厚的游客签名册和各种旧的墙头海报、照片。

"能做个采访吗？我正在收集 66 号的故事。"

"的确如此，我们店是祖父祖母那一辈，也就是名字中的 Joe&Aggie' 传下来的，如果要采访我建议你晚上再来，因为我是店主之一，但我的哥哥 Steven 更喜欢接受采访，他总是有很多话想聊。"

227

"没问题，那晚上八点见。"

"好！"

于是我决定今晚就住在 Holbrook，开始寻找 Motel。

再次回到车上寻找汽车旅馆，路过一家装饰成天蓝色的旅馆：Desert INN（沙漠客栈），旅店的墙画很吸引我，起初我以为那是一家礼品店，开进去之后才发现车都停得很整齐，不对，应该是旅馆。走进前台，没有人，我按下桌面上的铃铛，一位印度女士从里间走了出来。后来我才发现，一路走来66号上基本所有的 Motel 都是印度人开的，或者前台是印度籍人士，这也是一个值得探究的现象，就像在美国大部分干洗店都是韩国人开的，美甲店都是越南人开的，而餐厅又大多是中国人开的一样。

我打听了一下价钱，加税一晚35刀，相比在伊利诺伊州，再差的 Motel 也要70刀，这个价位已经是很实惠了。不可能吧？我又再次确定了一遍。印度人不耐烦的重复了一遍。我决定要了。

"你是老板？"

"是的。"

"这房子挺漂亮的嘛，多长历史？"

"31年了。"

这位印度人叫：Manju，她的老公是一名艺术家叫 Ray，旅馆里里外外所有的装饰、墙画都是她老公亲自完成的。

Check in 之后，进入房间，发现布置得小有情调。欧洲田园花色的床单和被套，天蓝色的木头床头柜，欧式风情的台灯，除了质量不算太好外，看上去还是很让人赏心悦目。

再往前走 Wigwam Village Motel 映入眼帘，一家印第安帐篷风格的汽车旅馆。

旅店生意太好，Check in 的地方如同之前在"蓝燕汽车旅馆"遇到的

07 "大峡谷之州"亚利桑那州

| 穿越 66 号公路 |

一样,"客满,休息"。看来66号公路上经典的地方商机依旧,酒香不怕巷子深。

"我们来之前的一周就已经在网上预订好了,若你想住在这里,下次提前一点网上约好吧。"一位客人对我说。

绕过前台,是一个开放的院子,院子外围是一个个印第安人帐篷造型的房间,每个房间门口停了一辆废弃的老式汽车,红色的雪佛兰大皮卡、天蓝色的克莱斯特、浅绿的林肯、白色的彭迪亚克,透过玻璃窗打量车内,里面内饰陈旧,几乎是成年累日在太阳下暴晒,专供旅馆装饰所用,不过这热辣辣的太阳似乎加倍晒出了他们身上与生俱来的经典气息,引来更多游客停留。

院子侧面竖立着一张巨大的广告牌,白底黑字的手写体,内容是一封信。

抬头是 Mr. Paul Lewis,"Wigwam Village 汽车旅馆已于 2002 年 5 月 2 日,正式被列入了国家历史名册,作为民族文化资源保存。"落款是 National Register Coordinator/ Historian, Arizona, State Historic Preservation Office.(美国国家历史保护办公室)。

Tips

Desert INN: 301 W. HopI DR. Holbrook.
沙漠客栈:霍皮大街西301号,霍尔布鲁克。

Wigwam Village Motel: 811 W. Hopi Drive. Holbrook.
维格瓦姆汽车旅馆:霍皮大街西811号,霍尔布鲁克。房间56~62美元一晚,配有胡桃木家具的混泥土印第安帐篷风格的小屋。

| 穿越 66 号公路 |

邂逅两亿年高龄的树化石 "Old Faithful"

古人言：海枯石烂，才敢与君绝。殊不知海枯石烂并不是尽头，这之后还有树的石化，所以，建议爱到深处的情侣们以后再发誓时可改成这样：海枯石烂算什么，待到我身边的这棵树变成化石，其树身被红色玛瑙所代替，任凭风吹日晒，我仍不忘初心。

石化林国家公园 Petrified Forest National Park 是亚利桑那州拥有的三个国家公园之一，另外两个分别是萨格鲁国家公园（Saguaro National Park）和最著名的大峡谷国家公园（Grand Canyon National Park），而石化林国家公园是唯一一个处于 66 号公路上的景点，位于 page 附近，设立于 1962 年 12 月 9 日，147 平方英里的石化林公园向游客展示了从三叠纪晚期开始的几亿年前地球环境，这里是全世界彩色木化石（Petrified Wood）分布密度最大的地区之一。公园分为两个主要部分：南部集中了大量的彩色木化石，而北部的著名景点是"沙漠画布"（Painted Desert）。

数亿年前，该区域之前是原始森林，后被大海淹没，而最开始的那片森林里的大树躯干，开始慢慢沉到海底，然后继续往海底里的沙里下沉，紧接着是混杂了水的沙子，然后是泥，在恒古久远的时空里，穿过层层地表，最终抵达生命的终点，静静躺在那最底层，离地面最远，离地心最近的位置，得以休息。

经过近两亿年的地表运动，树身在地层中，树干周围的化学物质如二氧化硅、硫化铁、碳酸钙等在地下水的作用下进入到树木内部，替换了原来的木质成分，保留了树木的形态，经过石化作用形成了木化石。因为所含的二氧化硅成分多，所以常常称为硅化木。

公园的木化石大都形成于两亿多年前，古树中的木质成分多被石英（Quartz）取代，而留在树干中的石英呈现彩虹般的色调。凝结成了玛瑙等，又过了千年，或许连树自己都不敢相信，海枯石烂了，海底重新露出成为地面，一颗颗被隔离两亿年的老树也随之露出地面，在后人的惊讶声中被发现，形成了如今在石化公园所看到的化石：一截一截的直径近半米的石化树身保存完好，树皮的皱褶、树茎的痕迹都清晰可见，一具具躯体集中地堆放在公园的户外荒原里，供游客触摸观赏。

树的年轮基本已经模糊，所以很难猜测树的年龄，但是不要紧，从横切面你能看更多惊喜：五彩缤纷的化石、玉和玛瑙，鲜红、深蓝、亮黄、橙色交织在一起，犹如一幅当代艺术作品，让人惊叹。一截一截近一米长，或两三米的树干被散落在地上，沿着 Trail 的指引，我一路小心迈过树干生怕惊扰他们，一路惊叹着。

湛蓝的天空非常低，棉花糖一样的白云再度出现，朝高处看去，云朵在上，树干在下，云朵像极了树干的被子，将树干温柔笼罩，两者之间充满了暧昧的关系，一种磁铁版的心心相印，一起静静地躺在荒原里，躺在时空下。大自然的和谐在于他们随时随地都是最好的配对对象，蓝天白云，绿树红花，山川河流，而时而错乱的搭配会形成一幅别样美丽的画卷，而在这样壮观的大自然图景前，人类只能感到自己的渺小，渺小到在时间和空间的坐标上，都不能留下自己的痕迹。

在位于公园 Rainbow forest Museum（彩虹森林博物馆）附近的 Giant Logs Trail（巨型原木小径），我捕捉到了"Old Faithful"（老忠实）这根公园现存最大的树化石，这个名字是公园第一任管理者的妻子所取，"老忠实"这样的翻译似乎还不够映衬出化石树的久远。树干的根部由于石化和长期暴露变得模糊，剩下仅存的树冠有 10.6 米长，约 44 吨（39,000 公斤），走进看，树根有一处用水泥黏上去的补丁，据介绍，这是因为在 1962 年 7 月的

一天，雷电击中了"Old Faithful"，公园在那个时候决定修复这一损伤。要是放在今天，公园不会再这样处理了，这也体现了随着时间的变化，国家公园对于资源保存的态度也在发生着变化。我用手掌去触摸"老忠实"的树干，手指滑动在两亿年沉淀的树皮与切面上，感受到金刚石一般的硬度，太阳晒得树的表皮有些温暖，我心中不禁感叹：时光并非都是冰冷。但当我试图抚摸树干以获取一些痕迹哪怕是尘土时，却发现这一切都是徒劳，在时间

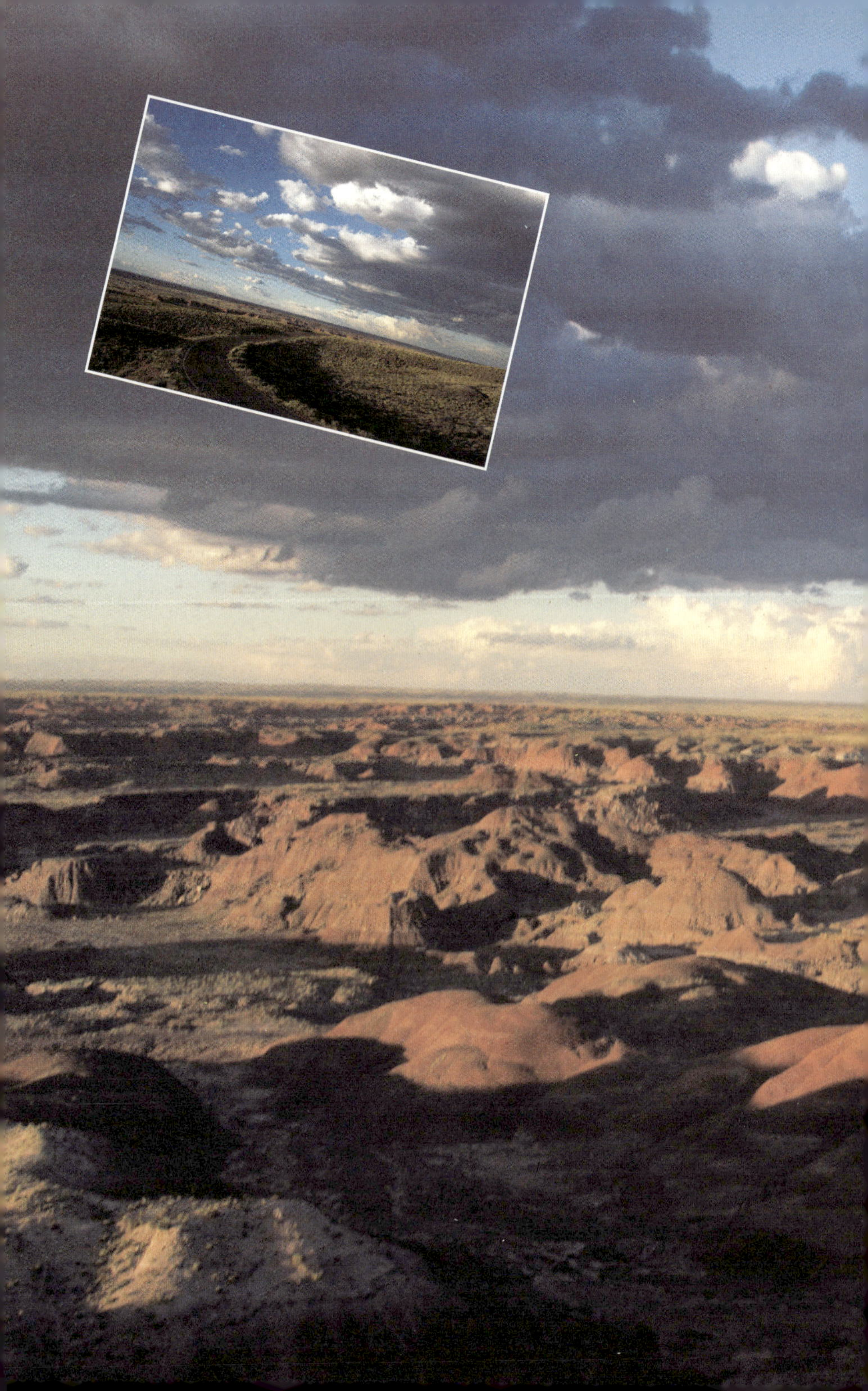

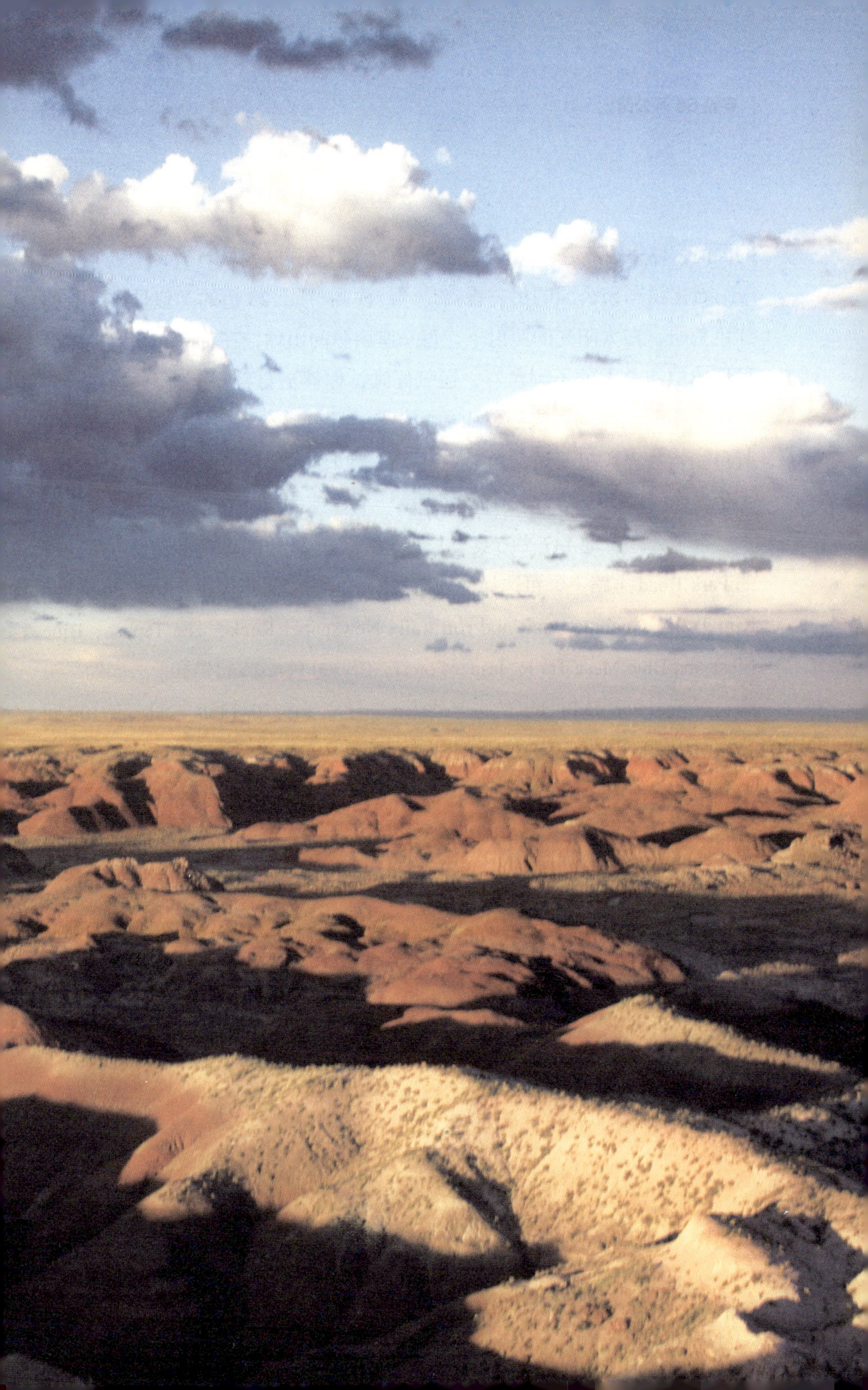

的面前，你休想带走一丝一毫，任何事物都敌不过时间。

　　石化树国家公园的另一看点是"沙漠画布"，28迈的类似丹霞地貌的红色荒原，在太阳光的照射下，每一座山脉的山体，在荒原的空气中，会呈现出层层叠叠的不同色彩，运气好时，你甚至会看到无边无尽的彩虹，而根据不同的时间和光线，山体的颜色会不断变幻，红色、灰色、褐色、蓝色、紫色，风起云涌，光影交错下看大自然如何用最原始的方式为自己上色。

　　整个公园占地147平方英里，开车行驶在28迈的贯穿于整个彩色沙漠的Park Road主路上，可选择性地在其间不同的观景点停留：Tawa Point and Rim Trail、Kachina point and rim trail；Newspaper Rock、The Tepees、Blue Mesa and Blue Mesa Trail、Jasper Forest、Crystal Forest and Trail。公园的尽头有一座名为Puerco Pueblo的古老酒店，它建立于1250~1380年间，有100间房，可为200位游客提供休息的房子，现在只能看到斑驳的遗址，黄色的颗粒墙面，孤独伫立在"沙漠画布"的边上。

　　听岁月唱歌，人类只是渺小的看客而已。

> **TIPS**
>
> 　　Petrified Forest National Park: 26 miles east of Holbrook.
> 　　石化林国家公园：霍尔布鲁克往东26迈。

"这是我们三代人的家"
—— 夜访 66 号上的三代祖传餐厅

晚上八点，我再次回到下午经过的餐厅 JOE & AGGIE'S CAFÉ，推门进去，看见一位灰发、蓄着胡子、体型微胖的中年男子正在玻璃柜台后面翻看账本，我走向前问道：

"您就是 Steven 吧？我是跟你预约了采访的来自中国上海的 LING。"

Steven 抬起头，一张大大的脸，嘴巴裂开来，一边笑声爽朗地回应着我，一边走出玻璃柜台和我握手。

Steven 递给我一张他们店里的名片，上面印有五个人的名字：Stanley，Alice，Steven，Troy 以及 Kim Gallegos，再加上原本的店名 JOE & AGGIE'S CAFÉ，这一下子是七个人的名字，看我犯了糊涂，他解释道："这家店是上个世纪他的外公外婆，也就是店的名字 JOE & AGGIE 两人开的，Joe 是西班牙人，出生在 Holbrook，两人去世后由他的父母 Stanley 和 Alice 经营，三年前 Steven 的母亲 Alice 也去世了，于是由他和两个妹妹 Troy 和 Kim Gallegos 一同打理，两个妹妹早上五点开始营业，每天下午五点以后由我看店，直到晚上九点，我们一起经营它。"

| 穿越 66 号公路 |

"我的外婆 Aggie 和外公 Joe 在一起 72 年，爸妈 Stanley 和 Alice 在一起 56 年，两对儿都非常恩爱，用自己的有生之年打理餐厅。我妈妈 Alice 三年前去世了，爸爸今年 77 岁了，现在每天早上还会过来，在小店后面的理发店继续工作。理发店是 1960 年开业的，直到现在。"

Steven 说自己从小在店里长大，然后在凤凰城读书，之后在凤凰城的美国银行工作了 25 年。

"最开始的小店是什么样子？"

"最开始的店只有角落里的三张桌子，两扇窗户而已，爸爸的理发店和餐厅是在一起的，直到 1960 年，爸爸将理发店挪到了后院，独立了出来，餐厅也扩大到了现在的规模。"

07 "大峡谷之州" 亚利桑那州

《汽车总动员》导演多次来访寻找灵感

在玻璃柜台上，竖着十几本厚厚的，从侧面看上去已经发黄发黑的游客签名册，书侧面上写着起止年月，从上个世纪直到今年，所有的游客登记信息都在上面。我随手翻看，来自不同国家：意大利、法国、希腊、德国、丹麦、澳大利亚、沙特等等，每位游客在其中留下了自己的姓名，到访时间，以及对小店的感受："非常好的一个店，很喜欢"、"食物很好吃"、"老板很热情"等。

另外的几本看上去更厚，是游客寄给餐厅的明信片、信件和照片。

还有一本名片夹，塞满了游客留下的名片。

最后的几本是小店自己的相册，不同时期的照片，到访游客留下的合影，小店曾经上过的期刊封面和原件。一页页的故事、回忆、历史，已经很难想象这个小店曾经经过了这么多的历史。

Gallegos 坐在一旁的座位上，指着她头顶上的几张照片："你看，墙上的是谁？"

我看过去，由于不熟悉美国，说不上来。

Gallegos 在我笔记本上写下了照片中人物，有美国音乐家 Alice Copper 一家人在店里吃饭的合影；有 Robert Thomas，在电视剧 Walton's？里扮演 John

Boy 的当红演员。当然最让小店自豪的还是《汽车总动员》这部以 66 号公路为背景的电影导演约翰·拉塞特。据 Steven 介绍,在拍摄电影之前,约翰·拉塞特就多次在 66 号公路上走访寻找灵感,在作家 William Shatner 的介绍下,来到了 Steven 的小店搜集素材。而在电影中也有亚利桑那州 Stanley 的父母站在柜台后的一幕,墙壁上还挂着 2008 年 8 月 4 日约翰·拉塞特再次拜访 Steven 留下的一幅画:一只萌萌的汽车,眨巴着两只眼睛咧着嘴笑,旁边的台词是:"Thanks for the inspiration for 'cars'-Your friend forever. John lassetz"(谢谢你为《汽车总动员》的创造灵感——你永远的朋友,约翰·拉赛特)。再仔细一看,旁边还有一副类似的画,落款是 2013 年 8 月 22 日,同样的一只萌萌汽车,不同的地方是这只萌萌的汽车笑得露出了牙齿,这次的台词是:"Thank you for the continued inspiration."(谢谢你为《汽车总动员》带来的持续创作灵感。)。玻璃橱窗里还整整齐齐地放着几十辆来自汽车总动员里的迷你汽车模型。

"这些汽车模型可都是约翰送给我们小店的礼物。"

回忆,还是回忆

谈到 Bob,Steven 拿出了一本 Bob 的册子,里面是 Bob 手绘的画、明信片,Bob 站在黄色的车前看着镜头的照片。Steven 还拿出了一张照片,那是他们全家人在 Bob 的车上的签名。"因为 Bob 路过,总会让人们在他的车上签名,每次他离开的时候,我们还要一起出力,推车帮助他发动。"

Steven 又从角落拿出一本游客留下的东西,有临时在小店餐巾纸上画的画,有圣诞节的信件和明信片。

角落里的玻璃展柜里放着几本书,Steven 指向其中一本:"这本是一位日本的摄影师出版的,他路过了我们店,拍了照片,出版后寄给了我们。"我打开书,看到了有小店照片的那一页,刚好夹了一页 A4 打印出来的信:

"亲爱的 Steven，我是 Kazutoshi Akimoto 你还记得我吗？去年我走 66 号公路，在您的小店停留，并且拍了照片。今年，我出版了这本 66 号公路的书，现在送给你。你的 Kazutoshi Akimoto。"

"明年我也争取给你这样的一本书。"

"那太好了，我也会放在这里展示的。"

还有一本 William Shatner 的 66 号公路手册，其中一页有 JOE & AGGIE'S CAFÉ 的大幅照片；Steven 兴奋的加快语速："看，这是亚利桑那州的电话黄页，我们的餐厅也出现在封面上。"

66 号公路就是我们的妈妈

"每天你们店里有多少游客？"

"lots and lots（好多好多），你看玻璃柜台上的签名册了吗？那只是去年和今年到访的游客。" Steven 说。

"对我们一家人而言，这不仅仅是一家饭店，而是我们三代人的家。我想这个餐厅永远不会关门，而是会一代一代传下去，尽管现在是我们在接管，但是名字还是外公外婆的。"

"你另外还有其他什么工作吗？"

"我还做一份志愿者的工作，其他时间就是照顾我两个儿子，一个六岁，一个九岁。"

"经营这个店，最大的快乐是什么？"

"This，就像现在和你聊天一样，就是这样，遇见不同的人，他们千里迢迢来到这里，短暂停留，小店成为他们美好记忆中的一部分，而同时他们也成为了小店历史的一部分。为电影提供灵感，和来往的游客成为朋友，分享他们人生的喜怒哀乐。" Steven 尤其强调，保持小店原来的样子，保存每一

| 穿越 66 号公路 |

页游客留下的签名,游客寄来的照片、明信片和信件,是非常重要的,"因为下次他们再来的时候,会想去翻出当年的印记。"

"我看到大家都给你写信?"

"这是最有意思的,你看我们的店并不是很新潮。喜欢我们的游客会在圣诞节等节日给我们写信和明信片,他们告诉我他们甚至都没有给家里寄卡。"

"他们为什么这么做?"

"不管是国内的游客,还是周边的老顾客,在餐厅的停留,让他们在紧张的旅程中得到难得的'慢'时间,我会关心他们的工作,关心他们的生活,聊聊彼此都感兴趣的部分,提供给他们特别的照顾和服务,这也成为他们难忘的回忆。"

"66号对你而言的价值在哪里?"

"和人们的交流。我们的生意并不时尚，都是有些祖传的菜式，我们也不想去改变，在老路上，吃老菜品，才是经典。66 号公路已经融入了我们的血液，像我们的妈妈一样。你尊重她，你为她骄傲，你格外体贴她，她也会格外体贴你。"

生命太短暂，别忘记你自家的后花园

"66 号公路上你最怀念的是哪段时光？"

"我 1977 年高中毕业，那个时候是 66 号公路最繁华的时代，这里是大家的必经之路，人气非常旺。11 月走 3 月回，一来一回，我们尽量和每个人都成为朋友。"

"州际高速 I-40 取代了 66 号公路，你怎么看呢？"

"我当然很难过了，其实高速也就是只节省了一点点的时间，过往的游客不走老路了，甚至也不会到镇里来吃饭和停留，而只是去一些不需要下车的地方买快餐。但仍然有很多人会怀念，怀念曾经的'我们'。"

"我们餐厅能够存活下来，得益于三代祖传的声誉，也取决于我们的老朋友们，他们都会照顾我们的生意。我的小孩子就常对别人说，这是我祖父祖母的店子，这就是最特别的地方。"

说到祖父祖母，Steven 告诉我，他 93 岁的祖母去世的时候对他说："Steven 啊，我这辈子还没去过大峡谷呢"。

"真的假的？那么近？怎么可能？"

"总之就是没有去过，那时我对祖母说，那我夏天带你去？可惜在暑假之前她就去世了。"

"啊！"

"我想这样的事情是不常见的，我们通常会忘记了自己家的后花园有什么,因为太近了,我们就大意了,总是嚷嚷道:我总会去的,我总会去的,但最后就是没去。人生是短暂的,我们要抓住机会做事情。因为 You never know when your number gonna be called."(你永远不知道上帝会什么时候叫到你的号码)

Steven 突然问:"你知道关岛吗?"

"知道,但没去过。"

"关岛很像早期的夏威夷。现在的夏威夷人多了,也商业化了。小镇的好处在于,你生活非常舒服,晚上甚至不用关门,每个人都能互相照顾,车也不用锁,窗户不用升起来,随便你什么时候回来。我觉得这就是小地方的好处。我的妹妹在凤凰城生了第一个小孩,就一直想要回到 Holbrook,她觉得小孩应该在兄弟姐妹和家人的陪伴下长大。每天放学,就直接让哥哥或姐姐把她顺便带回家就好了。我的家庭很大,我的祖母有十七个兄弟姐妹,我的祖父有十五个兄弟姐妹,而我是老大。"

"那你一定很照顾弟弟妹妹们吧?"我问。

"是的,但是我现在老了,就该他们照顾我们了。"

"您哪里老啊,哈哈。"

"年轻的时候,或许你喜欢大城市的便利,演唱会啊,各种活动啊,但是等你年龄大了,就更加喜欢回归简单的生活了。Sedona 也是这样,他有着太美的风景,向上的,正面的,来自超自然的力量。但是现在商业化特别严重,物价也高,尽管风景如画,但其消费水准和商业氛围已经和美景不相称了。"

"你慢慢拍照,我们不着急关门,我去厨房看看。"

转身瞬间,突然一片漆黑,停电了。

"看来我们不得不关门了,明天早上六点你再来继续拍照和品尝我们的早饭吧。"

07 "大峡谷之州"亚利桑那州

陪伴是最长情的告白

第二天一大早,当然不是六点,我如约回到了店里。却不见 Steven 的身影,反而见到了他的父亲,白发苍苍,白色的八字胡髭向两边,如同我昨天遇见 Steven 的模样,他也坐在玻璃柜台后翻看着什么。

"您是 Stanley 吧?"

老爷子起身走出柜台和我打招呼,与他儿子不同的地方是,老爷子神情严肃,不像儿子那样满脸堆着笑容,这样的不怒自威带着点掌门人的感觉。

我把昨天对 Steven 的介绍再重复了一次,老爷子取出一张明信片,那是他们小店的明信片,他翻过来在背面签上自己的名字,送给我。我留意到正对着门的玻璃柜台上相框里的照片,照片上的女人一脸微笑,一头烫染过的黄色短卷发,慈祥的面容,丰满福气的脸庞。

"她是我的妻子,我最爱的人 Alice,我们在一起的 56 年里,从来没有

| 穿越 66 号公路 |

分开过,每天都在餐厅度过。可惜她患了病,三年前离世了。"

老爷子一脸忧伤,似乎这离殇就在昨天。我还能想象出两口子并肩顾店的情形,还有他们的父母,第一代店主 Aggie 和 Joe 从开店到经营 72 年来的厮守,百年老店经历了两代恩爱夫妻,用老爷子自己的话说就是:"二十四乘以七,百分之百地在一起",正应了那句:"陪伴是最长情的告白"。

说话间,来了一位找 Stanley 剪头发的客人,Stanley 说:"你继续拍着,我去后面的理发店工作了。"

我想跟着去看看,于是也移步到后面的理发店,和这座餐厅就隔了一块停车的空地。这是一家非常简陋的理发店,四壁都是原色的木板,靠墙一排有几张橘色的座椅,中间是一个灰色的理发椅,水壶、剃须泡沫、发胶整齐地摆放在靠墙搭起的搁板上,电动剃须刀、电吹风,各种推子挂在隔板下面的挂钩上。

清晨的阳光开始照进大厅,照在老爷子白花花的胡子上,他给客人系上长袍,站在客人身后开始工作。

房间里有些陈旧的气息,仿佛回到了上个世纪,1960 年的上个世纪的理发店,上个世纪穿越回来的 77 岁的 Stanley,将记忆停留在这一刻,连着百年餐厅,连着老爷子刚才和我谈起的关于他那美丽的爱情,在这条老 66 号公路上发出微弱的幽幽光芒,尽管有些久远,依稀模糊,依然绽放着记忆的火花。

Tips

JOE & AGGIE'S CAFÉ: 120 W. Hopi Drive Holbrook.
乔 & 阿吉的咖啡馆,霍皮大街西 120 号,霍尔布鲁克。
网页访问链接:www.joeandaggiescafe.com

"Here It Is"
—— 兔子农场的墨西哥女婿

一只巨大的兔子墙报,提醒我 Joseph City(约瑟夫城)到了。它位于 Holbrook(霍尔布鲁克)和 Winslow(温斯洛)之间的 66 号公路上。

"为什么是兔子?"

"因为这之前是出名的杰克兔子农场"。

有这样一句话被印在了杰克农场的明信片上:Best Known Trading Post In the southwest,"If you haven't stopped at the Jack Rabbit, you haven't been in the southwest."(如果你没有在杰克兔子农场停留,那么你就未曾到过西南。)

墙报旁边唯一的一家纪念品店,取名为 Jack Rabbit Trading Post(杰克兔子交易站),墙壁上画满了头戴羽毛的印第安人,蓝色、黄色、褐色相接的花纹,以及那只黑色的兔子。

推门而入,各种石头、首饰、工艺品、路牌、明信片、帽子、皮草的手工鞋和包,店主皮肤黝黑,五官漂亮,典型的墨西哥男士。

"我叫 Antonio(安东尼奥)",一个很西班牙的名字。安东尼奥拿起一瓶产自墨西哥的辣椒汁向我展示。

07 "大峡谷之州"亚利桑那州

| 穿越 66 号公路 |

"这是我觉得全世界最辣的辣椒汁,你要不要试一试?"

"还是不要了吧。"

"这个小店从 1993 年就开始由我经营了,我是第四代的店主。我的妻子从小就在这里了。第三代是我的岳父。第二代是岳父的爸爸,我法律上的爷爷。第一代是 Rabbit 农场的主人,叫作 Jim Taylor。"

"今天生意好吗?"

"大部分游客都只是路过这里,然后拍一张兔子的照片就走了,很多游客甚至不进店里来看一看,有的进来也就是为了上个洗手间。尽管如此,我依然很喜欢这里的工作,这是我岳父留下的店,我妻子在这里长大,这里有太多我们的回忆。"

Tips

Jack Rabbit Trading Post: Box 38,Joseph City.
杰克兔子交易站:38 号信箱,约瑟夫城。

07 "大峡谷之州" 亚利桑那州

放轻松 Take it easy
——站在亚利桑那温斯洛的街角

Well, I was standin' on a corner in Winslow, Arizona,

Such a fine sight to see....

It's a girl, my Lord in a flatbed Ford,

Slowin' down to take a look at me.

Come on, baby... Don't say maybe...

I gotta' know if your sweet love is gonna' save me.

We may lose and we may win,

but we'll never be here again.

So, open up by climbin' in, so take it easy.

我站在亚利桑那温斯洛的街角，看见这样的一幅美景，
一个大美妞儿开着一辆敞篷大福特从我身边路过，
天呢，上帝啊，她居然放慢了速度看着我。
亲爱的宝贝，快过来啊，不要说也许。

| 穿越 66 号公路 |

你甜蜜的爱情可以将我拯救你知道吗？
我们或聚或离，但是永不会再邂逅于此地，
所以敞开心灵接受我吧。

亚利桑那温斯洛的街角，地上印着一个巨大的白色"Route 66"标志，一个真人大小的"歌手"雕像正拿着吉他站在街角迎接四方客人：

上述歌词源自老鹰乐队 Eagles 的著名歌曲——（*Take It Easy*）《放轻松》，这首歌写于 1972 年 5 月 1 日，是老鹰乐队的第一支单曲，选自专辑"Get You in the Mood"，而 Take it easy 也是我们英语课本里最早学过的一句英文短语——放轻松！

"我已行到路的尽头，努力想卸掉心头重负，我的心里有七位女人，四位想把我留在她们身边，两位恨得要扔我石头，还有一位说她是我的朋友。放轻松吧，不要让你心里回响的声音之轮，使你疯狂。在你还可以的时候轻松应对一切吧，甚至不要去穷究追问，只需找到你的立足之地，然后，放轻松。"

歌词说得蛮好，由此也引发了我的思考。

好一个"不追究"，那么，一起来追究一下"不追究"究竟是什么？

"不追究"应是一种豁达的人生态度，很多事情不是给时间让你静静，就能想明白的，扼杀一批脑细胞，苦想一番不得其解，昏昏欲睡后醒来，不对啊，昨晚那个思路就一定正确吗？然后从头再理一次。于是乎，之前的结论被推翻，新一轮的扼杀继续开始。太多事情是没有因果关系的，你所选择的生活和别人没有关系，别人对你的态度和你也没有什么关系，不追究，是不钻牛角尖，以通达的态度和自己达成和解。

Take it easy!

07 "大峡谷之州"亚利桑那州

Well, I've been running down the road,
Tryin' to loosen my load.
Got a world of trouble on my mind. I'm lookin' for a lover,
Who won't blow my cover.
She's so hard to find.
Oh, we've got it easy we ought to take it easy

我已行到路的尽头，努力想卸掉心头重负，
烦乱的世界缠绕在我的心头，我在寻找一个爱人，
她不会揭去我的遮掩，她是如此难以寻找，
我们轻松应对，我们必须放轻松。

在这首歌里，理想的爱人是不会去揭露我的遮掩的，这句话道出了作为成年人共同的需求。"她不会揭去我的遮掩"，有两层意思：

她知道清楚明白看见我的遮掩，但她选择理解和尊重，给予对方自由和尊严，不揭露，继续爱。

她不认为那是遮掩，因为不知，自然也谈不上揭露。而不知的背后，是不觉，是赞同和默契，在她的心中，那压根儿就不是遮掩，那就是他的一部分，是自然。这一句话我觉得揭露了男女之间的几层不同境界的关系：相互欣赏，彼此看对眼儿，成为眼中最好的彼此，不需要宽让和谅解，相安无事；相互理解，有一定的矛盾，但是能够做到理解和尊重，解决了问题继续相安无事；相互容忍。

所以《大风歌》里说：能忍则淡，能忍则无怨。这也是一种中国式婚姻中的常态，中国人骨子里的就是宰相肚里能撑船，得饶人处且饶人，家和万事兴。中国哲学的源头是《易》，中国传统文化的核心是"和"。《将相和》

就取材于成语"负荆请罪",就是极力推行"和"的思想。如今,"和"字在中国是一个热词,"和"思想成为经济社会的指导和布局,和谐社会成为今天中国的建设目标。

将相"和",社会"和",同事"和",家庭"和","和"需要责任;"和"需要贡献;"和"需要人文关怀。殊不知这个看似浅显的道理,多少人明白不过来;多少人为之推诿;多少人为之相互指责。我们不妨吸取下面这句话的哲理:"雪崩的时候,没有一朵雪花觉得自己有责任。正如压垮骆驼的看似是最后一根稻草,实则是累积的稻草,它们共同压垮了骆驼。"

推而广之,"和"奏效于国家关系、地区关系、行业关系、同事关系、朋友关系以及家庭关系、夫妻关系等。和谐之道也包含着和而不同。和而不同,最重要的是保持自己。我觉得在男女关系里,最重要的是做真正的自己,找一个谈得来的人一起分享彼此的世界。我们之间的爱让彼此有营养,彼此有尊重,彼此有责任,彼此都放松。爱让彼此的生活更加美好,富有诗意。如果没有基于充分自我呈现的基础,所有的爱和占有,都只会让对方变得面目可憎。

学习这首歌里 Take it easy 的人生态度,在这里我们并非在提倡逢场作戏 Take it easy,正如那句"谁先认真谁就先输了。"而是将 Take it easy 的人生求真的态度贯穿于生活的方方面面,切记夸大较真片面性,正如"人潮人海中,有你有我,相遇相识相互琢磨",琢磨来琢磨去,有琢磨的工夫不如真诚走进,微笑 Say hi。

真诚人生,风雨压不垮,苦难中开花。对周围人的苛刻和刻薄说 Take it easy,对自己年轻时鲁莽的过错说 Take it easy,对无法追求完美的残局说 Take it easy。洒脱一些,一笑而过,找到下一个让自己立足的点,舒服凉快地待着。

Take it easy!

| 穿越 66 号公路 |

"为了我的父亲和家庭，我应该牺牲"
——对话 Standin On The Corner

Standin On the Corner 是一家礼品店，正对着 Take It Easy 的街头雕像，走过斑马线，就来到了这家店。大部分游客都会被店门口音响里恰到时宜的音乐所吸引，因为基本上每天从早到晚这里都在放同一首歌，那就是 *Take It Easy*。

"这个店之前是一个药店，后来是一家叫作 REMINDER 的当地报纸，再后来就被闲置了，直到 1972 年我父母开始经营，而这是我经营的第九年，小店有四个员工，每天大概有 200~500 个人到访，已经有 43 年的历史了。"老板娘 Myers 告诉我。

Myers 之前生活的地方离这里不是很远，叫作 Heber-overgaard，是一个很小的镇，只有 3000 人口。在 Heber-overgaard 的时候，她有自己的房地产估价公司。1998 年，由于爸爸被检查出患了癌症，他没有办法继续顾店，而他又放不下这个店她才决定接手的。

"我们原本是准备卖掉小店，但是一时半会也不好出手，如果长期关闭，那么就更不好出手了。没有选择的情况下，我只有放弃自己的公司来顾店，

07 "大峡谷之州"亚利桑那州

没想到后面店越开越火,我也就长期扎根这里了。最不可思议的是我的爸爸现在身体已经痊愈,我的老公也搬到了温斯洛,大家住在一起。"

"不容易,我之前接触的大部分美国年轻人都更多是坚持和追求自我,你不一样。"

"为了爸爸,为了这个家庭,我牺牲了我的事业,但我也从中收获了很多。"

"我真为你感到高兴,从你身上我学到了什么是为家庭牺牲,特别是当家庭需要的时候,谢谢你。"

Tips

Standin On the Corner: 100 E. Second St, Winslow.
第二大街东 100 号,温斯洛。

| 穿越 66 号公路 |

66 号上拜见"外婆大人"

　　DAR'S DINER 离"Standin On the Corner"步行一分钟,几乎是在它的斜对面,正值中午,我肚子咕噜咕噜开始叫了起来,我选择了一个靠吧台的位置坐了下来。

　　服务我的是一位年纪很轻的小女孩,胖乎乎的脸蛋,长长的睫毛,见我走进,有些故作成熟地站在吧台后问我要吃什么。四目相对时脸上瞬间挤出微笑,一边不时忍不住好奇地偷偷观察我这个并不多见的亚洲姑娘,一边又不时放开嗓子叫 Grandma(祖母),这一桌点了些什么,那一桌点了些什么。

　　放眼望去的 Grandma 是一位瘦瘦的女士,和同龄的美国大妈不一样的地方是,尽管她上了年龄,但体态纤瘦轻盈,皮肤白净,精神矍铄,很显年轻。她站在吧台后的收银台前,像个小陀螺一样在吧台、厨房、餐桌、电话之间转来转去,我就坐在离她最近的位置,只见她不时从身后的厨房传菜给每一位客人,不时回答孙女的问题,面前还摆了至少四张账单,手指如飞地在计算器上点着,打开收银台,找零,笑脸迎客,接电话,再寒暄上几句送走客人,一副笑容可掬、精明能干的样子。

　　"她叫您 Grandma,难道您真的是她的 Grandma?这么年轻?"

07 "大峡谷之州"亚利桑那州

"对,我们是一家人。"Grandma 向我指指,"你看那是我的女儿,那是我的侄儿,这是我的孙女,还有那边那位是我的阿姨,他们都过来帮忙。"

怪不得店里满是铺面而来的温馨的味道,每个人尽管忙忙碌碌,却又各尽其职,笑容可掬,配合娴熟,原来这是"家"的味道。尤其好喝的是 Grandma 自制的汤,也不像其他饭店一样讲究,若揭开锅盖,锅里还有,就给你盛上一碗,若没有了就没有了。

Grandma 告诉我,她来自亚利桑那州,在凤凰城做了 25 年的 Baby Sitter(保姆),感到已经没有兴趣了,生活特别没劲,于是回到这里开始经营这家餐厅。

"3 年过去了,每天生意都非常好,平时家里人有空也都会过来帮忙。"

Grandma 送了我一件她们店里的 T 恤,我拿着 T 恤,让她侄儿帮我们合影留念。

"Grandma 您多保重哦,我很快会再回来看您的。"

TIPS

DAR'S DINER: 107 W. 2nd, Winslow.
第二大街西 107 号,温斯洛。

惊悚鬼城"双枪"

Two Guns"双枪",一听就是狂野的西部牛仔飞扬跋扈的自由之地,步进 Two Guns 的直观感受是,这是一个荒得长毛的地方,一个让人毛骨悚然的地方。看似恐怖片的布景,又像是美剧和电影中交换毒品的场景:诡异、倒塌、破裂、裸露、涂鸦、残破、枯树……于我而言,还真有些步步惊心!

66 号公路上有美丽的风景,自然也会有一些独特的、恐怖的地方。鬼城,并不是真的有鬼(尽管也有相当多关于鬼城闹鬼的传闻),而是缘起于修建铁路或淘金热潮,后被废弃的小镇。小镇依然保留着昔日生活过的痕迹,却不再有人居住,空荡荡的街道和建筑,犹如暴晒在阳光下的一具具尸体,散发出诡异的气息。

1882 年,由于修建铁路桥,大峡谷边上的"双枪"镇突然繁华了起来,在短时间内人口增长到 2000,居民多为筑路工人、罪犯、赌徒和妓女。由于没有执法者,这里异常凶险。小镇中间的石板路叫作"地狱街",当时拥有十四家酒吧,十家赌场,四间妓院和两家舞厅,且二十四小时开放。小镇的第一个警察下午三点宣誓就职,晚上八点就被杀害,接下来的五个警察也

07 "大峡谷之州"亚利桑那州

相继被杀，最长的一个任期不到一个月。十年间，小镇尽头墓地出现的新的35座墓穴，全都死于非命。这段背景着实让人闻风丧胆，还好在第一次踏上"双枪"时，我并不知道这些历史。

"双枪"并不好找，地图上显示在高速I-40的230号出口，Flagstaff（弗拉格斯塔夫）向东30迈的地方。但高速是由东向西的方向，而"双枪"在高速的左手边，并不顺路。于是我兜了一圈，调头由西向东，专程绕道去"双枪"。

"双枪"曾经可是一个车水马龙之地，是19世纪Navajo（纳瓦霍）和Apaches（阿帕奇）之间的最大连接点，是第一个被公认的最容易进入Diablo峡谷的地方，最开始它的名字是"Canyon Lodge"，后来重新命名66号公路的时候，它的名字也就改为了"双枪"。而双枪的来历是源自这里曾经有一个叫作亨利米勒的业主，他自己给自己的外号是双枪米勒"Two Gun Miller"。

"双枪"的镇口在高速路边，有一块早已荒废斑驳的木牌上面有Two Gun字样，从镇口往内眺望，真是方圆几十里空无一人。我突然犹豫了向前的部分，心中充满了害怕，害怕是因为"双枪"并不像一般的鬼城，能够开进去，然后有主街，四通八达，视线开阔。"双枪"的入口很窄，小镇的牌子虽然临近高速路，竖在几步之遥的草丛里，但是牌子之后，开进小镇的路，却是一条窄窄的双车道，而且是弯曲的，双车道两边的草，也长到了快半米高，我心想这开进去要有什么状况，可是来不及加速调头逃跑的。

"双枪"最著名的标志，是两墩画有举枪牛仔的水泥石柱，石柱直径一米多粗，约三米高，上面分别是一名举枪的牛仔，一左一右，一前一后，像是站在小镇入口的两侧要上演一番你死我活的枪战。左边的男子包着头巾，长长的枪管直指前方，嘴角不屑，表情和眼神都极其凶险，一副江洋大盗的彪悍模样；与他对决的是一名牛仔，宽大的牛仔帽下一幅机智神勇的眼神。

| 穿越66号公路 |

07 "大峡谷之州"亚利桑那州

"双枪"两墩石柱的后面,有一块空地,一颗非常茂盛的大树在空地中央,大树不高,却枝繁叶茂,呈规整的半圆形状,像一个矮胖矮胖的墨西哥人,这和周围的荒芜形成鲜明对比。大树背后,是一家废弃的印着 KAMP 字样,房顶呈三角的两层楼建筑,房顶是橘红色的木头,门已经没有了,里面空荡荡的。房子外面填充了各种涂鸦,夸张的眼睛,露出嘴的獠牙,黑色的字母,大树的背后是荒原,地面是黑色的砂砾,不均匀地分布着一撮又一撮的草,有的半米高,有的露出地面一点点,在阳光的照射下,草的颜色呈浅黄色,枯黄纤细,甚至有些发灰,远远看上去像是这片疮痍之地细细的绒毛,因此"双枪"在我印象中成为了"一个荒得长毛的地方"。

尽管当时的我并不了解"双枪"凶险的历史故事,但当我走进后的确被一种恐惧感侵袭,原本我只是停车在镇的路口准备步行到"双枪"拍几张照片,可当我步行到一半的时候,我回头看看我的车,车在靠近高速的那头。而要去到的"双枪"在道路的另一头,尽管我能看见那片空地和那棵大树,但我内心开始隐隐害怕,仿佛草丛里藏着不被告知的秘密,只身进入有些不妥。于是我重新返回到车上,然后缓缓开车进入小镇。并且将车掉好头,让车头对着小镇出去的方向,靠着大树,才停了车。

停在大树边上,背后就是那栋被荒废的三角形房子,我突然不敢进去,表面的荒废和平静,似乎只是冰山一角。我脑子里浮现出的是美国惊悚电影《人类清除计划》(*The Purge*)的凶杀场景:黑帮枪战、一个棒子一敲,整个人就被拖走了、藏尸、变态杀人狂、施虐;《绝命毒师》里墨西哥人的土炸弹……

路口水泥柱上那个凶残的眼神反复在我脑中里重现,我感觉非常不好,甚至觉得我自拍时,脑袋后面凉飕飕的。会不会突然一个变态狂从后面袭击我?会不会拍出来的照片回家放大看时发现身后有白色幽灵?阁楼里面会不会有把枪正对着我?万一黑道上的人正在里面进行毒品交易,我是不是会被

| 穿越66号公路 |

07 "大峡谷之州"亚利桑那州

杀人灭口?

于是,我收起三脚架,开车,一溜烟离开。

向西北行20英里,从40号高速233出口向南,通往著名的"陨石坑"(Meteor Crater)。15美元的门票,我进入了这个巨大的天坑博物馆,在室内展厅,走廊里有一个报童雕塑,他在奔走叫卖,手里的报纸头条标题是:"天塌了"(The sky is falling)。

50000年前,一颗直径50米的镍铁质陨石以时速46000公里撞击在亚利桑那州北部的沙漠里。在撞击的瞬间,大部分石体蒸发消融,留下这个周长2.4英里、深度550英尺的大坑。它的面积相当于20个足球场。在20世纪60现代,美国国家航空航天局(NASA)在坑的底部中央训练宇航员,为"阿波罗"号宇宙飞船登月做准备。

沿着步道走在天坑的外围边缘,风特别大,炎热无比,除了

| 穿越66号公路 |

天空飘动的白云，寂静，隐约还能看到"阿波罗"号训练基地残存的院子、褪色的星条旗、破旧的宇航服。

66号公路204号出口是Winona（薇诺娜），这里没有景点，只留下了一首Bobby Troup的经典歌曲：*don't forget winona*（不要忘记薇诺娜），我当然没有忘记，于是专门穿城而过，算是对这座小镇的怀念吧。

Flagstaff（弗拉格斯塔夫镇）是亚利桑那州年均温度最低的一座镇，七月平均气温19度，一月零下3度。Flagstaff地处凤凰城北部、科罗拉多高原南缘，坐落在亚利桑那州最高峰——圣弗朗西斯科山脚下，四周被葱郁的国家森林环绕。这里是距科罗拉多大峡谷最近的一个有机场的镇，同时交通四通八达，是去往附近知名旅游区的大门，包括大峡谷国家公园、核桃峡谷、落日火山遗址、葛兰峡谷、巴林杰陨石坑、鲍威尔湖等。多样的地形、清新的空气和晴朗的天气像磁石一样吸引着世界各地的露营者、背包客、攀岩者、山地自行车者来此挑战。

日落火山国家纪念公园（Sunset Crater Volcano National Monument）的历史可追溯到1064年，听着这个名字我脑海里幻想着灾难电影《2012》里火山爆发的镜头，落日余晖中，我竟然在一个非常安全的地方，看火山岩浆不断喷射。

还是眼见为实的好，看不成火山爆发，去看看火山长什么样也是极好的。

驱车沿着89号公路，Flagstaff外约15迈左右进入火山公园，正值日落时分。沿着公园的小道行驶，慢慢发现路是在向着山顶攀爬，而放眼望去，这座山的山体和路面，是我从来没有见过的黑色，除了道路两边一片片绿色郁郁葱葱的树林外，整座山都是黑漆漆的，偶尔也能看到一簇鲜红色的不知名的花朵。

我下车用手捧起一把黑色物质，在掌心仔细端详，看到蜂窝般的小窟窿，才恍然大悟手上的"土"是火山爆发留下的煤渣（Cinder）。正是因为煤渣的覆盖，减缓了土壤的水分蒸发；而煤渣的下面，是火山灰与煤渣的混合物质；再往下面，才是土壤。原来我看到的整座山都是火山爆发后留下的活化石。再蹲下来看看那不知名的花儿，花朵极其小，红颜色异常绚丽，野蛮生长，让我不禁感叹："真是一方水土一方花"。越是环境恶劣的地方，越能养出颜色艳丽、生命力顽强的花朵。就像我们中国的格桑花，同样也是小小的花朵，虽生长在自然条件恶劣的高原烈日下，却能迎难而上，绽放美丽。

天黑前掉头回到 Flagstaff，沿着 66 号老街，一路全是 Motel，我选择了一家价钱实惠的店，一位印度人为我办理好手续，下车感觉寒冷逼人，隔壁的几位户外爱好者在夜色中小酌，我向他们点点头，将三个行李箱搬到房间，钻进被子里，一夜睡到天亮。

TIPS

Two Guns（双枪：高速 I-40 230 号出口。）

Meteor Crater（"陨石坑"：从弗拉格斯塔夫向西北西北行 20 英里，从 40 号高速 233 出口向南。）

Sunset Crater Volcano National Monument（日落火山国家纪念公园：经 89 号美国高速路，从弗拉格斯塔夫向北 15 迈。）

| 穿越 66 号公路 |

Every Dog Has His Day
——记我的黑人朋友 Justin

　　距离 Flagstaff 约四小时的车程，是亚利桑那州最大的城市 Phoenix（凤凰城），我的好朋友 Justin 就住在这里。

　　Justin 是我在密苏里上学时认识的，来自尼日利亚，化工工程的硕士，30 岁。他喜欢足球，记得第一次和他聊天，当我谈到他们国家足球队的外号——"非洲绿鹰"表现不错时，他立马对我刮目相看。Justin 个头有一米八几，尽管看上去很壮实，性格却内向而稳重，黝黑的皮肤和满头小圆圈的自来卷发下，有着一颗火热的心。他并不像街头或酒吧里，我们无意撞见的美国黑人，那种一眼看上去就很痞，带着挑衅和狂野的眼神，无处不在张扬狂野霸道的气息。

　　刚认识 Justin 那会儿，我们经常一起在图书馆上自习，那段时间他每天骑一辆破破的自行车，大半夜泡在图书馆里写硕士毕业论文。中途我们会到图书馆一楼买一杯咖啡，随意聊天。

　　"为什么来美国啊？你之前在尼日利亚工作不是挺好的吗？"

　　"不喜欢国内的环境吧，我自己也想在事业上有更好的发展，所以 29 岁，

07 "大峡谷之州"亚利桑那州

我辞掉工作来美国读研究生,为的就是留在美国,过上更好的生活。我爸爸是尼日利亚的大学老师,妈妈是家庭主妇,我是家里的长子。"

他顿了一顿,"我们一家人都指望着我能留在美国呢"。

继续回到灯火通明的自习室,他继续埋头他的硕士论文,我也继续我的博士论文。我们经常这样一写就到凌晨两点,宁静的图书馆大厅基本已没几个人了,很突兀的广播会准时响起:"欢迎光临Elliys图书馆,我们将于20分钟以后关门,晚安。"于是,我们开始收拾电脑书本,因为我的宿舍在他回家的路上,所以他通常会先送我到宿舍大楼下,然后再骑车回家。

绵长的校园林荫大道,冬日寒冷的凌晨里,Justin喜欢单手把着自行车的龙头,车子在雪地里留下歪歪扭扭的痕迹。

Justin的家在离图书馆不远的一座别墅里,第一次去的时候,我还挺吃惊,没想到这小子住得还不错嘛。结果他带我绕到别墅的背面,顺着一个铁栏杆继续往下走,原来地下室才是他家的门。我仔细打量,地下室有一半的窗户在地面,一半的窗户在地下,进屋就是厨房的水池和炉灶,房间是不规则的形状,不规则的卧室,一间卫生间,一间卧室。

我打开冰箱,发现里面居然什么都没有。"走,我带你去超市买点日常用品吧,你什么吃的都没有怎么活啊?"

那时的Justin还没有买车,冬天里在美国没车是很难去超市的,如果再赶上一场暴风雪,好几天出不了门,冰箱没有储备那是很不合适的。Justin正在收拾洗碗池里的碗,他将头靠在脑袋跟前的橱柜沿上,一动不动。

"你怎么了?"

他没说话,过了很久,才回答我:"没什么,只是有点累。"

那一刻,我感觉他沉浸在自己的负面情绪中,似乎对生活很无力,但他没有深入表达,我想问,但碍于文化差异,作罢。

终于等到了他论文答辩,我受邀请参加了他的答辩仪式,看见了西装革履的他在小心翼翼地调试投影仪,一副认真的模样,见我来了,他邀请我坐下。不一会儿,他的答辩导师也就座了,他开始毕恭毕敬和每一位导师打招呼,点头哈腰的样子,这和狂野的黑人作风差别大了去了,即便是白人,也是比较随性的实用主义,而眼前的 Justin 倒是和我们亚洲人尊师重教的风格比较一致。

过了一周,Justin 告诉我他收到了 INTEL 的面试通知,要去凤凰城面试。我还模拟面试官问他各种有可能遇到的问题,最后送他去了机场,看着他离开的背影,我在心中默默祝福他,而我直觉告诉我他一定会成功。面试后的第二天,我接到他从凤凰城打来的电话,说面试感觉还不错,他喜欢 Chandle(距离凤凰城 20 分钟车程的一座城市),冬天里天气也很暖和,四周有山。

"是不是像你的家乡?"

"是的。"

"那太好了,你就要开始新的生活了。"

"谢谢你在我最困难的时候鼓励我。"

圣诞节后的一月初,Justin 要准备去凤凰城入职报道了。

07 "大峡谷之州"亚利桑那州

这期间，我还抽时间陪他买了一辆现代的二手车，临行前的一日，帮他将所有的家当，包括锅碗瓢盆、塑料饭盒、无数的袜子和白色 T 恤（至今为止搞不明白他为什么会有超过 20 件以上一模一样的白色 T 恤），各种罐头装的香料等，全都塞进了他新买的车上。

他取下了他那挺深灰色的毛线帽子，套在我的头上。

"送给你，我在那边用不上了。"

"好臭啊，我才不要呢。"

我笑着开起了他的玩笑。

突然 Justin 就哭了，本来眼白很多的双眼，突然开始泛红，然后眼泪就顺着他黑色的皮肤掉了下来。长这么大，可没几个男人在我面前流过泪，黑人，他更是第一个。

"怎么了啊？"

"我不想离开，我所有的朋友都在哥伦比亚，我舍不得。"

此情此景，惹得我也落下热泪。

Justin 走了，一个人开着车，消失在哥伦比亚冬天的阳光里，带着一车的家当，开了两个整天，从冰天雪地的密苏里州哥伦比亚到了艳阳高照充满仙人掌和大沙漠的亚利桑那州凤凰城。

今年暑假，再次见到 Justin，他妈妈刚探望他离开。Justin 很兴奋，开着他的那辆现代到机场接我，脸上也荡漾着自信的微笑，一边开车，一边和我聊天。他带我去见了他的弟弟，他弟弟也从尼日利亚申请到了凤凰城的一所大学攻读本科学位，另一个弟弟在弗罗里达州学习，眼看着一家人即将团聚。

"上天终究是给了谨慎勤恳的你一个不错的回报，我真为你感到高兴，那句话怎么说来着……"

"Every Dog Has His Day.（人人皆有出头日）"

我们几乎异口同声，相视而笑。

| 穿越 66 号公路 |

圣地洗礼
——印第安人圣地 Sedona

　　Sedona 原本不在 66 号公路上，因为在 Flagstaff 游客中心访问时，前台的白人小哥一再向我推荐这个地方，凭借着对敬业而真诚的白人小哥的信赖，再加上本身距离也不远，Flagstaff 向南 30 迈，我很快就抵达了 Sedona。它位于亚利桑那州首府凤凰城和大峡谷之间，被印第安人传说直通圣灵的地方，一些新时代的信徒甚至认为那些砂岩阵散发出强大的精神能量。Sedona 曾经列为全美最漂亮的十个地方且排名第一。穿梭在被点点绿色小灌木树点缀的幽静山谷里，道路时而曲折，时而笔直，与之前完全笔直向前延伸看不到尽头的 66 号不同，你能看到尽头，有起有伏，时而开阔，时而又仿佛置身在树林中穿梭。

　　Sedona 是一座典型的旅游小镇，人气很旺，市容整洁，有林林总总的纪念品店和旅游接待中心。走进一家叫做 Sedona's tree house（塞多纳的树屋）的精品店，里面兜售着各种各样的用金属和石头做成，用胶水粘在一起的各种造型的"树"，树枝的弯曲的弧度，树叶上的脉络，小石头和细细的金属丝缠绕的果实，都非常精致。老板娘告诉我，店里的作品全是出自当地艺

07 "大峡谷之州"亚利桑那州

家之手，而这些石头也都来自亚利桑那。

隔壁是一家取名为 Sedona's treasure chest（塞多纳的百宝箱）的精品店，门口橱窗里摆放着一个印第安人造型的小人雕像，半米高，全部用金属丝和金属网做成，薄薄的金属网像一层纱一样被小人披在身上，颜色和质感都恰到好处，真是让人叹为观止。

镇中心，有类似像竖琴一样的打击乐器，引来不少过路游客敲敲打打。几家旅游接待中心，提供包括热气球，直升机以及粉红色吉普 Trail 等旅游路线。

在游客接待中心拿到地图和掌握足够的信息后，我决定自己开车去探索周边的红岩景点。车还开在高速公路上，前方已经陆陆续续有红岩山体涌现，像是穿梭在视觉特效的电影大片里，再往前开，高速公路两边是造型各异的红岩山体，像是进入了西部奇幻电影拍摄的取景地。山不高，光秃秃的几乎没有植被，有的像一只钟，后来才知道那是大名鼎鼎的钟石（Bell Rock），也有屏风般兀立的法庭山（Courthouse Butte），还有的两三座山峰连在一起，流连于奇峰异石的环绕，拍照到手软。

最终我将车停在一个 Trail 的公共停车场，准备挑战一下攀登红岩，我先是沿着小树林走山路，树荫稀稀拉拉，且越来越少。在沙漠地区，尤其要当心不要被仙人掌扎到，还有随时可能出没的蛇和蜥蜴。我走了不到五分钟，看到了眼前光秃秃的岩石山峰，绿色植被和小树被仙人掌所取代，漫山遍野的全是大片大片的仙人掌和叫不出名儿的像草又像灌木的矮矮植物。但大部分的地方都是红色的地表，没有植被。

再往高处爬，红色的地表也没有了，只剩下巨大的石头，若想攀上那威武的岩石山峰，只有从石头上爬上去了。我抬头打量着这约 60 度倾斜的石缝，像是大山的屁股沟，手脚并用，尽量找到能让脚受力的点，向上攀爬，人几乎被晒的流油，还好不时吹来阵阵微风，尽管很晒，但温度并不算高。

| 穿越 66 号公路 |

塞多纳（Sedona）又被称为红岩之城。Red Rock，红色的岩石，红岩的形成过程需要上百万年，大海退去后，沙石层和石灰石层留在了地面上，最终铁的氧化物覆盖了沙石表面，并且形成了红锈，变成红岩。大自然鬼斧神工的红色岩石，形成了让人叹为观止的景致。

07 "大峡谷之州"亚利桑那州

约十分钟后，我抵达了山顶。此时，风变得大了起来，衣服被吹得呼呼直响，脚下的碎石在风中滚动，这力量似乎能把人刮跑。尽管没有一丝灰尘，却吹得让我有些害怕，山顶上也几乎没有别的人。我心想，我要是就这样被一阵大风刮走了，是不是就从此失踪了？我又会被带到哪里？

　　环视四周，我已经站在最高处了，周围的山峦全在我的俯视范围内，放眼望去自己被一片浩瀚的红岩世界所包围，朵朵白云漂浮在脚下，长久的凝视，我仿佛变成了一只小蚂蚁，忘记了时间，忘记了地点，忘记了自己，有种力量正将我托举起来，而我就在这 On the top of the world，那么远，那么近，开始出现幻觉，自己进入了一个与世隔绝不为人知的境界。

　　有人说 Sedona 被认为拥有许多超自然的神秘力量："只要你踏上这红岩之地，就足以活化你生命能量，改变你的人生感悟。"每年都有许多朝圣者和术士前来朝拜，补充生命之能。

我在岩石上躺下来，与仙人掌为伴，试图去感受书里所描述的来自灵界的神秘力量。

想起曾经看过的一篇报道，有一位来自波兰的自行车手及冒险家 Michal Kollbek 一路沿着红岩公园著名的"白线"（White Line）骑行，在几乎垂直的悬崖绝壁上抗拒地心引力，完成高难度的穿行任务。

在接受采访时 Kollbek 表示，"征服这段路程全靠意志，我对我的车技有信心，最关键的在于克服对于潜在危险的恐惧心理，所以我的注意力完全集中在眼前的道路，而不是周围的环境。"

是的，最大的恐惧是恐惧本身，当下的心无旁骛才能成就不可能完成的事，既然选择了冒险，就没有了再回头的路。

临走时，我从地上捡了一块小岩石，装进裤兜里，希望能将时光停留，把这神秘力量储存起来，时刻带在身旁。

| 穿越 66 号公路 |

致敬大峡谷

　　尽管这个世界上有很多人，熙熙攘攘，来来往往，但还是有些人能让你在这喧闹人群中一眼认出。同样的，这个世界也有很多地方，你会有机会驻足，但你也会发现只有那么一个是除了家以外，你最想安放灵魂的地方。

　　第二天原本是要沿着 66 号去 Willams，唯一还有些牵挂和纠结，来 Flagstaff 的游客基本都有一个共同的目的，去大峡谷，这里是进入大峡谷的最大交通枢纽中站镇，要不要去趟大峡谷呢？纠结的是去年我已经去过了一次，可是去的印第安人纳瓦霍族（Navajo Nation）保护区内的西峡谷，当时是换乘了印第安人的环保小巴士，进去后发现全是中国旅行团，排队等候着大峡谷玻璃门，直升机到谷底参观等项目，而不是通常美国人自驾前往的大峡谷国家公园。

　　开着开着，方向盘开始不停使唤，猛地掉头，我变道向着大峡谷开去，还是听从内心的召唤吧，都已经到这门口了，不去向我最爱的亚利桑那州（State of Canyon 大峡谷之州）致敬，于情于理说不过去，不就耽误一天吗？

咬咬牙，明天早起补上就是了。

"YOLO"（You Only Live Once），公路荒原里树立着一块大峡谷航空公司的广告招牌，"一辈子只活一次"，尽情地做自己吧，美国精神无处不在。

科罗拉多大峡谷（the Grand Canyon）是世界上最大的峡谷之一，也是地球上自然界七大奇迹之一，总面积接近3000平方千米。大峡谷全长446千米，平均宽度16千米，最深处2133米，平均深度超过1500米，总面积2724平方千米。

当我站在大峡谷的面前，俯视脚下谷底经历了20亿年岁月变迁的岩石，相当地球一半的年龄的岩石后，我为自己掉头前来的决定感到英明，也为眼前令人不能置信的壮观而惊叹。在英语单词里，Grand是雄伟、壮观之意，这里被翻译为了一个字"大"，想想也只有大峡谷才配得上Grand这个词吧。

早在5000年前，就有土著美洲印第安人在这里居住。1890年，美国作家约翰·缪尔游历了大峡谷后写道："不管你走过多少路，看过多少名山大川，你都会觉得大峡谷仿佛只能存在于另一个世界，另一个星球。"

此言不虚，大峡谷的气势磅礴自然不必赘述，至今还有印第安人生活在峡谷里，与各种小动物与生灵们和谐共处。这是一个与地球同龄的活化石，一个充满灵气的圣洁之地，它不属于地球。

峡谷纪念品商店里飘出印第安人古老神秘的音乐，穿插着听不懂的喃喃细语，说不出名字的乐器混杂在一起，闭上眼用心去感受，我看到了这样的一幅幅画面：

朝霞在黑暗的夜幕上洒上了黎明的彩色斑点，太阳从地平线上冉冉升起时，彩光四射的辉耀宣告了新的一天的到来，峡谷里的生灵缓缓苏醒。

寂静而神秘的沙漠里，太阳明亮的光线反射到雄伟的岩壁上时，五光十

| 穿越 66 号公路 |

色的光芒倾泻于大峡谷附近的沙地上,好似在巨大的画布上浓重地涂满了大自然本身的种种混合颜料。

  一道夜晚的阴影在金黄色的天际掠过。黄昏时分的平和与幽暗慢慢降临到峡谷上。而当夜幕将峡谷笼罩在它黑暗的斗篷中时,远处传来了几声野兽凄厉的叫声。

07 "大峡谷之州"亚利桑那州

  大峡谷的暴雨格外壮观。转瞬之间,闪电划破漆黑的夜空,勾勒出峡谷岩壁的轮廓;震耳欲聋的雷声不绝于耳;暴风骤雨铺天盖地席卷而来,具有压倒一切的威势。雨过天晴,大峡谷在月光中展现出另类焕然一新的英姿。

| 穿越 66 号公路 |

威廉姆斯小镇
——大峡谷之门邂逅牛仔文化

走了四天，还在 Flagstaff 打转，原计划早就奔向加州，结果每天走的距离越来越让人着急，沿途有趣的人和故事像无数的插曲，搭讪，被介绍，再搭讪，早上还是陌生的城市，晚上已经有不少的朋友，这都是我无法快速前行奔向终点的理由。

Williams（威廉姆斯）同样也是真正的一座来了就走不了的城市，原本只是靠边停车拍摄 Williams 镇 ROUTE 66 的标志，却意外发现一个 Cow-boy 的礼品店；进去和店主人聊了半天牛仔文化后，返回车的路上再次重逢了 Cow-boy 店里认识的 John；在他的热心介绍下我去拜访了曾经在洛杉矶做警察的 Buck，一名真正的牛仔；再在 Buck 的店里遇见做了 40 多年电台的 Leslie Plotkin，他邀请我去参观他的电台，落日时分和电台当天的 DJ 聊天，又有一名当地的独立记者 Glen Davis 在电台中因听见了我的介绍赶过来找我聊天，聊完以后，已经晚上八点。就这样我在 Williams 忙碌地逗留了一天，听了不同的故事，最后在夜色里的酒吧休闲，当我和周围人说说笑笑时，环视身边曾经的陌生人，现在都成了新的朋友，这座城市也不再是早上来时的

07 "大峡谷之州"亚利桑那州

陌生。不禁感叹：美国真是一个开放的国家，只要你的初衷是真诚和友善的，别人就会为你敞开大门。世界很大，但世界也没你想象得大，世界是闯出来的。

早上从 Flagstaff 出发，十点便抵达了 Williams，刚进城时留意到马路右手边的铁路，几节写着 Santa Fe 的废弃火车陈设在铁路轨道上，火车头的旁边有一块印着 Williams 城市名字的 66 号公路盾形标，于是我靠边下车。

小镇西部色彩浓厚。小镇虽小，却是最有 66 号公路怀旧风情的地方。沿路几百米铺开了几十家各种 66 号公路主题的商店。各种精心设计的路牌、老式汽车、广告画，吸引着人们走进探究。最极致的商店要数"生锈的螺栓"（Rusty Bolt），长形的商店分为红白黑三个部分，上面放满了各种模特，他们分别扮演着牛仔、嬉皮士、妓女、混混等。

威廉姆斯镇的名字是为了纪念当地早期赫赫有名的猎人和向导威廉姆斯而命名的。曾经，这里只是一片荒地，慢慢吸引了一些放牛放羊的人陆续在此定居。1881 年，第一个邮局开设，1882 年铁路开通时，小镇已有 250 多位居民。而到了 20 世纪初的时候，小镇已经充斥着牛仔、伐木工、劳工以及铁路工人，等等。66 号公路的修通，为小镇带来了前所未有的繁华。

| 穿越 66 号公路 |

07 "大峡谷之州"亚利桑那州

| 穿越 66 号公路 |

Jay Redfeather 与他的 Open Road Cowboy

街头一家玻璃橱窗上写着 Open Road Cowboy，一家牛仔主题的精品店，我立马扎了进去，这里简直是牛仔珍品的世界：皮质的手工艺品；镶嵌着铆钉的二手牛仔皮夹克；鞋尖翘翘绣着精致花纹的牛仔靴；墙上挂着黑色和米色的各式牛仔帽；玻璃橱窗里是各式的长短枪；皮具的枪套，钱包，装酒的袋子，绑在牛仔帽上的装饰带；皮质的镶嵌着不同颜色宝石，和金属链条交叉捆绑在一起的手链和项链；还有一些我在西部电影中看见过，说不出具体名字的牛仔饰品。

老板头戴咖啡色牛仔帽，白花花的胡子整齐地垂在胸前，正在玻璃柜台后面的工作台上往皮革上涂胶水，好似在做皮带，他对我微笑："你好啊。"

"老板你的店真有特色，我特别喜欢牛仔的东西。"

老板叫 Jay Redfeather（红色羽毛），从这个红色的羽毛可以看出他是印第安人，在后面的对话中这一点也再度得到了验证。Jay 的这家 Open Road Cowboy 店是 2014 年 6 月才开的，之前他有一家类似的店在街的对面，但是目前的这个店规模更大。Jay 告诉我他从事这一行业已经 30 年了，主要是做牛仔系列的手工，自己还画画，墙上一幅裱在相框里的印第安人头像就是他创作的素描自画像。

"你眼中的牛仔精神是什么？"

"自由。"

Jay 听说我从上海来的，自豪地看着我的眼睛说："我曾经为《西域威龙》(*Shanghai Noon*) 这部电影的男主角成龙制作过 Chaps（像裤衩一样保护大腿的皮草）。当时电影的导演找到我，付了我一千刀。那也是一部关于西部牛仔主题的电影。"

| 穿越 66 号公路 |

Jay 还曾经为其他的一些电视剧提供道具，他将道具卖给 Warehorse，剧组会从那里购买。

"你有没有听说一部叫《天地无限》(*Open Range*)的电影？里面五个中国女孩解救了一个牛仔，饰演主人公的演员叫作 Robert Duvalle。"

他应该很期待我看过，但我的确没有，只好回答："应该很不错，我回去一定找来看看。"

离开前，我在 Jay 的店里选手链。一只是纯黑色，由金属链条和黑色皮革环环相扣，有一些机车的风格；另外一只是棕褐色的硬皮，中间镶嵌了一颗深蓝色的椭圆形宝石，远远看去就像是印第安人的一只眼睛。

"这是你家店里我唯一能消费得起的东西了。"我开玩笑地对他说。

"他们都很配你。"

我决定两只都买下，付钱后和 Jay 告别。

"其实我真正的身份是牛仔"

Buck Williams 是在大街上重逢 John 时他向我介绍的，他说："你若是想要了解牛仔文化，去找 Buck 是最合适的人选了。"热情的 John 兴冲冲地将我带到一家 Buck's Place 的店里，说明意图后，出乎我意料的 Buck 居然很正式地面朝我退后半步，像一个绅士一样向我半鞠躬，然后伸出手和我握手。

"听说您以前在洛杉矶做警察，为什么来到这个地方生活？"

"因为我的名字里也有一个 Williams。"

"就这么简单？"

"就这么简单！"

周围人都告诉我 Buck 是一名真正的牛仔，他曾在 2008 年在 Okhma City 举行的美国牛仔大赛中获得 Fastest Gun 全国第五，Bullwhip 全国第七的荣誉。为了向我展示他挥舞皮鞭的英姿，以及怎样真正既快又有技术含量地玩鞭子，Buck说你来，跟我出来。说话间他取了一个晾衣服的架子，几支吸管，然后放在自己店门口的人行横道上。只见他将吸管的一头插进晾衣架侧面的缝隙里，然后叫我稍微闪开，我躲在路边角落，只听"哗"的一声，耳朵就开始叫嚣了，云里雾里了半天才发现Buck已经完成了表演。而此时，我的听觉还停留在那一声响亮的皮鞭声中，从来没有听见过如此嘹亮，而又能瞬间钻进你耳朵里的声音，着实给了我个下马威。这皮鞭，可真厉害。

路边开始有路人驻足观看，Buck说你检查那吸管，是不是被扇断了？那是必须的。Buck说刚才你看到的是皮鞭落一下，事实上，还有不同的玩儿法：比如，我可以在空中挥舞一个来回的，皮鞭下的时候断一根吸管，鞭子回的时候再断一根吸管；我还可以一次性断三根管子，下的时候断一根，然后在空中一个跟头断两次。几声嘹亮的皮鞭声在耳朵里连续叫嚣后，云里雾里的我对Buck更加崇拜了。

"作为一个牛仔，从装扮上怎么看出来呢？"

Buck把我拉回到店里，一边说，"我带你看看"，一边在店里环视。

"这是Hat牛仔帽，"他取下他的帽子，平放在玻璃柜台上，"你看我的帽沿是平的吧，记住如何真正地辨别一名牛仔。如果这个帽沿是平整的，而且带着系在下巴上的绳子，那么是真牛仔，牛仔帽是用来防风沙的，我们看到的那种帽沿两边向上翻的牛仔帽，是好莱坞电影里，为了露出男主人的侧脸，耍帅用的，那不是真正的牛仔。"

"Boots（牛仔靴）、Chaps、Guns（长短枪，分别是射程是到街对面的长枪，及面对面射程的短枪）、Belt（皮带）、Vest（类似于皮夹克）、Bandceno（为了防风防尘戴在脸上面纱一样的方巾，如果是女性则是另一个叫法Wildrafs），这些都是牛仔必备的元素。"

"那么Fire Guy和Cowboy又有什么区别呢？"

07 "大峡谷之州"亚利桑那州

"前者是带枪骑马的青年,其中也包括坏人。而牛仔其实是被农场主雇佣,每日赶牲口去吃草,晚上再带着牲口回来,或者一年四季根据季节的不同,赶着牲口去有草的地方放牧。牛仔是自由的,他们可以不断地更换主人,如果在这一个地方呆腻了,或者不喜欢自己的老板,就去下一个地方。你永远找不到他们的踪迹,他们也不会在一个地方停留,像是在流浪,直到他们想要安定下来的一天。"

"你看我这顶帽子值多少钱?"我拿出了好友相赠的生日礼物,既然遇到了行家,索性估个价。

Buck 接过我的牛仔帽,"Stetson 的牌子是好牌子,米色的皮应该是来自于兔皮和 Beaver(狸)皮,这顶帽子若是新的至少 200 刀,旧的也至少 100 刀。你看我的帽子是 Beaver 的,价值 500 刀左右。"

　　"你如果要了解牛仔文化,方圆 5000 公顷有很多的 Ranch(农场),那都有牛仔。所谓的牛仔就是经营农场的人,保护牧场和畜牲,而不是你想象的拿着枪,到处放火的坏人。而女性牛仔也有,但是工作太辛苦,Cowgirl 相对较少。"

　　最后,Buck 决定免费为我的那顶牛仔帽重新造型,由于长途的跋涉以及高温天气,我的帽子已经失去了好看的形状。Buck 先将帽子放在一个球型的撑子上,然后往帽顶喷水,用手做出中间的凹陷,两边突出的形状后,再用一个吹风机吹干,为了让帽子更好地贴合我较小的头型,他还拿出一根带子,重新绑紧,将多余的带子点火烧掉,乘火熄灭前,将单带子的两端捏在一起,天衣无缝。"直到帽子干之前,你都不要取下来,一直带着才能保持形状。"

　　再次带上牛仔帽的我,望向镜子:"活脱脱的 Cowgirl。"

　　Buck 一再叮嘱:"帽子一定不要帽沿平放,而要倒过来,将帽顶朝下,这样帽子的形状才不会消失。"

　　告别时,Buck 再次面向我退后半步,双脚有力地并拢,这次,他对我敬了一个军礼,同我握手言别。

TIPS

Buck's Place: 117 W. Route 66, Suite 145 Williams, AZ
66 号公路西 117 号 145 室,威廉姆斯。

Open Road Cowboy: Williams, AZ
66 号公路西,威廉姆斯。

07 "大峡谷之州"亚利桑那州

莫哈维沙漠里的私人电台

沙漠里的私人电台,让我想到了电影《海盗电台》,癫狂的中年嬉皮 DJ 用一种近似疯狂的口吻,叫嚣乎东西,至情至性,巅峰造极。而沙漠里的电台,像沙漠一样,平平整整,一马平川,在太阳的照射下,沙子随风起舞,变幻莫测,又无边无际。

和 Buck 聊天的时候,Leslie Plotkin 就坐在旁边的小圆桌和另外的几个当地人侃大山,待到中间停顿,一行的朋友说,"LING,你过来认识认识 Plotkin 吧,他可是来自当地的电台哦。"

Plotkin 有别于我认识的其他美国人,是那种表面不太友好,没有笑容,用一种非常冷静,近乎黑帮里混混的,极其江湖的不屑眼神打量你,还老开冷玩笑损你的那种酷酷的男生。他之前在洛杉矶和 Flagstaff 从事了四十年的电台工作,后搬来这里工作,然后因为这里没有电台,于是他自己花钱,向相关部门申请,创办了当地的私人电台 FM KZBX 92。

"电台现在有十二个员工,都是当地的志愿者,他们带着自己的 CD 和 iPad 来播音,非常 Freestyle(随意化),走自己的风格。"

和 Plotkin 聊了一阵以后,我觉得 Plotkin 其实挺伟大的,一边在酒吧打工挣钱,一边却把自己毕生的积蓄拿出来建电台,可他不是为了赚钱,只是为了 Fun(自己开心)。

大家也喜欢他,正如他们开玩笑说的,在这座小城里,没有秘密,每个人都认识每个人,每个人都喜爱他的电台。

"你怎么知道你电台放的音乐符合大家的胃口?"我挑衅地问。

Plotkin 二话不说,扯着嗓门不耐烦地问店里坐着的几桌客人,"你们喜不喜欢我电台放的音乐?"

| 穿越 66 号公路 |

"喜欢，喜欢，太喜欢了。"大家陆陆续续此起彼伏地回应他。

Plotkin 需要照顾客人，暂时离开了。我和 John 还有另外的一位老人聊了起来，Plotkin 时不时瞟我一眼，我在想或许是自己声音太大，太打眼，也可能他看我不太顺眼。可是没想到的是，就在我临走时，他突然走过来对我说：

"你有兴趣参观我的电台吗？我可以帮你约我们下午六点钟的 DJ，你去和她聊聊，如果你想上我的节目，也没有问题，随便发言好了。"

我当然求之不得了。

下午六点，我步行到达 Plotkin 给我的地址，就在 Downtown，在一个停车场的附近。一间白色的简易房子，我不敢确认这就是电台，直到看到房子背后高高的天线，这是唯一有天线的房子，应该就是这间了，陪同我的 John 也说应该就是这里了。房间的门是打开的，两位女士正在有说有笑，其中

07 "大峡谷之州"亚利桑那州

一位就是 Plotkin 介绍给我的 PJ，PJ 应该是她的艺名，她的名片上的真名是 Leslie Stevens，短发、白色 T 恤、宽松的裤子、一幅黑框眼镜，五十岁左右的年纪。我向她自我介绍起来，她对我点头微笑。

"需要我配合你做些什么？"

"您就随意工作，我参观一下，拍拍照，期间不影响您工作的情况下，有想问的问题再随时问您。"

"那你随意。"于是 PJ 开始准备要播放的磁带，打开随身带来的 iPad。

环视房间内部，进门右手边靠墙是电台的播音台、话筒、音响，设备都非常陈旧，像是从上个世纪淘汰下来的，播音台后面是一把椅子，墙上钉上了各种日程表、宣传画、广告页和照片、名片。

六点整，节目开始啦，PJ 先是一段开场白，说了一大堆今天的天气风和日丽，挺让人舒服之类的话，又插入了几个当地的广告，尤其是将每一个咖啡馆的地址完整念了一遍，然后接入音乐。我注意到 PJ 没有任何准备，吧啦吧啦的时候眼睛完全放空，一会儿望向远方，一会儿回到播音台，一会儿还看看我，赤裸裸的脱口秀。

后来她开始说道："今天的 Studio 非常有趣和热闹，一位中国上海的游客 LING，自驾 66 号公路在此停留。"

PJ 告诉我在电台工作只是她的个人乐趣，她和在这里工作的其他同事一样，都只是志愿者，她有自己的印刷工作室。PJ 告诉我她一周工作两次，一次两个小时。每天除了傍晚的两个小时外，其他的时间，电台准备了 5000 多首歌，随机播放。

她在电台里向大家介绍了我，之后下一个人物就突然出现了。

这个叫作 Glen Davis 的家伙是当地的一名独立记者，曾经服役海军 17 年，听了广播以后跑来电台想认识我。Glen Davis 告诉我，他虽然是一名独立记者，但并没有读过正规的新闻院校，海军退役之后在洛杉矶某电台工作，之后在 flagstaff 的当地报纸做记者，现在创办了自己的个人新闻网站：Northern Arizona Gazette，我们聊了很多话题，诸如中美不同的文化、社会体系、记者的生存环境等。

落日里，Glen Davis 随身带来的狗开始兴奋起来，疯狂地扑向他，我看见他双臂被狗咬伤并在流血，还有些担心，可他直接将伤口放在狗的面前，看着狗将上面的血一点点舔干净，我也是傻了眼。

"你们可真是 Real Buddy 啊。"

一直忙着和人聊天，直到夜幕降临我才开始找旅馆，问了好几个，因为是周五晚的缘故，基本都是爆满，唯一还空缺出来的房间也涨价到了一百多刀，这对一向抱着宁愿省吃俭用，也要在 66 号上多走一些地方，最大可能获取有价值信息的我来说实在是无法忍受一百多刀一晚上的住宿。见我垂头丧气，John 说："如果你信任我的话，今晚你可以住我家里，你睡卧室，我睡沙发。"

我一看已经九点，索性说："有什么不信任的，那就住吧。"

John 的家就在中心的一座公寓筒子楼，他让我睡他的床，他睡客厅，我有些过意不去。

"我睡客厅的地板好了，你只需要给我一床被子，我就很感谢了。"

"如果你实在是推迟，那这样吧。"话说着 John 把他的床垫从床上抽了下来，搬到了客厅。

"如果你一定要睡客厅的话，你就睡我的床垫好了。"

一夜好眠。

早上还在床上半睡半醒中，就闻到了烤肉的香气，原来 John 已经在给我做早饭了，我到厨房一看，牛排加土豆粒正在铁板上吱吱作响。

"哇塞，这可是我最爱的搭配呢。"

早饭下肚，满血复活。

07 "大峡谷之州"亚利桑那州

"下次你要是再来,提前告诉我一声,到时候在我家住上一个月吧。"

我呵呵一笑:"那敢情好啊!"

回味着 Williams 的愉快时光,我继续西行,路上我专门调出 FM KZBX 92,听着美好的当地广播,看着两边惬意的景色,心里盘算着下一次来美国一定还要重返这里。约一个多小时,看见了 Snow Cap Drive-In(雪帽,免下车服务店),不少游客在此歇息,是 Seligman(塞利格曼)到了。

Snow Cap Drive-In 是一家 66 号出名的冰淇淋老店,在小店出售冰淇淋的入口处,四壁及天花板上贴满了来自世界各地的游客的照片、名片、明信片及签名,还有层层叠叠的现金,面值一元的美元,十元的人民币,一元的欧元,五十的日元,上面写满了各国语言,大致都是到此一游的签名。我跟在两个欧洲女孩身后,花了三美元点了一个蛋卷冰淇淋,店员可爱地递给我,对着镜头歪着脑袋撒娇卖萌。

记得我身边的不少美国伙伴曾经告诉过我他们很苦恼的一个现象就是"Made in China",在他们眼中,什么都是"中国制造",似乎自己的国家造不出像样的东西来一样。我一边在心里乐着,一边告诉我美国的朋友,其实对于我而言,也同样被困扰,想要买一件不是"中国制造"的礼物带回国送给国内的朋友,也是难事。

Angel & Vilma's Proudly Carry Products 直接在门口摆出了广告牌明确表示,我们只售卖"美国制造"的东西。这样的一句广告词还真的有很好的效果,小店熙熙攘攘,我甚至遇见了直接在洗手间里试衣服的游客,火爆程度可见一斑。

> **TIPS**
>
> KZBX-92.1FM High Country Broadcasting: 1072 Williams.
> 1072 号信箱,威廉姆斯。

| 穿越 66 号公路 |

穿越莫哈维

自从进入新墨西哥州,我的视野便全是一望无际的沙漠。在沙漠中行走需要吃的苦头就是:暴晒是必须的,而嘴唇也开始干裂疼痛,从后视镜里我可以明显看到嘴唇上干裂翘起的碎皮。我下意识地不断用舌头去湿润嘴唇,但无济于事。为长途驾车提神,每天都要喝两杯咖啡及一到两罐的红牛,沙漠干旱的气候,让我的喉咙也开始撕裂般疼痛。可这都不算什么,一路的仙人掌、蜥蜴、灌木丛、红岩、醉人的落日、马路上晃着眼睛的阳光,独特的沙漠风光只会让我更加兴奋。

汽车穿行在炎热、干燥的沙漠中,音响里反复吟唱着那首经典的老歌"Get Your Kicks on Route 66"(在 66 号公路上找乐子)。

> If you ever plan to motor west.
> travel my way' take the highway that's the best.
> Get your kicks on Route sixty-six.
> It winds from Chicago to LA'
> more than two thousand miles all the way.

07 "大峡谷之州"亚利桑那州

Get your kicks on Route sixty-six

……

如果你打算骑机车一路向西

走高速是最好的选择

来66号公路上找乐子吧

它从芝加哥到洛杉矶

2000多英里

来66号公路上找乐子吧

……

听着这首老歌,我眼前出现了约翰·斯坦贝克《愤怒的葡萄》里的画面。20世纪30年代初期,一场严重的干旱导致大平原南部部分地区大片农业歉收,西俄克拉荷马州和德克萨斯狭长地区尤为严重。无数农民家庭被这场旱灾搞得家破人亡,而与此同时整个美国陷入经济大萧条。因经济危机破产的农民,失去了在农场收割及打工的机会,被农场主的各种卑劣手段赶出农场及家园,他们不得不变卖掉房子及所有的家当,拖家带口,沿着66号公路一路向西,寻找新的希望。

走在这条看不到尽头的路上,很多人还没有看到加州的阳光海岸,还没有熬到出人头地的机会,便夭折在漫长而艰辛的66号公路了。

而我,坚信那加州的阳光与海岸正在等着我。

| 穿越 66 号公路 |

驴子故乡 Oat man

在 66 号公路上前行，伴随着日出，一路开着音乐，我早就忘记了自己是谁，来自哪里。也没有任何时间的概念，一路向西，一路向前。

天空蓝得恍惚，风吹过无边的荒原，风沙中，铁皮信箱孤独坚守，伫立等待，远方与希望。信箱外面印着一串数字，侧面是"US MAIL"的字样。

Oat man（奥特曼）在 20 世纪初曾因开挖金矿一度兴盛，矿业没落后，幸运地被 66 号公路穿过，因而转型成为服务于游客的沙漠山区休息站。犹如记忆中海明威小说中的美国小镇，安静祥和。驱车刚抵达小镇的主街道路口，看见小镇依稀的模样时，两只热情的驴子已经走到我车跟前，傻乎乎地用身体挡住了我的车，停下来一动不动，它的双眼似乎看不见人，耳朵也听不见我的呼喊，自顾自地站在车身前，好似矫情地邀请，却又开不了口。

路过的其他游客看见了这一幕，友好地过来帮忙，帮我们费劲地牵走了萌萌的驴子，示意让我前行。

Oat man 只有一条主街，下车后一股驴粪的气息扑鼻而来，主街的两边是一排纪念品商店和咖啡屋，而马路上慢悠悠走来走去的驴子仿佛在宣告，我们才是这里的主人呢。走过路口，商店外挂满的风铃随风摇曳，发出悦耳的声音。有彩色玻璃做成的十字架；有金属做成的娃娃；还有手工编织的充满了美国风情，象征自由的老鹰；印第安人长长的羽毛。走进店里，一位中年男子热情和我打招呼，问我从哪里来。

我看上了一只天蓝色的戒指，套在无名指上，有些大，于是换到食指上，又紧了。

"这个戒指戴在无名指上合适吗？"我问老板。

"婚戒是戴在左手的无名指的，你就戴在右手上好了。"他笑着打趣道。

"单身有什么好啊？"

"单身好啊，单身自由。"

"自由都是相对的啦。"

隔壁的咖啡屋布置很特别，从入门到店内的所有内饰、墙壁和天花板上全部贴满了一元美钞，尽管是假钞了，但感觉是走进了一个百万富翁显摆的家。一位中年牛仔在贴满美钞的舞台上，抱着木吉他，唱着乡村音乐，这让我有一些穿越回到纳什维尔的感觉。去纳什维尔是去年五月，我和好朋友一起开车去了大雾山国家公园，其间专程在纳什维尔和孟菲斯，这两座音乐之都停留。

纳什维尔是美国乡村音乐的发源地，驱车抵达 Downtown 的时候感觉整座城市都在发着烧，发着音乐的烧，就快要被音乐燃烧掉。市中心 Boradway 一条街上数不清的酒吧和商店别具匠心地吸引游客眼球，橱窗里展出了各式吉他、叫不上名字的乐器、带着精美花边的牛仔靴、复古的牛仔帽、迷你手工哈雷车等，混杂着酒吧里飘出的现场音乐演奏，那是纳什维尔的气息。

尤为惊叹的是在纳什维尔不一样的酒吧里的不同角落里，正同时上演着风格迥异的音乐现场，似乎一座小小的纳什维尔无法装下全美国发烧友们对音乐的那颗充满热血和激情，不断膨胀的心。在一间酒吧里，一楼大厅是乡村风格的流行音乐，二楼夹层变成了重金属摇滚，三楼是一边喝酒一边跳舞

| 穿越 66 号公路 |

07 "大峡谷之州"亚利桑那州

的经典老歌，顾客各自狂欢。隔壁酒吧，一楼里，进门一个女歌手，再往里，进入第二道门就发现了还有另外一个男歌手坐在角落里抱着民谣吉他深情款款地歌唱。想起国人形容苏州园林，其美妙之处是在于移步换景，同样的感觉似乎也可以移植到纳什维尔，步步都是美妙的律动。

现场的发烧友们不分游客或当地居民，都跟着乐队一起摇晃起来，我身边一位白人帅哥，身上还带着一股农场劳作的气息，也赶到了现场，很精确地诠释了大部分美国人的一种价值观，那就是："工作不是生活的唯一，生命本身的热情应该回归给生命本身。"我站在前排跟着人群跳跃，突然眼前从舞台上伸来一只手，我本能地握了上去，主唱就这样把我拉上了舞台，诧异的是我居然也没有任何羞涩和犹豫就这么上了台，第一次站在舞台上，和乐手一起欢呼歌唱跳跃，感受着台下潮涌般人群的欢呼。

正午一点，Oat Man 主街的户外音响传出了音乐声，预示着每日小镇传统的枪战表演即将上演，一位身着 20 世纪美国传统连衣裙，带着一顶帽子的中年妇人充当起了主持人，站在街角呼唤游客都站到街道两端，Block（堵住）来往的汽车。紧接着三位身着牛仔服的 Cowboy 先后出场，与她上演了一场喜剧的枪战秀。

牛仔们单腿绑着装枪的皮套，尖尖的牛仔靴，衬衫马甲，牛仔帽，扯着沙哑的夸张的嗓门，追求喜剧的效果，尽管不能完全听懂他们带俚语的口语表

07 "大峡谷之州"亚利桑那州

| 穿越 66 号公路 |

达，但觉得他们像极了莎翁剧里的街头小人物，剧情的开始是两位牛仔在争吵，最后的结局是牛仔女斗智斗勇将三位牛仔一一击毙，最后枪战秀在掌声中结束，四位演员也拿着帽子，接受游客的消费。这一幕让我联想起国内类似《还珠格格》古装剧里的街头艺人表演，尽管内容各有差异，形式却是类似的。

据当地人介绍，小镇里的驴子并不是小镇里的人豢养的。它们住在附近的山上，每天早九晚五固定来镇里，像坐班的公务员一样。不难理解，吃得饱，有人陪你玩儿。驴子虽迟钝，但这样的选择还是很明智的。既解决了温饱问题，也愉悦了来往的人群，还赋予了小镇独有的风情。

再次上路，穿过驴子的地盘，向着山上前行。周围是光秃秃的层层叠叠的荒山，视野非常开阔，路边有亚利桑那州 66 号公路的路标，我一次又一次地靠边停车取景，这样荒凉而壮观的景色，怎么也看不腻。

落日的覆盖下，一切荒原草地，充满岩石和绿色植被的山体，都镀上了一层古铜金，和电影海报里一样。车里音响混杂着重低音和节奏强劲的 Hip-Hop，一浪又一浪，似乎将你卷入那层层叠叠波澜起伏的山脉和红色岩石里去，以蓝天白云为被，以浅黄色植被为床，好一曲瑰丽壮美的 66 号之歌。

308

07 "大峡谷之州" 亚利桑那州

SANTA MONICA
66
End of the Trail
SAN BERNARDINO
SANTA
MONICA

08

梦幻加利
福尼亚州

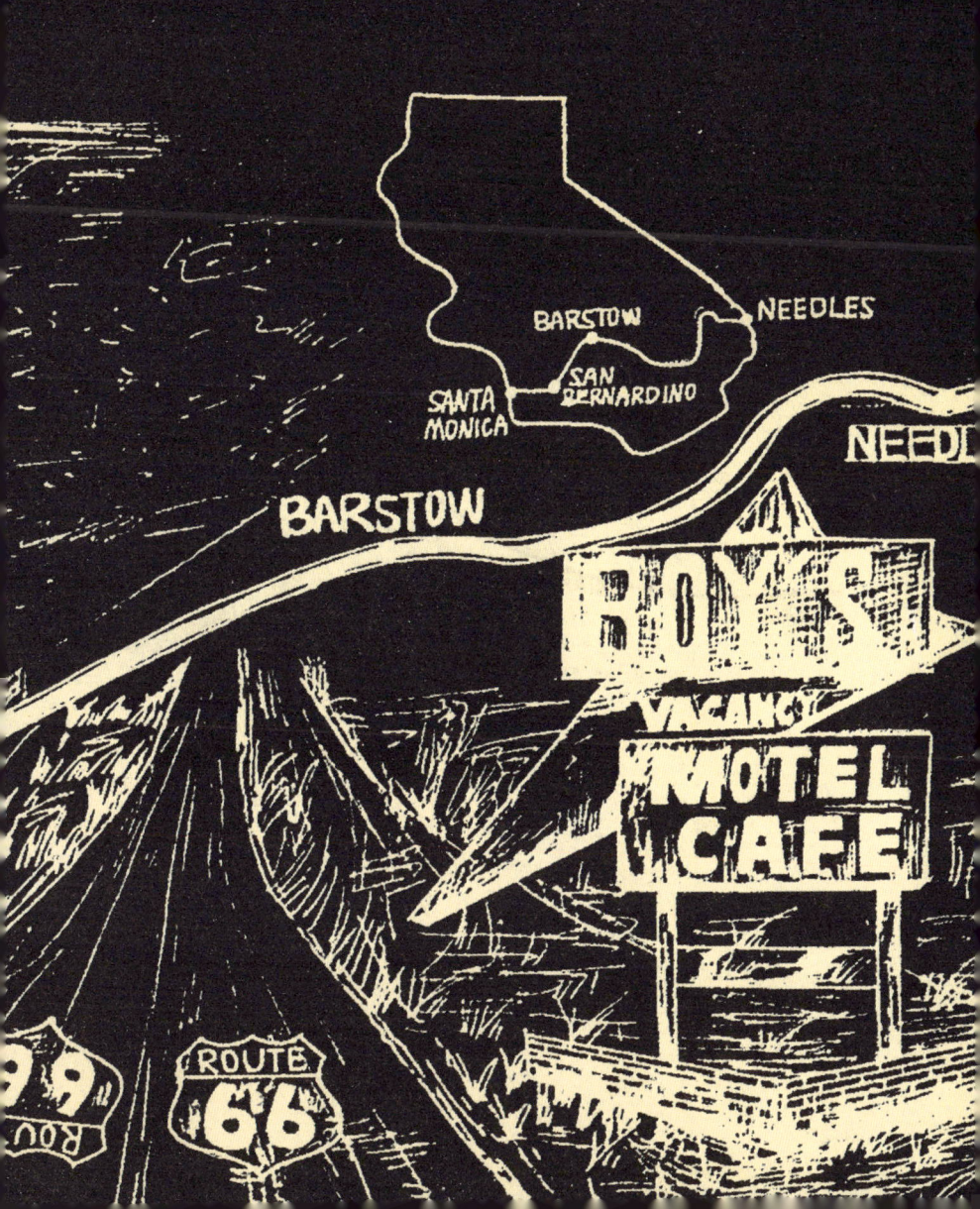

| 穿越 66 号公路 |

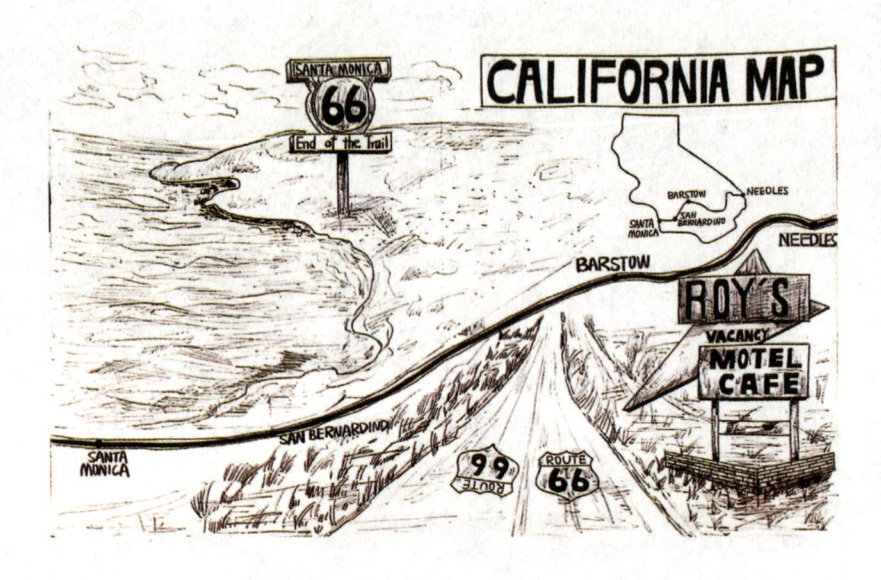

行驶在漆黑荒凉的沙漠公路上，凉风吹散了我的头发。
——《加州旅馆》

08　梦幻加利福尼亚州

　　加利福尼亚州（the State of California，简称为加州），美国西部太平洋岸边，南邻墨西哥，西濒太平洋，北接俄勒冈州，东连内华达州，东南与亚利桑那州相邻。面积41.1万平方千米，是全美第三大州，人口约3769万（2011年），居全美第1位，为全美华裔最集中的地区，首府萨克拉门托（Sacramento），别称黄金州。

　　加利福尼亚取自西班牙传说中一个小岛的名称，1768年开始被西班牙殖民。1850年9月9日成为美国第31个州。

一路向西，去加州

走，
一路向西，
穿越莫哈维沙漠，
关闭引擎，一种伤感。
听到时间抵达，却没有出处。

已是夜色十分，白天里沙漠令人窒息的热，并没有因为晚上的到来而好转，抬头一看，Needles，离开亚利桑那州进入加州的第一座小镇。

"最低39.9一晚"，看见一家66号旅店招牌，想也没想我就拐了进去，前台没人，刚转身准备离开，一个小黑哥跑了过来招呼我。

"你需要房间吗？"

"当然。"

"只有最后一间了，条件不是很好，我建议你先看一看吧。"

我随他而去，房间在最角落里，打开房间，沉淀很久的几十年的烟味，床单也有几个大小不一的烟头，没有洗漱用具，空调似乎可以用，就是声音巨大，像是安装了一台床前小马达。我特别热，热到喘不过气，半步都不想动，只想赶紧拿到房间钥匙，找地方喝一杯冰可乐。

"没问题，便宜一点 30 如何？"

他说行。

车停在原地，我在前台缴了钱，取了钥匙。

街边的酒吧陈旧，人烟稀少，最近的一家"California Bar"（加州酒吧）的霓虹灯招牌在夜色中闪烁，推门而入，没有特别的凉快，估计是为了省下空调的电费，但比外面好了几倍。环视酒吧，几乎没什么人，女酒保体态丰腴，披着一头卷曲的金发，穿低胸的连衣裙。

"喝点什么？"

"先给我来一杯冰可乐吧，要渴死了。"

咕噜咕噜灌下去，毛孔都舒畅了。打开电脑，一边看材料，一边又点了

一瓶 Budlight。

旁边隔着一个吧台凳，一位留着胡子的醉汉时不时凑过来看看我的电脑屏幕，几次试图和我搭讪。我听不清他在嘟囔些什么，装作自己不懂英语。

"打扰一下，姑娘，旁边这位男士想要为你买一杯酒。"性感的酒保代表大胡子向我发话。

"不用了，谢谢。"

大胡子不高兴地走了，我和酒保相视一笑。

"第一次来加州？"

"梦里来算吗？"

两人再次相视而笑。

我在网页上查询加州的介绍：加利福尼亚州（State of California，简称为加州），美国西部太平洋岸边，在面积上是全美第三大州，人口上是全美第一大州。南邻墨西哥，西濒太平洋。别称黄金州。面积 41.1 万平方千米。

以上是官方介绍。

而在我心中，加州是一个迷幻的梦。

加州是我小时候在书本里读到的那个西方世界；是电视荧屏里梦露被风刮起的白色裙边和她娇羞的红唇；是五彩斑斓的好莱坞；是撕心裂肺的重金属摇滚乐；是群居嬉皮士在夜色中点燃的忽闪忽灭的大麻烟头；是地理位置离中国最近的美国，那充满汗水和眼泪的中国第一代移民的拓荒之地。从那个时候起，加州就是我内心的"西方世界"，她是孩童时期我记忆中的一个符号，代表着美国，代表着外面的世界。

而此刻，我就坐在霓虹灯下的加州酒吧里，呼吸着空气中漂浮着的干燥的加州气息。

无端想起王家卫电影《重庆森林》里，扮演警察的梁朝伟第一次遇见在自己舅舅快餐店前台帮忙的服务员王菲时，王菲正在畅快的音乐里手舞

08 梦幻加利福尼亚州

足蹈。

"你喜欢听这么吵的音乐啊?"

"吵点好啊就不用想那么多事情"。

每个人都有一片走不出的重庆森林。

片中梁朝伟的前女友,一个空姐在吧台留下他家的钥匙,拜托王菲转交给梁朝伟,王菲悄悄用它自由出入他家。给罐头偷换标签,往鱼缸里装进新的金鱼,换床单时用放大镜发现空姐留下的长发,嗷嗷地在床上一边抓狂一边打滚,那时 CD 里单曲循环的还是那首歌。

片尾处,男女主人公最后相约在"加州"酒吧见,爱做梦的女主角去了真正的加州,男主角却在香港的"加州酒吧"苦等一夜。一年以后,从加州回来的男女主角再次相遇街头。

音乐再次响起,最后一次出现这首歌:"All the leaves are brown, and the sky in gray. I've been for a walk, on a winter's day."灰冷暗淡的冬日风露中,一曲畅快的 California Dreaming(加州梦),将我们带到温暖和煦的阳光海岸。这首 60 年代美国的街头音乐,来自 1969 年"妈妈与爸爸"(the Mamas & the Papas)合唱团的最早版本,很强的金属曲风和节奏感,配以完美的左右声道和声,流畅的旋律,流露出加州阳光摇滚迷人的气息。

在这里,加州是随梦幻符号安放的阳光海岸。

"On a dark desert highway cool wind in my hair, Warm smell of colitas rising up through the air, Up ahead in the distance I saw a shimmering light, Head grew heavy and my sight grew dim."(行驶在昏黑的沙漠公路上,凉风吹过我的头发,浓烈的大麻味道,散发在空气中,抬头遥望远方,我看到微弱的灯光。)

加州旅馆宾至如归,应有尽有,灯红酒绿,美女如云。

"How they dance in the courtyard sweet summer sweat, Some dance to

317

remember some dance to forget."（在庭院里他们舞的多欢，挥洒着夏日甜味的香汗，有人狂舞中唤起回忆，而有人狂舞着是为了忘记。）

可是当"我"跑向大门，寻找来时的路，想要回到从前，想要离开的时候却被告知："You can check-out any time you like，But you can never leave."你想什么时候结账都可以，但你永远无法离去。

那个年代的美国是摇滚乐黄金时期美好的摇篮，孕育出了很多伟大的乐队和不朽的歌曲，老鹰乐队这首单曲便是融合了多种元素的摇滚乐的经典之作。歌词中闪现的毒品、色相、宗教场景的叙述秉承了老鹰乐队一贯的风格，搭建了一场有关音乐本身的 show。

歌词中描写的场景在今天的加州还有留存，这家旅馆也许就在不同的夜晚隐忍，等待在某个夜晚，给合适的人打开大门，俘获他成为自愿来到这里的囚犯。如歌词中看门人所说："在这里我们天生受到诱惑，可以结束，无法摆脱。"

追求绝对的自由我们终将沦落为自由的囚徒，这种思想在歌中表现得袒露，大胆，野性。人生就像是幻光，但谁若把幻光视为幻光，他便坠入无底深渊。

在这里，加州是毒，是一剂深入骨髓无法摆脱的毒药。

"Seems it never rains in southern California, Seems I've often heard that kind of talk before."（好像南加州从来不下雨，我常听到类似的说法。）

"It never rains in California, but girl, don't they warn ya？ It pours, man, it pours."（南加州从不下雨。可是乖乖，他们没有警告过你，下起来是倾盆大雨，老兄，下起来就是倾盆大雨。）

70 年代 Albert Hammond（亚柏特·汉蒙）的这首乡村民谣 *It never rains in southern California*《南加州从不下雨》，横扫全球流行乐界，2005 年这首歌作为《人鱼小姐》插曲再次风靡中国。

08 梦幻加利福尼亚州

"人生充满机遇,荧屏电影上的一切就要成为现实。"带着美好的淘金之梦来到美国,等待他们的却是"我没有工作,茫然失措;我一贫如洗,找不到自己;没有人爱我,饥饿无比,我想回家"的现实。

"你回去的时候能不能告诉家里的人,我差一点就成功了,聘书拿到手软,但是不知道选哪一个好,请别告诉他们你如何找到了我。"

在这里,加州是狗血的现实!

一瓶 Budlight 见底,眼前依旧是女酒保飞舞的白裙。经过这番追忆,加州的轮廓在我心中却渐渐模糊起来,在这踏上加州的第一夜,在这近在咫尺的它的怀里,加州却变得难以名状,无法触碰。

"你喜欢加州吗?"女酒保打断我。

"每个人心中都有一个加州。我的加州,在彼岸,又在心底。"

她笑笑。

"再来一杯?"

便宜没好货,关键时候不能懒。

回到房间,洗澡到一半才发现压根就没有热水,没有办法,累得骨头都要散架了,反正也没有办法换别的房间,我只有将就了。

带着耳塞,借着酒劲,抵抗着轰鸣的马达声,很快就入睡了。

谁知道空调又太大,半夜我被冷醒了,迷迷糊糊中发现房间并没有多的被子,只有薄薄的一张床单,我索性走了另一个极端,关掉空调,热死总比冷死强吧。将浴巾围巾外套搭在身上,呼呼大睡。

我的加州一夜,就这么过去了。

百年孤寂
—— 66号上的鬼城 Amboy

  Amboy（安博伊）诞生于1858年，地处加州莫哈韦沙漠，当时是南太平洋铁路的煤矿小镇，铁路贯穿科罗拉多河。Amboy在66号公路上连接着Bastow和Needles，往东80迈既是Oat man，距拉斯维加斯150迈。在20世纪20年代，66号公路的黄金时期，Amboy是莫哈维大沙漠里唯一一个可以为汽车和摩托车提供24小时修理服务的地方，并且为司机们提供住宿，直到车被修好。

  有记载说那个鼎盛时期Amboy的人口最高时达到了500人，有两家汽车旅馆，三家餐厅，三个加油站，一个邮局，一个教堂，一个学校。在人口最多的1950年有800人，20世纪70年代，新的高速公路I-40的通车带来了速度，也带走了Amboy的繁华。2000年开始，小镇人口骤减，如今只剩下了6个人还生活在此。

| 穿越 66 号公路 |

落日下的荒原，没有尽头的远方

　　Amboy 是 66 号公路上最让我觉得神秘的地方，越往终点开，越发想念这个"安静的大男孩"，在我随身所带的英文纸质版地图上，找不到这个地方，这反而激起了我的兴趣，为什么一座城会在地图上被抹去？这就是所谓的鬼城？而在 66 号公路的地图里，它却是重要的一个景点，揭开 Amboy 的神秘面纱就是深入研究 66 号公路。事实证明，在当我最终结束了 66 号公路时，我觉得离自己最近的一个地方是 Amboy，它孤独的气质深深震撼我的心灵。

　　在抵达之前，我以为 Amboy 是一座老城，有街道，河流，火山口，废弃的老桥。穿过一片片了无人烟的荒原，天空湛蓝，没有一片云朵，整个世界只剩下了眼前这条延伸向正前方的公路，以及看不见尽头的远方。开了十分钟，车窗外的景观没有变化，开了一个小时，还是一辆车都未曾看见，更别提人。

　　66 号公路在太阳的照射下，呈金黄色，中间一条金黄色的油漆线，两边的白色线条随着视线延伸到远方，延伸到远方两座山脉的中间。为什么要向前？没有原因，像是奔向妈妈的怀抱的孩子。前面有什么？也不清楚，只知道那是远方，怀着一种平静的探究、期待和朝圣的信仰，向前进。

　　路面偶尔会不平整，尖锐的砂砾让我有些担心伤到轮胎。同时存在于荒原之上的除了我的车，还有与车平行，同样向前行驶的长长的货运火车，火车很长，大概有三个引擎，所以有近 40 多节车厢，车身上有 SWIF 的标志，偶尔几截还被涂鸦点缀，常年在落日的照耀下，已经分不清是淡化的红色还是橘色，同样慢腾腾的，与我作伴，缓缓向前。这火车司机应该是世界上最孤单的火车司机了吧？我心里想。

| 穿越 66 号公路 |

行进期间，66 号公路一个拐弯上坡变身成为了一座桥，桥的下面是与 66 号公路垂直的 I-40，这应该是为数不多的新高速和旧公路交错的景观了吧，我急忙靠边停车，站在桥上，在强风和高速公路车辆经过的轻微摇晃下，俯视眼皮下的 I-40。高速飞奔的货车司机冲我按着喇叭，一声长鸣很刺耳，难不成以为我要寻短见？呵呵。我想对他们而言，一张黄色的亚洲面孔突然出现在上前方荒废的桥上该是多么罕见的事啊？可如果不是我，他们又会留意到头顶上方的 66 号公路吗？这一刻，我突然感觉 66 号才是正牌公路，新又怎么样？速度快又怎样？虽然已经年迈体衰，可她依旧屹立在新高速之上，俯视着曾经的辉煌被取代，但依旧与世无争，吐气如兰地傲然微笑。

可话说回来，眼皮下的 I-40 是 66 号衰落的原因。平坦、规整、没有裂缝，像一个无可挑剔的年轻女子，心中顿时充满了无可奈何的哀伤。

继续前行，诺大的天地间只剩下我，与我相伴前行长长的火车、眼前这 66 号公路、落日下的荒原，以及没有尽头的远方。

Amboy 是离我最近的地方

继续踩着油门在路上狂奔，GPS 突然发声："目的地 Amboy 位于您的左手边"，我一个刹车，眼前的景象让我惊呆了：天高地远，荒无人烟。太阳下公路左边是巨大的 ROY'S（罗伊汽车旅馆）鲜红色的广告牌，保留有五十年代的流线风格，如今来看依然时髦简约，在沙漠的荒原中显得突兀，带来强烈的视觉冲击，旁边是一个加油站和同名的咖啡馆，加油站的右手边是 Amboy 小学。公路的右侧是一栋白色的邮局。

这就是整座 Amboy。

此刻，我仿佛置身于《寂静岭》那样的美国恐怖电影，废弃的小镇被荒原所吞噬，这在中国是很少见的，置身于此，感觉是震撼的。

08 梦幻加利福尼亚州

  路面上印有一正一反两个巨大的 Route 66 盾形标，我踩着黄色油漆线条，停在两个 Route 66 的标志中间，来回于公路间穿梭，空无一人，我躺下，俯下身去用脸轻贴着路面，竖起耳朵，渴望听见从曾经车水马龙的那个时代穿越回来的声音，可惜什么也没听见，一种浩瀚的孤独与苍凉的气息向我涌来，将我吞噬，这种孤独感似乎触动到了我的内心：人最终也都是孤独的，就像小时候妈妈对印象深刻的谈话："人就是一棵树，播种、生根、发芽，你无法依附周围的树，顶天立地就是你自己。"大学二年级的时候，去北京上了新东方暑期住宿班，听到老俞也有类似的观点："人就是一棵树，人应该做一颗树，远远地看上去是一道风景，走进给路过的人提供一片阴凉，生造福他人，死了树叶落地还能肥沃土地，延续后代，生了死了都有用，这是作为一棵树的意义，也是做人的意义。"

  这一刻，Amboy 是离我最近的地方。

| 穿越 66 号公路

一个人与一座城

  20 世纪 70 年代，I-40 的通车带走了 Amboy 的繁华，只剩下了少数人还生活在此。那个时候小镇的主人是 Burris 家族。后 Burris 将小镇暂时出售给了来自纽约的摄影师和他的搭档，Amboy 被用于一些电影和商业广告的拍摄地。

  Burris 在 2005 年里再次购回了 Amboy，在 2003 年，Amboy 被挂到了 EBAY 售卖清单上。

  这引起了一名叫作 Albert Okura 日本籍男士的注意。Okura 在 1984 年创办了自己的炸鸡餐厅品牌：Juan Pollo，并在美国拥有三十多家连锁炸鸡店，他的总公司位于 San Bernardino 的美国第一家麦当劳餐厅，现为免费开放的一个小型博物馆。Okura 有了想买下 Amboy 的想法，但是那时 Amboy 的售价大约为 250,000，由于价格太高 Okura 犹豫了。

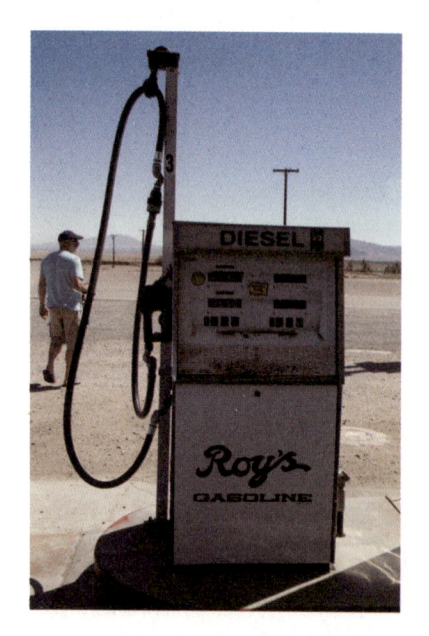

  2005 年 3 月 24 日，Okura 得到消息声称 Amboy 今晚会出售给价钱合理的出资者，并将在第二天晚上和 Burris 签约。那个时候，除了 Okura 还有一个出价更高的人，但是他将会把 Amboy 用于私人用途。对于 Okura 复兴和保存 Amboy 的计划，Burris 极其赞同且印象深刻，他心中更倾向于卖给 Okura。

"通过在美国的连锁店，我可以挣不菲的钱，现在我想要把这些钱回馈社会。"Okura 告诉媒体。

"我会以低调的方式来经营 Amboy，绝对不会在 Amboy 开连锁店，因为那不适合。我的目标就是保持 Amboy 现在的样子。"

两厢情愿下，Okura 于 2005 年 4 月以 435,000 美元的价格从 Burris 手里购买了 Amboy，包括 150 公顷的小镇，周边 540 公顷的郊外，罗伊咖啡店，办公室，一个加油站，一个邮局，有着二十间房间的罗伊汽车旅馆，一座教堂。Amboy 终于拥有了新的主人。

2005 年接手 Amboy 后，Okura 复兴了加油站和咖啡店，并有意将咖啡店打造为小镇的心脏 Town's Heart。在 ROY'S 咖啡馆的玻璃展台上，我看到了当时关于 Amboy 易主与复兴的大量媒体报道：

2005 年 4 月 13 日 The Sun 的头条：Amboy Changing Hands（安博伊易主）；Las Vegas review Journal 2005 年 5 月 9 日：Deserted towns await reshaping by new hands（沙漠小镇等待被新主人重塑）；Albert Okura 在 2005 年 5 月 11 日 Needles desert star 的报道 Interest in Route 66 Leads to purchase of town 中强调，自己购买这座镇，并不是为了赚钱，而是想要继续保存 Amboy 在 66 号公路上的历史，并将这些历史完整地再次呈现出来，也让来往的游客多一个加油休息停留的地方，修复原本属于 66 号公路上的记忆。在自己的个人传记 The Chicken Man with A 50 Year Plan 中，Okura 这样写道："Being in the right place at right time to buy a famous town had to be destiny"（在正确的时机正确的地点买一个著名的城镇，这是命运）。最终，这位"安静的大男孩"终于在 66 号公路上重新展露笑颜。

炼狱般地膜拜

抵达 Amboy 是在大中午，我往返于公路边、小镇标志路牌、小学门口、废弃的汽车旅馆内、邮局等角落拍照。正午的莫哈维，气温已经超过了五十摄氏度，虽然从来没有经历过沙漠的高温气候，可身体对高温的不适应完全不是事儿，内心只因在 Amboy 的怀抱里而分外宁静，仿佛他就是你上世的情人，你来是给他惊喜的。打开车门，一阵热浪灼烧着我的皮肤，从小腿到头顶的发丝，我将三脚架和相机立在 ROY'S 咖啡馆的广告牌下，开始寻找最佳的角度。来回几张照片，相机和三脚架已经滚烫，我心想还是人体更抗热一些，机械的东西早被热死了，人却还在活蹦乱跳，看来人的潜力还是远远胜过没有生命的机械。

在 ROY'S 咖啡馆里，店员 Nanny，一位带着纹身，彪悍的墨西哥籍男子，看到进进出出还携带着三脚架的亚洲女生这么拼估计也是头一回，他不时对我点头微笑，粗犷的外表下一颗温柔的心，至少，表面是礼貌绅士的。我大口喘气，平静呼吸后主动和他聊了起来。

"小镇几乎没什么人吧？"

"现在一共就六个人，我和另外一名 ROY'S 的同事，其他的四个人是对面的邮局和教堂的工作人员。"

Nanny 告诉我，他在 ROY'S 工作一年了，一周休息两或三天，工作时间是从每天的早上七点到晚上八点，而加油的服务是二十四小时提供的。晚上八点以后若有客人，可以拨打在咖啡馆门上贴着的手机号码，他就会过来帮忙加油。因为加油器是老式的，上了锁，不像大城市里可以自己来。

因为天气炎热，每一次我在户外待的时间最多只能十多分钟，十多分钟后我不得一次又一次回到咖啡馆里让自己冷却一下。在快步迈进咖啡馆的最后那一刻，我觉得自己已经是在靠意念步行前进了，心跳很快仿佛跳到了耳根里，呼吸重且急促。带着眩晕和虚脱钻进店里，点上一杯冰可乐，带着冷气儿一口气灌下去，坐在咖啡馆里，像狗一样大口喘着气，感受着头发开始慢慢湿掉，不知道什么时候从鼻尖冒出的汗珠一颗一颗落在我浅蓝色的牛仔裙上。

时不时，不知从哪里会吹来一些热热的风，周围特别的安静，没有一辆车，没有一个人，给了我和 Amboy 最大化的私人空间。我站在 ROY'S 咖啡馆的广告牌下，仰头打量，心中默念，"亲爱的，我来看你了。"

傍晚，开车路过好几个有 66 号盾形标志的地面，恰好这是我一天当中最喜欢的黄昏时分，"出大片的时候到了，赶紧拍照吧"。可让我沮丧的是大风狂作，三脚架在风中摇摇晃晃，甚至在我一次刚摆好造型后，三脚架被风直接刮倒在地，相机也被无情地摔在地面，一次又一次的尝试，完全没有办法克服这妖风。

站在落日下，我想着或许过一会儿风会小一些，但事与愿违，风势越来越大，呼呼地吹乱我的头发，扬起路面的灰尘，刮我一身。隔壁就是州际高速，呼啸而过的货车一辆接着一辆，每次经过都能感受到大地在颤抖，仿佛在笑话我的愚蠢。

我说服自己换一个地方，或许在落日结束前我能找到一个风不那么大的地方？

下车，依旧是大风，甚至大到打不开车门。我再次回到车里，逆风中吃力地打开车门，将三脚架、相机、车钥匙、遥控器，一样样丢在后座。腿还没迈进车内，车门已经被风重重地吹着压过来。在和妖风搏斗一番后，终于进入车内，啪的一声，门也顺势被风关上，冷漠无情。车内闷热，安全栓的金属片烫到皮肤，刺痛。一瞬间，我情绪终于崩溃了，照片没拍到，上个车都使光了自己所有的劲，看见后视镜中的自己，头发乱成鸡窝，嘴里还含着几根咸咸的头发，脑门晒黑了，额头上还有几颗新冒出的痘痘，双颊绯红，一颗一颗汗珠擦也擦不完。

狼狈！

这样的苦中作乐真的有意义吗？

这一刻，我突然恨起眼前的这条路来，我想家了。

惊鸿一瞥：沙漠里的漫天星空

就在这个狼狈的时候，突然发现自己随身一直带着的苹果手机莫名其妙消失了，我应该没有忘在中途的某个地方，找遍车里的每一个角落，依然寻不见，此时天色已开始昏暗，我只有原路返回，到之前曾经停留，下车拍照的几个地方找一找，心想着很有可能手机在拍照时忘在了路面。夜色中我顾不上疲惫，掉头上路，这也是我长这么大，第一次连续30迈目不转睛地盯着路面开车，将视线集中在车身右车轮下的白线区域。限速55迈的66号公路，我用 20 迈的速度开了一个多小时。

第一次将一条路看得如此仔细，这难道是上天的旨意？我用眼睛搜索这一段路的每个轮胎痕迹，好几次都把地上乌黑的刹车印误以为是手机。为了检查得更仔细一些，我索性把上半身都探出车窗，四周一片漆黑，只隐约听见汽车发动机缓缓运作的声音，和车灯照射下的几米光亮的路面。我将注意力集中到车灯下向前延伸的公路白色油漆线位置，直到半身僵硬，脖子发酸，眼睛发涨，还有些头疼。于是我稍微扭动了一下脖子，身体也顺势向侧面一转，就在这视线转动的瞬间，我惊呆了：夜空中漫天的星星正密密麻麻地向我压过来，近到吓人，就像是一张网要把我捕捉，我不禁颤栗起来，叫出了声，这可是我第一次看见这么清澈的星空，每一颗星星都散发着幽兰的光芒，密密麻麻，伸手可摘，似乎进入了《阿凡达》那样的 3D 电影场景。大自然真是处处给人们预留了惊喜，只要你有一颗善于发现的心，你就能看到夜空中最亮的那颗星。

最终我也没有找到我的手机，或许，你需要丢弃一些东西，才能轻松上路。但我不觉得这是遗憾，顺应上天的安排就好。

而那一夜我眼中所看到的莫哈维沙漠里的满天繁星，在我第二天上路以及接下来的每一天，乃至现在，都会不时浮现在我的脑海，合着灼热阳光暴晒下，蓝天映衬中 ROY'S 汽车旅馆那鲜艳的广告牌，在方圆几十里的荒原里傲立百年的孤寂身影，一起深深地珍藏在我的内心深处。

别了，安静的大男孩。

TIPS

Amboy（安博伊）附近看点：除了 Roy's 罗伊汽车旅馆和咖啡馆外，向南 1 到 2 迈位置的安博伊火山口也值得一逛，再向南是 Joshua Tree National Monument（约书亚树国家纪念碑），适合徒步。

| 穿越 66 号公路 |

08　梦幻加利福尼亚州

| 穿越 66 号公路 |

Oro Grande 的瓶子树农场

第二天进入了 Barstow（巴斯托），这座城市以铁路枢纽而闻名，Barstow Route 66 Mother Road Museum（巴斯托 66 号母亲路博物馆）没有开门，只有继续往前。

在 Oro Grande 马路左手边经过了 Bottle Trees Ranch（瓶子树农场），听说这是由当地的一个艺术家，一位叫埃尔默的老人用上千只空玻璃瓶做成的瓶子树农场。平时不外出的时候，埃尔默依然坚守在农场的寓所里。埃尔默今年 67 岁了，从 14 岁时他就突发奇想地开始搜集各种废弃的瓶子。2000 年的时候，他在这片地上，把搜集到的 10000 多支瓶子挂起来，形成了这样一道独特的风景。

08　梦幻加利福尼亚州

| 穿越 66 号公路 |

　　围绕农场的铁栅栏上镶有 66 号公路的废弃路牌,一只只玻璃瓶、蓝色、绿色、咖啡色、透明的玻璃瓶,摆放成一棵棵树的造型,姿态各异。在瓶子树农场里,除了瓶子外,还有各种废弃的老式物件:汽车、炮弹壳、枪支、老式打字机、电线瓶、老路标、风铃……它们都以独特的可观赏的形式,被老人或挂在杆上,或摆放在农场中。

　　瓶子树农场是一片前不着村后不着店的地方,而老人如今依然坚守在里面,迎接着全世界各地慕名而来的游客。有人陆续给他带来新的瓶子,也有人找他要瓶子作纪念。

　　路过 Victorville,闻名的 California Route 66 Museum 坐落于此,走到入口处,门上张贴着博物馆的开放时间:除了周二和周三,每天的开放时间是早上十点到下午四点,周二和周三需要提前 72 小时在网上预约。无缘参观,不过相信前面还有更好的风景在等待着我。

> **TIPS**
>
> Bottle Trees Ranch(瓶子树农场:位于高速路靠近奥罗格兰德的右手边。)
>
> Barstow Route 66 Mother Road Museum: 685 N.First St.Barstow.
> 巴斯托 66 号母亲路博物馆:巴斯托第一大街北 685。
>
> California route 66 Museum: Between Fifth and Sixth St, Victorville.
> 加利福利亚 66 号公路博物馆:第五大街和第六大街之间,维克多维尔。

08 梦幻加利福尼亚州

San Bernardino 的世界上第一家麦当劳餐厅

一路向西，沿着 66 号公路继续往 San Bernardino（圣贝纳迪诺）驶去，下一站是美国也是世界上第一家麦当劳餐厅，现为 McDonald's Route 66 Museum（麦当劳的 66 号公路博物馆）。它的主人大家并不陌生，那就是我在之前写到的买下整座鬼城 Amboy 的 Albert Okura，他不仅买下了麦当劳博物馆，还将自己炸鸡品牌 Juan Pollo 总部设立于此，雄心可见一斑。

Juan Pollo 炸鸡连锁品牌成立于 1984 年，Albert Okura 出生于 1951 年，随着祖父母一代从日本移民到美国，那正是一个快餐开始兴起的时代，人们越发喜欢煎炸（免下车服务店）的方式，不用下车就能享受到美食。Okura 的第一份全职工作是在汉堡王里做汉堡，随着经验的慢慢积累，在他 32 岁那年，终于开创了这个炸鸡品牌。

敢于将自己炸鸡品牌的总部设立于此，我不禁佩服 Okura 的用意和雄心，正如在他的自传 *The Chicken Man with A 50 Year Plan* 里谈到，"我人生的终极梦想就是成为世界上卖出炸鸡最多的那个人"，或许 Okura 就是带着这样的雄心，将自己的总部设在了当前全球卖出炸鸡最多的麦当劳吧。

| 穿越 66 号公路 |

  McDonald's Route 66 Museum 乍一看像是一个幼稚园，外墙上彩绘了各种可爱的卡通图案：汽车、仙人掌、兔子、彩色的树和房子，旋转木马，装饰着一只大公鸡的车，关在笼子里的长鼻子叔叔，带着夸张笑脸的树先生，色彩鲜艳，简直是一个儿童的乐园。

  博物院正门外的红色 LOGO 介绍着美国第一家麦当劳餐厅的光辉历史："We have sold over 1 million"（我们已经卖出了 100 万多只汉堡），想问问当初的创始者，当他们 1940 年建立这第一家麦当劳餐厅，打上这句口号的时候，有想过 75 年后的今天，麦当劳在全球会超过三万个分店吗？

  麦当劳不仅仅是一家快餐店，对其他国家的人而言，麦当劳更是美国流

08 梦幻加利福尼亚州

行文化、美国生活方式的重要代表，迅速蔓延到了整个世界。到现在，谈到美国食物，最经典的搭配依旧还是可乐鸡翅薯条汉堡，而相信不少小朋友在儿时对麦当劳的了解，也就是一个长着一副小丑脸孔，穿着黄色连身衣、红色大鞋子、间条袜子的小丑吧。

这里陈列了麦当劳餐厅的创始人，1940年时理查德·麦当劳（Richard Dick McDonalds）与莫里斯·麦当劳（Maurice Mac McDonalds）兄弟的照片，当时餐厅的名字是："Dick and Mac McDonald"。1955年，雷·克洛克在伊利诺伊州的德斯普兰斯以经销权开设了首个麦当劳餐厅，也是公司的第九个分店。第一天的营业额就达到了366.12美元。1960年，雷·克洛克正式将"Dick and Mac McDonald"餐厅更名为"McDonald's"并在次年以270万美元收购麦当劳兄弟的餐厅。1967年，麦当劳在加拿大开设了第一家国际餐厅，之后在全球蔓延的步伐就一发不可收拾了。1977年，麦当劳进驻中国，在香港开设了第1000家国际餐厅，国际营业额首次突破十亿美元。1990年，麦当劳在中国大陆深圳开业。

麦当劳叔叔是麦当劳速食连锁店的招牌吉祥物和企业的形象代言人，原型为一位来自拉脱维亚的马戏团演员波拉科夫斯，1966年当他带着自己的马戏团，长着一副小丑脸孔，穿着黄色连身衣、红色大鞋子、间条袜子在美国演出时，因为颜色和麦当劳餐厅的主要颜色符合，被邀请创造麦当劳叔叔形象，官方设定本名叫作罗纳德·麦当劳（Ronald McDonald），他是友谊、风趣、祥和的象征。在美国四到九岁儿童的心中，这位马戏小丑打扮，黄色连衫裤，红白条的衬衣和短袜，大红鞋，黄手套，一头红发的麦当劳叔叔是仅次于圣诞老人，孩子最喜欢的人物，是大家永远的朋友。

博物馆大厅里还陈列了1940年最早的咖啡杯、后台使用的厨具，以及其他的早期麦当劳餐厅的珍贵照片、媒体报道，不同时期的菜单和提供的食物样品，白雪公主和七个小矮人等迪斯尼电影中的玩偶，作为赠送给儿童的

| 穿越 66 号公路 |

套餐玩具，等等。在第一份麦当劳的菜单上，我看到那个时代的价格，也真是让我惊叹不已：薯条 10 美分，汉堡 15 美分，芝士汉堡 19 美分，奶昔 20 美分，咖啡 10 美分，可乐 10 美分，橙汁 10 美分。

博物馆大厅的另一个区域，就是现在 Juan Pollo 炸鸡连锁店品牌的总部，几个工作人员正在电脑面前繁忙地工作着，他们正在创造着另一个炸鸡品牌的传奇。

> **TIPS**
> McDonald's/Route 66 Museum: 1398 N.E St.San Bernardino.
> 麦当劳 66 号公路博物馆地址：东大街北 1398 号，圣贝纳迪诺。

08 梦幻加利福尼亚州

印第安帐篷偶遇 66 号机车作家

开车继续前行，下一个景点是 Wigwam Village Motel。

Wigwam Village Motel 建于 2003 年，老板 Kumar Patel 来自休斯顿，一位古怪幽默的年轻男子。

"你谁啊？在这里干嘛？"Kumar 看见门外的我，打开门冷冰冰地给我一个下马威。

"拍照啊。"我淡定地迎着他假装不友好的目光。

"进来吧，外面热。"

"随便拿一瓶汽水喝吧，我请你。"Kumar 眼睛点了一下角落里的冰柜。

恭敬不如从命，我选了一瓶 Route 66 的香草奶油汽水，Kumar 开始向我介绍周边的景点，看得出来他非常享受在 66 号上做老板的生活。

"这里一共有十九个房间，还有一个游泳池，每天都会有很多哈雷党在下午一点就早早抵达，因为那个时候气温最高，然后会在泳池边乘凉与放松，第二天一早离开。"

"这是 Bob Cutter，他和他的妻子来自加拿大，他们 2014 年在这座汽车旅馆庆祝自己五十周年结婚纪念日，Bob 和他的儿子从芝加哥一路骑哈雷车

| 穿越 66 号公路 |

Wigwam Village Motel（维格瓦姆汽车旅馆），位于 San Bernardino 外的 Rialto（里亚托），地处加州，靠近洛杉矶。在美国一共有三个这样的印第安帐篷风格的汽车旅馆，66 号公路上一共有两个 Wigwam Motel，另外一个历史更为悠久，保存也更好的是之前介绍过的位于亚利桑那州的 Holbrook，那个是姐姐，这一个算是妹妹，第三个位于肯塔基州。

08 梦幻加利福尼亚州

到圣塔莫妮卡。他们用了两年的时间来策划六个星期的骑行。"Kumar 边说边带我来到泳池边。

"能否简单采访你几个问题？"

"好，不过有一个叫作 Sam Allen 的作家也正要采访我，你要排在他后面。"

"不介意的话我一起过去看看？"我试探地问。

"当然不介意。"

游池边，Sam 正在采访 Jim，Jim 对着摄像机："Route 66 已经进入了我的灵魂，沿着这条路走，我认识了很多的人，感觉我已经是 66 号公路上的一部分了。"

在一边等待 Sam 采访完 Kumar，我和 Sam 攀谈了起来。我首先向他介绍了自己的经历后，Sam 说能否也采访一下你？我受宠若惊，要是不介意我不太地道的英语口语，我很乐意。Sam 说你完全不用担心，这样效果更好。

于是，我继 Kumar 坐到了摄像机的前面，开始一个个回答 Sam 的提问，我的情况介绍，我为什么选择这条公路，我在来 66 号之前都做了什么功课，

从哪里获取信息，有什么样的收获。

完了又轮到我对问 Sam。

"你是否来自媒体，这是在做纪录片吗？"

"我曾经是一个律师，二十年来不定期地骑哈雷机车在 66 号上寻找乐趣，已经出版了一本《66 号公路的哈雷骑行指南》（*The Motorcycle Party Guide to Route 66*）的书，现在做了自己的 66 号公路机车骑行网页：www.route66mc.com，以及 Facebook 主页和 Twitter 公众号，在里面发布最全的互联网上关于 66 号公路机车骑行的各种指南，同时不断更新我和 66 号公路的故事，一切都还在继续。"

就这样，在 Motel 的泳池边，Sam 采访 Kumar，采访了我，我采访了 Kumar，采访了 Sam，我们彼此都成为了对方笔下的素材。

回到国内的一周后，我给 Sam 写了一封邮件报平安。第二天，他回邮件问我的地址，说给我寄一本他的书。我还收到了他博客"Route 66 MG"的订阅推送，每周二和周四，他都会更新博客，然后给订阅客户推送他最新发布的文章。再过了一周，Sam 向我要照片，他说他把我写进了他在九月九日发布的博客，部分摘录如下：

Kumar also introduced me to a journalism student from China named Ling. She had flown from Shanghai to Los Angeles, rented a car, and spent 30 days driving from Chicago to Los Angeles and to gather information for a book she is writing about Route 66. I asked her why she decided on a Route 66 project as opposed to some other famous road, such as the Pacific Coast Highway. It was clear that for Ling, Route 66 was the most famous road in the United States with lots of history about the American heartland.

A week after I met Ling I received a wonderful e-mail from her. She said, in part:

08　梦幻加利福尼亚州

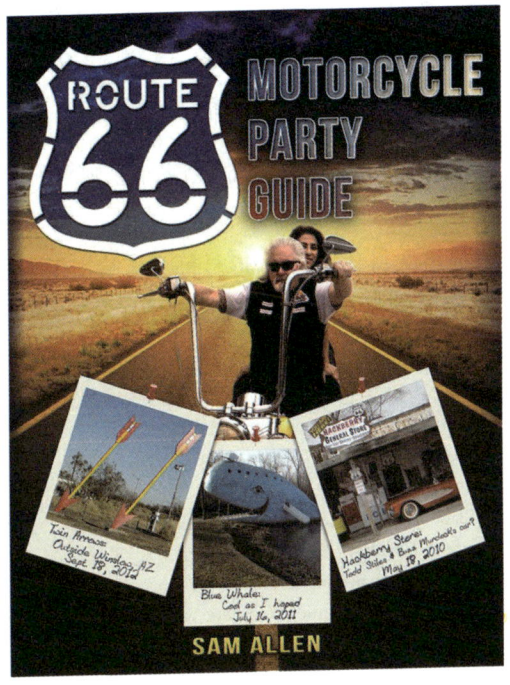

"I finally finished the solo tour on Route 66…The sights, sounds and experiences of the 'Road' were great and will remain a lifetime in memory, but the best aspect, by far, of my trip was the people I met along the way."

Clearly, she gets it.

库马尔向我介绍了一位来自中国的新闻学的学生凌,凌从上海飞到洛杉矶,租了一辆车,花了30天时间从芝加哥一路自驾到洛杉矶,并沿途为她写作66号公路搜集素材。我问她:"你为什么选择66号公路作为自驾?美国还有其他好多出名的公路?比如加州一号公路?"凌斩钉截铁地告诉我:"因为从美国历史上来看,66号公路是最出名的路。"

一周后,凌给我发了一封邮件,在信里她是这样说的:"我终于完成了66号公路自驾,道路上所经的风景和整个旅程都非常棒,并将成为我人生的记忆。但是最让我魂牵梦萦的部分,是我沿途所遇到的人,他们才是最美丽的风景。"

显而易见,凌已经领教了66号公路的精髓!

两周后,我还收到Sam从美国寄给我的签名书,刺绣布标、照片以及他拍的纪录片。

跟随画面,记忆再次将我拉回了66号每个被哈雷爆裂轰鸣唤醒的清晨,除了兴奋,我也不由感慨:是的,我最终明白了66号上最重要的东西——人。就像我和Sam一样,你写我,我写你,我们彼此成为对方的66号故事和记忆,这也就是旅行的意义吧。

TIPS

Wigwam Village Motel: 2728 W. Foothill Blvd. Rialto.
维格瓦姆汽车旅馆地址:麓山大道西2728号,里亚托。
访问网站:www.wigwammotel.com
Sam的66号公路网站:Samuel N. Allen: www.Route66mc.com

08 梦幻加利福尼亚州

Fontana 寻觅地狱天使

缓缓离开 Rialto，车流量已经开始增大，车速也明显放慢，没有了在荒原中只顾着踩油门、狂野飙车的感觉，路过 Fontana（丰塔纳），马路左手边出现一个金黄色的大橙子，在 Bono's Restaurant（波诺的餐厅）的门口，橙子上写有"Bono's Historic Orange"的字样，Bono's Restaurant 成立于 1936 年，目前正在装修，也是 66 号公路上的著名餐厅。

值得一提的是，世界上最大的摩托车黑帮俱乐部：地狱天使（Hells Angels Motorcycle Club）在 1948 年就成立于 Fontana。搜索记忆，或许你曾会在机车党的电影或日常生活中看到长翅膀的骷髅头标志，插着天使翅膀的恶魔，有的被纹在他们的身上，有的出现在他们黑色皮夹克的背上，那就是地狱天使黑帮的标志，地狱天使黑帮也一直是以摩托车俱乐部的形式存在。

一帮从"二战"退下来的美国军人，建立了地狱天使摩托车俱乐部。地狱天使真正的兴盛是在 20 世纪 70 年代。经过二十多年的发展，地狱天使摩托车俱乐部成为了一个国际性骑士兄弟会组织（Brotherhood），分布遍及达六个国家。所有俱乐部正式成员都佩戴同样的标志"Death Head"（死亡头骨，标志外形是一个长着翅膀的骷髅头）。美国式英雄主义情结，摩登时代西部牛仔的形象，加上地狱天使俱乐部高层努力打造的慈善主义者外衣，让这个俱乐部为世人所熟知，并吸引了大批的青少年立志在未来成为地狱天使的一员。

从建立起，地狱天使俱乐部一直努力在公众心中营造一个健康的形象。桑尼·巴伯（Sonny Barger，十九岁加入，经过多年奋斗成为领导者，特征是患有喉癌）是 80 年代地狱天使最具有代表性的中层领导人之一，他经常用沙哑的似乎喘不上气来的嗓音声明："我们（地狱天使成员）只是一帮骑士，我们唯一的目的是在不影响其他人权利的情况下，自由骑行。"

事实上并不像我们理解的这么单纯，地狱天使也绝对不像它宣称的那样人畜无害。在摩托车俱乐部的掩护下，地狱天使的内在其实是一个高度组织纪律化的黑帮和兄弟会组织。每一个地狱天使的成员都把自己的生活、时间和一切都献给了帮派和兄弟们。一旦你加入了地狱天使，除了帮派和兄弟，家庭、老婆和孩子都变得不再重要了。

地狱天使的主要收入来自于军火交易，毒品生意和垄断色情娱乐场所（如美国遍地开花的脱衣舞俱乐部）。几乎地狱天使俱乐部每一个分部都会经营的致富项目是大麻种植屋。大麻是一种容易生产和加工的轻型毒品。整个生长周期可以在一个月之内完成，一个种植屋最高一周就可以带来四万美金的收入，稳定产出的种植屋年收入超过百万美金。黄赌毒产业一直是各个黑帮都非常看重的产业，地狱天使通过垄断化经营，高度组织、纪律性站住了行业的脚跟。

你问我要去向何方？我指着大海的方向
——奔向终点圣塔莫妮卡海滩

圣莫妮卡大街，是洛杉矶一条非常长的大街，绵延数十英里，一直延伸到大海边。66号公路，也伴随着这条大街，一路向西，直抵海滩。

花了12美元将车停在圣莫尼卡海滩上，最后一次抱着我的三脚架和相机，往Under Aroma里塞上远程遥控器、录音笔和随身的记事本，关上车门，按下锁车键。带着一路的风尘，深一脚浅一脚地向大海走去。

66 to Cali原创的T恤上印有这样的一句话：The end of the road, the beginning of the dream（路的终点，梦想的起点）。奔向圣莫妮卡终点的心情是激动的，我终于即将独自平安走完整段行程，而这一个终点又将成为下一段人生的起点。

紧邻沙滩的Ocean Drive（海滨大道）和Santa Monica Blvd（圣塔莫妮卡大道）上，有一个游客中心的小房子，房子侧面竖立了一块66号终点标，上面写有两行字，第一行是：Santa Monica, California. 第二行是：West End of Route 66（66号公路西边终点）。我问游客中心的工作人员，这个路标是官方的66号终点标吗？她说是的，我说那沙滩上那个呢？她说那是为了游客

| 穿越 66 号公路 |

进入加州以后,车流量明显开始增大,30 迈的距离能走上一个小时,尤其是进入了洛杉矶市区后,车辆基本前行缓慢,长长的队伍就这么向前挪动着。
海的味道,从密闭的车缝里顽强地渗透进来。

拍照好看设立的。

记得早在 Winslow 的时候，想要采访街角雕塑对面 On The Corner 礼品店的女主人 Sandra Myers，她说建议我到终点的时候，去找一个叫作 Dan Rice 的人，他的店就在阿甘虾店连锁店的背后，是很小很小的一个店，她相信他能告诉我很多66号的故事和历史。

66号公路终点标的真正历史

带着疑惑，我决定去海滩上寻找 Rice，这感觉有点大海捞针，还好我知道大体的坐标，祝自己好运吧。海滩上我远远地看见了66号公路的终点标竖在沙滩上，上面三行字：Santa Monica，66，End of the Trail。络绎不绝的游客拍照，很是热闹。在路标附近好几家看上去都差不多大小的小亭子一样的礼品店。我问了其中两家，他们都摇头表示不清楚谁是 Rice。远远有一家更小的店，像国内的报亭一般，外面挂了几件T恤，两位游客正在咨询，挡住了所有的门面，我站在他们身后耐心等待，终于店里一位皮肤黝黑的年轻男子问我："你好吗？"

"能否向你打听一个叫 Rice 的人？"

小黑哥笑了，"这就是他的店，我是这里的雇员。"

我兴奋地拿出 Sandra Myers 的名片，"她让我来找 Rice，并向他问好。我来自中国，想要了解一些66号的故事和历史，听说 Rice 知道很多。"

小黑哥热情地说："没问题，他虽然不在但是我也会尽可能地告诉你。你稍等一下，等客人走了我出来和和你谈。"

小黑哥原来叫 Brian，来自危地马拉，今年23岁，在这里工作两个月了。

"来到加州之后你需要放慢你的脚步，减速，然后慢慢来到圣莫妮卡，这里总是熙熙攘攘，充满笑脸。"

| 穿越 66 号公路 |

　　等待 Brian 的时候,我开始研究起这家叫作 66 To Cali 的小店来,印着美国制造原产的 T 恤、卫衣、冰箱贴、盾形牌,还有看见小黑哥拿出的他们小店原创的 66 号 Road Scholar 证书,也就是一张证明你走完了 66 号公路的证书,拿来仔细一看,上面印有途径的八大州的盾形标,你的姓名,有这样的一段话:"兹证明你完成了 66 号公路,从芝加哥到圣莫尼卡,因此授予你这条美国母亲路学者称号。"下方是四个带称谓的手写签名,66 号公路联盟创建者:Michael Walls;66 号公路设计执行:Dan Rice;66 号公路联盟首席:Glen Duncan;66 号公路副首席:Lan Bowen。最后是授予见证者小黑哥的签名:Brian Vasquez,以及当天的时间地点。我花了十刀,加税后 11.06 买下了一张原创的证书。

　　"你可以带回家挂在墙上哦。"Brain 笑着说。

神秘的明信片

Brian 从墙上取下一张明信片,"这是最初的 66 号公路终点的来源"。我打量着他手中那张黑白的明信片,画的是莫妮卡大道,画面的右下角是"End of the trail"的字样,和现在看到的终点标是一样的设计,一样的字体。

"你看到了吗?这就是最初的 66 号的终点,你仔细看,这个终点是模糊的,像梦境一样,其实它根本就是不存在的,是人们画在明信片上的,事实上,66 号的终点标一直都不存在,直到 Dan 在 2009 年创造了它。"

"这张明信片是哪里来的?"

"明信片诞生于 1950 年,来自 Carolyn Bartlett Farnham 在圣莫妮卡图书馆的个人收藏,是为了纪念这条高速公路的修建者 Will Roger 抵达圣莫妮卡而作。"

"Dan 怎么会有?"

"当时的圣莫妮卡的码头的一个历史学家将它送给了 Dan。"

"这张明信片的意义在哪里呢?"

"人们认为这张明信片是神奇的,这张明信片上 66 号公路的终点被认为是真正 66 号终点的传奇,它存在于圣莫妮卡大道上,但是现实中却并没有这样的一个真正的终点标志。有人在明信片上画了终点标,人们也普遍公认那就是 66 号的终点,但事实上它从未存在过。"

Dan 献给 66 号公路的 83 岁生日礼物

"这是官方的 66 号公路的终点标志吗?"我指指不远处沙滩栈道上的终点标。

"不是，一直没有官方的终点标，直到 2009 年 7 月 30 日，Dan 有了他的 Kart（流动售货车），移动的 '66 To Cali'，这也是莫妮卡海滩上第一家 66 号公路主题商店，他在铺面的门上印上了终点标。"

"游客怎么知道终点标在 Dan Kart 的门上呢？"

"历史 66 号公路联盟相传到各地，而且在 66 号上旅行的人们也听说了这个消息，慢慢地就传开了。"

"人们是不是都过来和它合影？"

"随时都有来照相的人。"

"这个 Kart 现在在哪里呢？"

"2013 年的时候，它被位于 Gene Autry 的西部遗产博物馆收藏了，2015 年 1 月 5 日，它被移到了位于加州 Victorville 的 66 号公路博物馆。"

"Dan 为什么想要做一个终点标呢？"

"有两个原因，首先在他做终点标之前，现实中没有终点标，唯一的就印在他的 Kart 两边的门上。然而，他的 Kart 每天晚上需要推到室内存放起来，来晚的人们不得不等到第二天，Dan 重新将车推出来，才能拍上照。其次是 Dan 也想做一个正式的终点标，给 66 号上的游客们一个美好而圆满的结局。"

"他车上的终点标和现在沙滩上那个一模一样吗？"

"不完全一样，沙滩上写的是 'The end of the trail'（路的尽头），和 1950 年明信片上的是一样的。而当时 kart 上的终点标和芝加哥的起点标是一样的风格，上方是 66 号的盾形牌，下面就一个字：'End'。"（终点）

"为什么想要将终点标设立在沙滩上？"

"尽管 66 号公路真正的结束是在林肯大道左转的奥林匹克大道上，离沙滩就几个街区，但那里既没有终点纪念品商品，也没有任何 66 号公路结束的标志。试想一下，人们走了近 4000 公里的路，风尘仆仆，更想去海边吹吹海风，神清气爽一下。因此开过了奥林匹克大道，人们会径直去海滩。选择海滩建终点标更符合大家的预期，也给人们带来'抵达大海，抵达终点'的浪漫感觉对不对？为他们的长途跋涉画上一个美好的句号。"

"2009年11月11日终点标揭幕那天是怎样的情形？"

"揭幕是在11日早上4点半。Dan一下子接到了多个新闻媒体的电话，包括美国全国广播公司NBC，美国广播公司ABC、福克斯新闻FOX。那一天也刚好是66号公路建成83岁的生日，他们想要把这则当地的新闻做成全国新闻，都相继来采访报道。于是，在第二天，这则新闻上了《洛杉矶时报》和《纽约时报》的头条，人们也涌向海滩与新的终点标合影留念。"

我们都在续写这条公路的历史

在繁忙的海滩上，这一家"头字号"店非常不起眼，我问Brian："作为第一家店，又是创造终点标的店，你们怎么不扩大店面，或者在店的外体注明一下，打个广告吸引更多游客呢？"

"因为Rice想保持原来的样子，沙滩上的一个小店，最原始的模样。在这里的每个人都有做生意的自由，我们互相尊重。在66号公路上做的任何有益的事情，都是在续写这条公路历史，使它能够被人铭记，一代又一代地传递下去。就像你现在所做的事情也一样，为大家介绍66号公路，让更多的中国人知道66号。"

Brian翻开游客登记册，他说他最喜欢游客与他分享旅途的趣事，他指着一个来自澳大利亚的签名说："Beth这位游客给我说他在Oat man和驴子合影的时候，驴子将头伸进来想要吹空调，然后居然就睡着了，他不得不把它唤醒；Matt从瑞士来，骑着哈雷摩托花了三个星期走完了66号公路，到

| 穿越 66 号公路 |

我这里的时候,去掉墨镜全是黑的,活脱脱一个矿工。"

我看着自己的名字,打趣地感谢 Brian。"我在中国是个博士,去年 12 月拿到了我的博士学位证书,上次来美国是做访问学者,这次来美国又拿到了 Road Scholar 学者的证书,谢谢您,我 66 号公路上的 Supervisor(导师),看您的大名可是签在了我的证书上哦。"

"哈哈,好的,我是你的导师,那你就是 Route 66 Lady('66 号公路'小姐)了。"

奔向终点

接近黄昏的海滩像是一个小天堂，入眼的都是嬉笑的面孔，一个个超级大家庭带着一串年纪不等的小孩子们在沙里打滚；相拥在圣塔莫尼卡海滩标志下面合影的浩浩荡荡的哈雷车队伍；66号终点标志下留影的一对对世界各地的情侣；络绎不绝，笑颜逐开。

天气不算太好，灰白色的天空下，一轮残日悬挂。

风从大海吹来，有一些凉，我拿出在哥村买的美国星条旗的围巾裹着上身，默默走到海边，大口呼吸着终点的空气，给爸妈打了一个电话报平安，第一时间和大洋彼岸的他们分享抵达终点的喜悦。

"老爸，我到终点了。"

"太棒了！"

电话里，我们都开心而轻松地笑了起来。

我有些累了，默默沿着码头栈道往回走，游乐场的摩天轮彩灯已经点亮，五彩缤纷，慢慢旋转着，我驻足观看，一位坐在长椅上的女士说，"我帮你拍张照吧？"

"好啊。"

我拉拉围巾，站直身体，捏捏鼻头，对着镜头微笑。

66号公路，就此一别。

后 记

一条路能给我的，他全给了我

或许文字的传情达意，不如一张照片带来的视觉冲击强烈，也难抵一段视频摄人心魄的情景还原。但我还是选择用文字，用这最古老质朴对我而言又略显稚嫩的文字，纪念你，一次次走进你。随着落笔完成此书的这一刻，我终于感叹：再也没有什么能将我和你分开了，尽管我能做的就是以黑字白纸的方式，将这段记忆封存成一本印刷读物，像是一封写给你的情书，像是一个我们的孩子。大脑的兴奋与疲惫，让我不得不闭上眼睛假寐，朦胧睡意中，仿佛自己依然手握方向盘，奔驰在无边无际的荒野之中，绵长的公路向前延伸，似乎我又回到 66 号公路上，又回到了你广袤的怀抱。

从 66 号起点出发之前，以为爱生活，爱自己……就是生命的全部内容了。没想到跳出小我，爱上外面的广阔天地，才是热爱生活的更高境地，一条路能给我的，他全给了我。

改变

在被誉为 66 号公路鼻祖级的研究人物 Drew Knowles 撰写的《66 号公路

后　记

探险手册》上，在翻过 400 多页的沿途景点介绍后，最后是这样结尾的：If you've now successfully completed a journey of the entire length of Route 66, then you've just had an experience that-whether you realize it right away or not-will change your life.（如果现在你已经成功地完成了整个 66 号公路，那么你已经有了整段穿越 66 号公路的经历，无论你现在是否感受到了，这段经历都将要改变你的人生。）

这句话伴随了我孤胆自驾，独自穿越的日日夜夜。

"世界旅行不像它看上去那么美好，只是在你从所有炎热和狼狈中归来，你忘记了所受的折磨，回忆着看见过的不可思议的景色，它才是美好的。"

每一次读到凯鲁亚克的这句话，我都有想哭的冲动。对，旅行的真相其实是孤单，是不堪，是狼狈。但，正是经历了这些折磨，才让旅行变得更加有意义。在见过了天地，见过了众生后，你才会留意到在旅行中被改变的自己。

"自由、勇敢、开拓"于上世纪的美国人而言，66 号公路所象征的意义于此，而在我最终完成了这段旅程之后，我可以骄傲地说，我不仅完成了一次如此漫长的自驾穿越，而且实现了一路原滋原味的田野体验。只有小人物的故事才能让你更加接近这个真实的世界，在 66 号公路上，我一路无意中撞见了嬉皮士、流浪汉、德州牛仔、哈雷党，访谈了市长、艺术家、作家、沿街庶民、老兵、私人电台主；这些采访对象都是普通人，都是"美国主街"上的"原住民"，是最接 66 号公路"地气"的人。

认知上的新眼界。

美国不仅仅只是奉行"自由、独立、民主"并以此标榜的国家，两百年历史的美国是个大熔炉，聚集着来自世界不同文化背景和出身的人，谈不上谁是现在美国真正的主人，文化的多元最大化地在这里绽放。两百年历史，除了美墨战争、美西战争、南北战争，长期与黑人的冲突外，还有它每个时代的历史,每场战争留下的故事与烙印,每场战争带来的伤痕与重建,文明与变革持续至今。

你可能会问,究竟什么是美国文化?

我曾经采访过一个美国人,他的原话是:"美国文化的核心是对个人的尊重和肯定。就像在独立日欢庆会上,主题并不是教大家怎么去爱美国,而是宣扬怎么去爱自己,做好自己。当你把自己做到最好,对社会有用了,这个国家才能健康持续地好好发展下去。"

执行力与习惯的重塑。

从芝加哥到洛杉矶,行驶4000多公里,再加上迷路,不断地往返、掉头,相当于是从美国开回中国的距离。习惯了用华氏度看天气,用英里看里程,用美元算物价,用加仑算油耗,用英文看地图,用Google搜信息,用Yelp搜美食,用You have a good day来告别,一条Tan Top、Shot和Flip-Flop作为日常行装,用106.1的TOP流行音乐做提神工具,在Walgreen补充日耗,把Motel当作临时的家,日常习惯也似乎越来越美国化。

习惯的改变催生人的性格变化,表达想法时更直接了,喜怒哀乐也没有过多掩饰,提问更勇敢了,开始刨根问底了。"为什么不可以,试一试再说,此路不通那再换一条。"在这样的心态下,人更加大胆,也更加清醒,方向盘在你手上,想停留的时候就停下,前后左右都由你来决定。想要的是什么,不要的是什么,内心越发如一面明镜。

世界不是你看到,而是你想看到

世界很大,但世界也没你想象的大,世界是闯出来的。

自驾在这条世界上最孤单的路上,时刻被孤独感所包围,这也恰恰迫使我打开自己与外人交流和分享。采访就是一种主动的尝试:在街头与路人

"搭讪"，主动和途经商店或饭店老板交流，对方回馈给你的一定是更多的信息，把你带入一个更广阔的世界。

比如我在威廉姆斯那一天的访问，早上下车拍照，无意走进街头礼品店，和店主的攀谈，让我认识了店主的朋友、当地的朋友。在他的介绍下，我又认识了更多热情的当地人，于是直到天黑，我都没有走出小镇，当晚还借宿在当地人的家里。这就是主动"搭讪"的力量，当我最后在夜色里的酒吧，和周围人说说笑笑的时候，环视身边曾经的陌生人，这座城市也不再像早上来时那般陌生。

而在庞蒂亚克偶遇市长的经历，也是主动出击生发的奇妙结果。这都让我不禁感叹：这是一个开放的国度，只要你初衷是真诚友善的，对方也会为你敞开大门。全身心地去相信，世界不是你看到，而是你想看到。

为什么要停止流浪

国内的朋友打趣地说："我每天都在看你更新的微信，关注你走到了哪里。感觉你在做着我想要去做，但又缺乏勇气去做的事情，你就是我心中的三毛，我佩服你的勇气，这样的经历真棒。"

像三毛一样去流浪，谈何容易？

其实这趟旅程尤其艰辛，特别是当我的车在圣路易斯被砸以后，爸妈特别担心，"你看吧，早就说了资本主义国家很危险了，是你把它想得太好。"

后面因为我的 Skpye 账号上的钱花完了，而绑定的又是之前的早就没用的银行账号和地址，而我的手机在第一天上路的时候就失踪了，为了省钱买了一个美国的未解锁的手机，无法使用国内的手机卡。偏偏这个时候，不小心又将手机屏幕上的微信图标删除了，再度登录时需要国内注册微信时的手机短信验证，从多个渠道来看，我彻底与国内失去了联系。爸妈着急地以为我出了状况，各种留言都没有回音。对于这样的状况，父母的担忧让我自责，毕竟在他们看来，能够平平安安地走完，才是最大的幸福。

再到后面，为了省钱，只要是途经有朋友的地方，我都会尽量联系对方，去朋友家借宿，如果实在不行就货比三家找最便宜的汽车旅馆。最惨的一次是在Needles，120华氏度（约50摄氏度）的高温天气，夜晚的空气也是灼烧着皮肤般的炙热，我好不容易才找到最后一个房间，脱了衣服才发现根本就没有热水，回到床上才发现床单上满是烟窟窿和烟味，沙漠寂静的深夜里，床头的空调像小马达一样轰鸣工作，不知道是被它吵醒还是冷醒，才发现房间里竟然没有被子。

流浪并非易事，而流浪的愿意却也无迹可寻。

无端想到弗朗索瓦丝·萨冈，一个把忧愁刻在天花板缝隙里的法国女人，用她忧郁的微笑，像谜一样的微笑凝练成简单动人的文字，随时随地勾勒美好的回忆，演绎过客的悲哀。她曾说："所有漂泊的人生都梦想着平静、童年、杜鹃花，正如所有平静的人生都幻想伏特加、乐队和醉生梦死。"

可为什么要停止流浪呢？

道路是我的宗教

人与人就像岛屿对岛屿，既要相望，也要相守。愿我们活得长久而自由，一个人必须是这世界上最坚固的岛屿，然后才能成为大陆的一部分。在路上，我领悟到了更多关于自由和独立的意义，也诠释着内心对公路旅行的意义。

没有摄影师跟拍，三脚架，遥控器，靠自己双肩扛出来的风景是不是更加摄人心魄？

没有行前功课和繁琐攻略，只有纯粹的信念，这样的探索是否才更接近

后记

内心？

遭遇一场无准备的旅行，拜托请不要告诉我前方一英里有什么？请让我直接去看看那里都有些什么？

高温天气中穿越莫哈维大沙漠，满头大汗又疲惫不堪的我开始犹豫："这样的苦中作乐真的有意义吗？"

有那么一刻，我也后悔过。

我突然开始恨这条开不到尽头的路，路面不平整，伤轮胎又无法全速前进；有时落日晃着眼睛，前面什么也看不见；如果我是一个普通的美国人，我也不会神经质地去开66号，而会选择隔壁的高速吧。

可当人对事物产生怨恨的时候，其实也在产生同等的爱，当我最终抵达这条路的终点，也看到了另一个彼岸的我。我不禁悟出：道路是我的宗教，没有磨难，谈何信仰。

用心看世界，而不是眼睛

在抚摸过两亿年的树化石，徒手攀爬过印第安人的圣地红岩，将科罗拉多大峡谷的生灵都俯视在眼底后，我期待去更远的世界，更广阔的世界，更神秘莫测的世界。

若能在半夜躺在沙漠里看满天的繁星，用心去感应沙漠在深夜里发出的神秘细语；去荒芜至极的死亡谷，或广袤荒原里寻找生命存活的顽强力量；去空无一人的地方或高地，闭上眼睛，用心行走，听风声穿过耳际；苍天如圆盖，大地似棋盘，谈天读地那将是一种怎样的境界？

自驾66号公路，不仅仅是在开车，而是在反思自己的过去，跳出自己熟悉的环境，重拾儿时记忆，答谢至亲至信的家人与朋友。

自驾66号公路，是在一点点去收集代表美国文化与精神的符号：每一处路标,每一个映入眼帘的单词,每一段有意思的对话,对方细微变化的表情和情绪——瞪大的眼睛、皱起的眉头、露齿的笑容,思考这背后的原因。

自驾66号公路,是探索世界的起点。走出自己驻守的那片小天地,拥抱天地,再重新拥抱被遗忘的自己。

培根曾说:"Write make an exact man."(写作让人变得精确。)历史是过去,历史也是将来。世界那么大,我想出去看看;世界那么大,你是如此渺小。回首30载,才发现自己在时间坐标和空间坐标上都没办法留下痕迹,唯有怀着我的信仰,匍匐着向世界致敬。

走完66号公路,回望自己走过的4000公里与人生30载,不禁感叹:30岁的女人怎么了? 30岁的女人,有勇气去选择,有能力去担当,有实力让梦想落地,并依旧保持着一颗探索的心和对生活的热爱。30岁,刚刚好!

Life is not about finding yourself。生活不是寻找自己。

Life is about creating yourself。生活是创造自己。

回国登机,从洛杉矶飞上海,飞机助跑,脱离地表,冲上云霄,开始跟随地球旋转,又一场时空穿越开始了。

机舱里已经关灯,窗外光线十分耀眼,偶尔射进一道光,晃得眼睛疼,不得不继续关上窗户,任凭外面怎样明亮,舱内的我们需要的是没日没夜的混沌,忘记时间,等待落地的那一刻,重新定义自己的生物钟,开始新的一段生活。

凝望窗外,卷舒的云层,浩瀚的大海,连绵的山峰,大地阡陌慢慢模糊,66号公路渐渐远离。

远离。

只一眼。

便是天涯。